JAMES PATTERSON
UND MAXINE PAETRO

Private Suspect

GOLDMANN
Lesen erleben

Buch

Jack Morgan, der Besitzer von PRIVATE, der renommiertesten Ermittlungsagentur der Welt, kommt mit dem Flugzeug in L. A. an, wird von seinem Chauffeur abgeholt und mitsamt Gepäck vor seinem Haus abgesetzt. Als er sich nach einem ausgiebigen Bad erstmalig in sein Schlafzimmer begibt, findet er dort seine ehemalige Kollegin und Geliebte Colleen blutüberströmt und leblos. Dies ist eindeutig ein Mord, der Jack angehängt werden soll – anscheinend mit Erfolg, denn alle Beweise sprechen gegen ihn. Jack ist klar, dass es nur einen Menschen geben kann, der ihm nahe genug ist, um alle seine Gewohnheiten zu kennen … Doch mit den Ermittlungen ist er auf sich allein gestellt, denn seine Firma ist mehr als ausgelastet: ein verschwundener Laster voller illegaler Medikamente, hinter dem die Mafia her ist. Ein junger Filmschauspieler, der angeklagt ist, Minderjährige sexuell missbraucht zu haben. Und ein Serienmörder, der Geschäftsreisende in Hotels umbringt ...

Weitere Informationen zu James Patterson
sowie zu lieferbaren Titeln des Autors
finden Sie am Ende des Buches.

James Patterson
und Maxine Paetro

PRIVATE SUSPECT

Der letzte Verdacht

Thriller

Aus dem Amerikanischen
von Helmut Splinter

GOLDMANN

Die amerikanische Originalausgabe
erschien 2012 unter dem Titel »Private #1 Suspect«
bei Little, Brown and Company, New York.

Dieses Buch ist auch als E-Book erhältlich.

MIX
Papier aus verantwortungsvollen Quellen
FSC® C014496

Verlagsgruppe Random House FSC® N001967
Das FSC®-zertifizierte Papier *Pamo House* für dieses Buch
liefert Arctic Paper Mochenwangen GmbH.

1. Auflage
Taschenbuchausgabe Oktober 2014

Umschlaggestaltung: UNO Werbeagentur, München
Umschlagmotiv: © FinePic®, München
Redaktion: Viola Eigenberz
AG · Herstellung: Str.
Satz: Buch-Werkstatt GmbH, Bad Aibling
Druck und Bindung: GGP Media GmbH, Pößneck
Printed in Germany
ISBN 978-3-442-48065-4
www.goldmann-verlag.de

Besuchen Sie den Goldmann Verlag im Netz

Wir widmen dieses Buch den Menschen,
die uns am nächsten stehen –
Sue und John, Brendan und Jack.

Prolog

Schüsse in der Dunkelheit

EINS

Ein dunkler Wagen bog vom Pacific Coast Highway in die Einfahrt eines abgezäunten Strandhauses in Malibu, das sieben oder acht Millionen Dollar wert sein musste. Der Fahrer ließ das Seitenfenster herunter und fuhr mit einem elektronischen Schlüssel über das Lesegerät.

Die zwei schmiedeeisernen Gatter öffneten sich, und der Wagen fuhr zu den Garagentoren vor, während sich die Gatter hinter ihm leise wieder schlossen. Der Fahrer stieg aus und sah sich um.

Der Mann, ein Weißer von durchschnittlicher Größe, hatte dunkles Haar, trug Jeansjacke, Khakihose, Schuhe mit Gummisohlen und Latexhandschuhe. Das moderne Haus war vollkommen von Sträuchern und Sicherheitszäunen umgeben und somit vor Blicken von der Straße und den Nachbarhäusern aus geschützt.

Er ging auf den in der Hauswand zurückgesetzten Eingang zu. Die Überwachungskamera war auf ihn gerichtet, die Tür außerdem mit einem biometrischen Lesegerät gesichert.

Er kehrte zum Wagen zurück und öffnete die hintere Tür. »Endstation, mein Fräulein«, sagte er, beugte sich zum Rücksitz hinunter und zog eine zierliche Frau mit langem schwarzen Haar heraus. Sie war benommen, ohne Bewusstsein. Und roch nach Rosen und Seife. Stöhnend hievte der Mann die junge Frau über seine Schulter.

Zurück an der Tür, drückte er ihren Zeigefinger auf das Lesegerät, woraufhin die Tür mit einem Klacken aufsprang.

Sie waren drin.

Der Mann in der Jeansjacke schaltete das Licht nicht ein. Es war hell genug, da die Sonne durch die riesigen Glasfenster schien und auf den Bodenfliesen glänzte.

Der Vorraum öffnete sich zu einem von oben beleuchteten Wohnbereich mit einem elegant geschwungenen Grundriss und gewölbten Fenstern, die aufs Meer hinausgingen. Links lag ein Flur, der ins Schlafzimmer und ins Bad führte. Der Mann drückte die Schlafzimmertür mit dem Fuß auf, am Bett ließ er die Frau von seiner Schulter auf die blau-weiß gestreifte Decke gleiten.

Er schob der Frau ein Kissen unter den Kopf und trat ans Fenster, unter dem eine Bank stand. Darin lag eine speziell gefertigte Kimber-.45-Handfeuerwaffe, aus der er das Magazin herausgleiten ließ, es prüfte und wieder hineinschob. Die Waffe war geladen.

Er kehrte zum Bett zurück, zielte aus nächster Nähe sorgfältig auf die Brust der Frau und drückte ab. Ihr Körper zuckte, doch beim zweiten und dritten Schuss rührte sie sich schon nicht mehr.

Er bückte sich, um die Patronenhülsen aufzuheben und einzustecken. Anschließend griff er zu dem Telefon, das neben dem Bett stand, und wählte, den Blick aus dem Fenster gerichtet, eine Nummer. Ohne ein Wort zu sagen, legte er den Hörer wieder auf, bevor er in den Wohnbereich ging. Dort öffnete er alle Schranktüren und suchte die Fächer ab, bis er das Festplattenlaufwerk der Überwachungskameras ausfindig gemacht hatte.

Er zog den Stecker des Datenkabels aus dem Gerät, klemmte sich die Festplatte unter den Arm und verließ das

Haus durch den Vordereingang. Draußen scharrte er unter einer Bougainvillea, die dicht über den Zaun hinwegrankte, mit dem Fuß etwas Mulch zur Seite, legte die Waffe in die Vertiefung und bedeckte die Stelle wieder.

Schließlich stieg er in den Wagen, startete den Motor und zog zum Öffnen des Gatters den Schlüssel über das Lesegerät. Langsam fuhr er die Auffahrt hinunter und von dort auf den Highway Richtung Norden.

Er dachte bereits an das Brophy Bros, sein Lieblingsfischrestaurant in Santa Barbara. An der Muschelbar standen Dampfkochtöpfe, eine Krabbenplatte und geöffnete Austern. Und er würde eine Flasche von irgendwas bestellen, das seiner erstklassigen Arbeit an diesem Tag entsprechen würde.

Er legte lächelnd eine Van-Halen-CD ein und verschmolz, unsichtbar für seine Umgebung, mit dem Verkehr.

ZWEI

A. J. Romano fuhr in einem alten weißen Ford-Kastenwagen zweihundertfünfzig Kilometer östlich von Las Vegas auf der Interstate 15 Richtung Westen. Auf beiden Seiten des Fahrzeugs und auf der Hecktür wies ein Schriftzug über einem Korb mit rotem, grünem und gelbem Gemüse auf »Produkte direkt vom Erzeuger« hin.

Benny »Banger« Falacci fläzte sich auf dem Beifahrersitz, seine neuen Cowboystiefel aus Aalleder am Armaturenbrett abgestützt. Hinten im klimatisierten Ladebereich, eingeklemmt zwischen Kartons, durfte Rudy Gee die Fahrt gemütlich in seinem Schlafsack verbringen.

A. J. fuhr gerne nachts, vor allem bei klarem Himmel, wie es ihn im Westen in höheren Lagen oft gab. Leuchtende Sterne, kein Verkehr, eine Straße, die sich kilometerweit durch Weiden und Wüsten schnitt, hinter denen am diesigen Horizont Hügel wie zerknülltes Packpapier aus der Ebene aufragten.

»Ich habe was zu essen gemacht, weißt du«, sagte er zu Banger, »weil ich zur Abwechslung mal für sie kochen wollte.«

Banger brach den Filter einer Zigarette ab, zündete sie mit seinem silbernen Feuerzeug an und öffnete das Fenster.

»Mein Gott«, beschwerte sich Romano und öffnete das Fenster auf seiner Seite ebenfalls. »Schon mal was von Passivrauchen gehört? Du qualmst hier für zwei.«

»Jetzt waren es schon 537 Kilometer«, rechtfertigte sich Banger. »Das war so abgemacht. Alle fünfhundert Kilometer eine Zigarette.«

»Na gut. Ich hab also noch Nudeln und einen kleinen Schokoladenkuchen gemacht«, fuhr A. J. mit lauterer Stimme fort, um den Lärm des an den Scheiben vorbeipfeifenden Windes zu übertönen. »War'n richtig gutes Essen.«

»Faszinierend, A. J. Du hast die wichtigsten Nahrungsgruppen abgedeckt.«

»Ich war satt, aber nicht vollgestopft. Wir gehen ins Bett, und ungefähr um halb drei wache ich auf und bin sprichwörtlich erfroren.«

Banger zupfte einen Tabakfetzen von seiner Zunge. Im Wagen gab es keinen CD-Spieler, und auch das Radio blieb fernab jeder Antenne stumm. In ein paar Stunden würde er an einem Blackjack-Tisch sitzen, würde in dieser Nacht in einem extrabreiten Bett schlafen. Vielleicht könnte er ganz kurzfristig noch Suzette anrufen. Darüber dachte er nach. Und daran, wie viel sie erst reden würden, bevor er ihr an die Wäsche gehen könnte. Oder er könnte zu den Sands gehen und sich eine Neue suchen. Wie glücklich er doch war.

»Ich drehe die Heizdecke auf. Trotzdem bleiben meine Nippel hart wie Diamanten.«

»Meine Güte«, stöhnte Banger. »Kannst du nicht mal das Thema wechseln?«

»Ich schalte das Ding auf neun hoch. Bei der Hitze könnte man schweißen. Als ich wieder aufwache, schwitze ich, als wäre ich ein paar Kilometer gerannt …«

»Was ist da los?«, fragte Banger.

»Weiß ich nicht. Das habe ich mich auch gefragt. Spinnt mein Herz vielleicht?«

»Was *da* los ist, habe ich gefragt.« Banger zeigte durch die Windschutzscheibe auf das rote Licht vor ihnen.

»Du meinst das Auto?«

»Es wird immer langsamer.«

»Der Arsch hätte in Kanarraville tanken sollen.«

»Überhol ihn«, wies Banger ihn an.

Doch A. J. drosselte das Tempo. »Wenn dem Kerl hier das Benzin ausgeht, frisst ihn vielleicht noch ein Bär.«

Doch dem Fahrzeug vor ihnen ging nicht das Benzin aus. Es fuhr ganz langsam, um einem Chevrolet ohne Licht auf der linken Spur die Möglichkeit zu geben, den weißen Transporter einzuholen.

»Was soll der Scheiß?«, wunderte sich A. J. und starrte auf den zehn Zentimeter von seinem Fenster entfernten Chevrolet. »Was treibt der Arsch da?«

»Jetzt brems schon! Brems!«, rief Banger. »Fahr irgendwie an ihm vorbei.«

A. J. Romano drückte auf die Hupe, was aber nichts nützte. Sein Transporter war eingeklemmt und wurde auf die Ausfahrt Richtung Pintura gedrängt. Entweder musste er den Wagen neben sich rammen oder die Abfahrt hinunterbrettern.

A. J. riss das Lenkrad nach rechts zu der Ausfahrt, während Banger unter seinem Sitz nach seiner Waffe suchte. Dann kratzte Metall an seiner Tür, und der Transporter wurde vom Asphalt herunter auf eine Art Schotterweg gedrängt.

»Du Arsch …«, schrie Banger, während A. J. auf die Bremse stieg. Der Transporter schlitterte auf dem Kies und bohrte sich mitten im Nichts durch einen Maschendrahtzaun. Staub drang in den Wagen und versperrte ihnen die Sicht.

Autotüren vor und hinter ihnen wurden zugeknallt. Banger umklammerte seine Waffe mit einer Hand und löste seinen Sicherheitsgurt mit der anderen, bereit, aus dem Wagen zu stürmen, doch das Gesicht eines Mannes, den er noch nie zuvor gesehen hatte, tauchte vor dem Fenster auf. »Die Hände nach oben!«

A. J. hatte seine Hände bereits oben. »Banger!«, rief er, »tu, was er sagt.«

Banger hob seine Waffe über den Fensterrand hinweg. Ein greller Blitz, ein lauter Knall, und Banger sank in sich zusammen, stieß die Luft aus und rührte sich nicht mehr.

Oh mein Gott, sie haben Banger umgebracht, schrie A. J. lautlos. Eine .45 zielte auf sein linkes Ohr.

»Hört zu«, sagte er. »Ich kenne euch nicht. Ich habe nichts gesehen. Nehmt, was ihr wollt. Ich habe sechshundert Dollar …«

A. J. hörte den Knall nicht mehr. Er zuckte, aber das war auch alles.

DREI

Rudy Giordino stieß die Hecktüren auf und sprang nach draußen. Er knickte mit dem rechten Fuß um, doch er hatte sich beim Ballspielen an der Highschool einen guten Gleichgewichtssinn antrainiert. Sobald er sich gefangen hatte, rannte er los, was das Zeug hielt.

Sein Kopf dröhnte, nachdem er im Wagen hin und her geschaukelt worden war, doch sein Instinkt funktionierte einwandfrei. Er rannte durch die pechschwarze Nacht parallel zur Straße über das flache Feld. Das Blut rauschte in seinen Ohren, noch immer stand er wegen der Schüsse unter Schock.

Mein Gott – man hatte sie überfallen, im Wagen war geschossen worden.

Rudy Gee rannte, in Gedanken bei seiner Waffe, die er unter den umherpurzelnden Kartons auf der Ladefläche verloren hatte. Er dachte an Marisa und Sparky und daran, dass er sich hier im Niemandsland nicht einfach so niederknallen lassen durfte. Er wollte noch nicht sterben, er war doch noch viel zu jung dafür.

Es fühlte sich gut an zu rennen. Er vergrößerte den Abstand, konnte fast die Jubelrufe auf der Tribüne hören.

Hinter ihm, gegen den Wagen gestützt, zielte ein Typ namens Victor Spano sorgfältig mit seiner .45er auf ihn. Der Junge machte es ihm viel zu einfach, weil er auf einer geraden Linie rannte.

Victor drückte ab und spürte den Rückstoß, als die Kugel fast gleichzeitig ihr Ziel erreichte. Der Getroffene blieb abrupt stehen, als hätte jemand seinen Namen gerufen, sank auf die Knie und knallte mit dem Gesicht in den Dreck.

Victor lief zu dem Toten und jagte ihm, nur um sicherzugehen, eine weitere Kugel ins Genick. Wenn man einen Schuss abgab und niemand hörte ihn, hatte man dann tatsächlich abgedrückt?

Klar. Ein eindeutiges Ja.

»Ist er tot?«, rief Mark.

»Er sagt, er will mit uns 'ne Pizza essen«, rief Victor zurück.

»Komm gefälligst wieder her. Du musst uns bei den beiden hier helfen.«

Victor half ihnen, die beiden ersten Toten in den Chevrolet zu verfrachten. Mark fuhr rückwärts an den Dritten heran, den Victor und Sammy zu den anderen beiden in den Wagen schoben. Wie geplant, setzte sich Victor hinter das Lenkrad des Transporters. Mit drei Fahrzeugen fuhren sie zurück auf den Highway.

Der Chevrolet bog ab Richtung Highway 56 und Panaca in Nevada. Victor Spano, ein Kerl mit Zukunft, fuhr nach L. A. und Mark im Acura nach Cedar City. Von dort aus würde Mark zurück nach Chicago gelangen.

Die Nacht war gut verlaufen. Der Überfall samt den Aufräumarbeiten hatte insgesamt nur neun Minuten gedauert.

Bis zu diesem Moment hatte Victor Spano allein diese Aufgabe im Kopf gehabt, nichts anderes. Jetzt, als der Transporter zügig Richtung L. A. fuhr, begann er über die Bezahlung nachzudenken.

Er war Millionär und ein gemachter Mann.

Er hatte den unglaublichsten Tag seines Lebens hinter sich.

Erster Teil

Ich war's nicht.

1

Am Flughafen von L. A. wartete Aldo mit einem Wagen auf mich. Er hielt ein Schild in der Hand, auf dem »Willkommen zu Hause, Mr Morgan« stand.

Ich schüttelte Aldo die Hand, warf mein Gepäck in den Kofferraum und rutschte hinten auf den weichen Ledersitz. Ich hatte drei Städte in sechs Tagen erledigt, wobei der Rückflug von Stockholm eine 25-stündige Reise durch die Fluglinienhölle gewesen war.

Ich fühlte mich völlig erledigt. Und das war bei Weitem untertrieben.

»Ihr Paket, Jack.« Aldo reichte mir einen Umschlag nach hinten, der mit »Private« beschriftet war, dem Namen meiner Privatdetektei. Unser Hauptsitz befand sich in L. A., unsere Zweigstellen verteilten sich auf sechs Länder mit Kunden aus der ganzen Welt. Sie forderten und bezahlten viel für Dienstleistungen, die über öffentliche Wege nicht zugänglich waren.

In letzter Zeit hatte ich mir Sorgen gemacht, dass wir zu schnell zu groß wurden, dass »großartig« keine Chance bekam, da »groß« und »gut« selten Hand in Hand gingen. Das vor allem war nämlich mein Ziel: dass Private großartig war.

Ich steckte den Umschlag mit den Buchhaltungsunterlagen in meine Aktentasche und zog meinen BlackBerry heraus, als wir auf die Überholspur wechselten. Die ungelesenen Nachrichten summierten sich auf eine dreistellige Zahl, so dass ich nur die wichtigsten auswählte.

Die erste Mail stammte von Viviana, der tollen Frau, die auf dem Flug von London nach New York neben mir gesessen hatte. Sie verkaufte 3D-Telefonkonferenz-Ausrüstungen, eine nicht unbedingt nötige, dennoch interessante Technik.

Auch Paolo, mein Sicherheitschef in Rom, hatte gemailt. »Unser säumiger Zahler ist tot. Einzelheiten folgen.« In Gedanken winkte ich zum Abschied den Gebühren in Höhe von zweihunderttausend Euro hinterher, bevor ich mir die Nachrichten meiner heimischen Mannschaft ansah.

Justine Smith, meine Vertraute und die Nummer zwei bei Private, schrieb: »Wir müssen uns kurzschließen. Ich habe das Verandalicht angelassen.« Ich lächelte. Wie gerne wäre ich gleich zu ihr gefahren, doch genauso gerne wollte ich duschen und mich aufs Ohr hauen.

Ich schickte Justine eine Antwort und öffnete eine Nachricht von Rick Del Rio. »Noccia, dieser Wichser, will dich schleunigst sehen.«

Die Nachricht wirkte wie ein Schlag in die Magengrube.

Carmine Noccia war der Ableger der größten Mafia-Familie dieses Namens, das Oberhaupt des Las-Vegas-Zweigs und zufällig mein Kumpel, nachdem ich ein halbes Jahr zuvor einen Auftrag für ihn erledigt hatte. Seitdem hatte ich Carmine Noccia nicht wiedergesehen und fand es auch jetzt noch viel zu früh dafür.

Ich tippte eine ablehnende Antwort an Del Rio und schob mein Telefon gerade zurück in die Tasche, als der Wagen in meine Einfahrt bog. Nachdem ich mein Gepäck herausgeholt hatte, blieb ich stehen, um zu sehen, ob Aldo sich unversehrt in den Pacific Coast Highway einfädeln konnte. Dann fuhr ich mit meinem Schlüssel über das elektronische Lesegerät, drückte den Zeigefinger auf das biometrische Feld und betrat mein trautes Heim.

Eine halbe Sekunde lang bildete ich mir ein, Rosen zu riechen, schrieb dieses Gefühl aber der Freude zu, wieder in meinem eigenen Haus zu stehen. Im Wohnzimmer begann ich, mich auszuziehen, bis zum Badezimmer hatte ich nur noch meine Unterhose an, die ich vor der Dusche mit dem Fuß von mir schleuderte.

Nachdem ich so heiß wie möglich geduscht hatte, ging ich ins Schlafzimmer und drückte den Schalter für die Lampen beiderseits des Bettes.

Lange blieb ich wie erstarrt in der Tür stehen, ohne zu begreifen, was ich sah, weil es keinen Sinn ergab. Wie kam Colleen in mein Bett? Wieso war ihr Pullover in Blut getränkt?

Was, zum Teufel, war hier los?

Ein geschmackloser Streich?

Ich rief ihren Namen, sank neben dem Bett auf die Knie und drückte meine Hand seitlich an ihren Hals. Ihre Haut war noch warm, doch ich spürte keinen Puls.

Colleen trug einen knielangen Rock und eine blaue Strickjacke, Kleider, die ich an ihr schon gesehen hatte. Ihr nach Rosen duftendes Haar lag wie ein Fächer um ihre Schultern herum, und ihre violettblauen Augen waren geschlossen. Ich fasste ihre Schulter und schüttelte sie, doch ihr Kopf rollte nur hin und her.

O Gott, nein! Colleen war tot.

Warum?

2

Ich hatte während meiner Dienstzeit in Afghanistan unzählige Tote gesehen und war im Rahmen meiner Arbeit ständig mit Mordfällen konfrontiert, ich hatte miterlebt, wie Freunde von mir gestorben waren.

Doch all das bewahrte mich nicht vor dem Schock, Colleens Leiche und das in die Bettdecke sickernde Blut zu sehen. Ihr Pullover war so blutig, dass ich keine Wunde erkennen konnte. War sie niedergestochen worden? Ich wusste es nicht.

Die Bettdecke war glatt gezogen, was hieß, dass es keinen Kampf gegeben hatte. Alles im Zimmer war genau so, wie ich es vier Tage zuvor zurückgelassen hatte – alles bis auf Colleens Leiche.

Mir fiel Colleens Selbstmordversuch ein, den sie ein halbes Jahr nach unserer Trennung unternommen hatte – die Narben, silberne Linien an ihren Handgelenken, waren immer noch sichtbar. Doch dies hier hatte nichts mit einem Selbstmord zu tun.

Auf oder neben dem Bett lag nämlich keine Waffe.

Colleen sah aus, als hätte sie sich in mein Bett gelegt und wäre, nachdem sie eingeschlafen war, umgebracht worden.

Und genau das ergab keinen Sinn.

Plötzlich setzte mein Überlebenstrieb ein. Wer auch immer Colleen getötet haben mochte, konnte sich noch im Haus aufhalten. Ich trat an die Sitzbank unterm Fenster, in der ich meine Waffe verwahrte.

Mit zitternden Händen hob ich den Deckel der Sitzbank und griff zur metallenen Waffenkiste. Sie war leicht. Leer.

Ich öffnete die Schranktüren, sah unter dem Bett nach. Niemand, nichts, keine Patronenhülsen. Schließlich zog ich mir Jeans und T-Shirt an und huschte durch die Wohnung, um die Schlösser an den Fenstern zu kontrollieren und die Oberlichter nach zerbrochenen Scheiben abzusuchen.

Dann ging ich in Gedanken alles noch einmal durch.

Die Eingangstür war mit Sicherheit verschlossen gewesen, als ich nach Hause gekommen war. Und ich hatte alle Zutrittsmöglichkeiten überprüft. Das konnte nur bedeuten, dass jemand mit einem elektronischen Schlüssel und biometrischen Zugangsdaten in mein Haus eingedrungen war, jemand, der mich kannte. Colleen war, bevor ich mit ihr Schluss gemacht hatte, ein Jahr lang meine Assistentin und Freundin gewesen. Ich hatte ihre Zugangsdaten nicht gelöscht.

Colleen war nicht die Einzige, die Zugang zu meinem Haus hatte – aber vielleicht brauchte ich nicht lange zu raten, wer sie umgebracht hatte.

Mein Haus wurde durch das beste Überwachungssystem gesichert, das es auf der Welt gab. An allen Seiten waren Kameras positioniert, die Türen und Schnellstraße im Blick hatten, und 180-Grad-Kameras nahmen den Strand unterhalb meiner Terrasse auf.

Im Wohnzimmerschrank mit der Unterhaltungselektronik schaltete ich die sechs Bildschirme ein, die in zwei Reihen übereinanderstanden. Alle sechs Monitore leuchteten auf – und wurden wieder schwarz. Mehrmals drückte ich die Taste auf der Fernbedienung, bis ich merkte, dass die Festplatte verschwunden war. Nur das Kabel ragte aus der Anlage.

Ich griff zum Telefon und wählte Justines Durchwahlnummer im Büro. Es war fast sieben. Ob sie noch arbeitete?

Sie nahm beim ersten Klingeln ab.

»Jack, hast du doch Hunger bekommen?«

»Justine, es ist etwas ganz Furchtbares passiert.« Meine Stimme schnappte über, als ich mich zwang, die Worte über meine Lippen zu bringen. »Es geht um Colleen. Sie ist tot. Irgendeine Drecksau hat sie umgebracht.«

3

Wie eine sanfte Brise huschte Justine durch die Tür. Sie war eine erstklassige Psychologin und Profilerin und tierisch schlau. Eine geniale Frau.

Den Blick in meine Augen gerichtet, legte sie ihre Hand an meine Wange. »Jack, wo ist sie?«, fragte sie.

Ich deutete zum Schlafzimmer und folgte ihr, blieb wie betäubt an der Tür stehen, während sie ans Bett trat. »Oh nein«, stöhnte sie und schlug die Hände vor den Mund.

In meinen Gedanken lebte Colleen noch, obwohl ich Zeuge dieser entsetzlichen Szene war.

Ich stellte sie mir in dem kleinen Haus vor, das sie in Los Feliz gemietet hatte, ein Liebesnest, das man beinahe in seinen gewölbten Händen halten konnte. Ich erinnerte mich, wie sie, nur in knapper Unterwäsche und mit flauschigen Latschen an den Füßen, sich in den Hüften wiegte und mit dem breiten irischen Akzent ihrer Großmutter sagte: »Es werden Kappen auf dem Rasen liegen, und niemand wird sie holen.«

»Und was soll das, bitte schön, bedeuten, Molloy?«, hatte ich sie gefragt.

»Schwierigkeiten.«

Und jetzt lag sie hier auf meinem Bett und hatte mehr als nur Schwierigkeiten.

Leichenblass im Gesicht kam Justine zu mir zurück und nahm mich in ihre Arme. »Es tut mir so leid, Jack. Wirklich leid.«

Ich klammerte mich an sie, bis sie sich abrupt von mir

löste und sich ihr Blick in meine Augen bohrte. »Warum ist dein Haar nass?«, fragte sie.

»Mein Haar?«

»Hast du dich geduscht?«

»Ja. Als ich nach Hause kam, bin ich gleich ins Badezimmer gegangen. Ich musste irgendwie wach werden.«

»Nun, das hier ist kein Traum, Jack, sondern brutale Realität. Hast du Colleen gesehen, bevor du duschen gegangen bist?«

»Ich hatte keine Ahnung, dass sie hier ist.«

»Du hast ihr nicht gesagt, dass sie herkommen soll?«

»Nein, Justine, natürlich nicht.«

Wieder klingelte es an der Tür.

4

Dr. Scis und Mo-bots Eintreffen verbesserte die Chance herauszufinden, was in meinem Haus passiert war, um zweihundert Prozent.

Dr. Sci, mit richtigem Namen Seymour Kloppenberg, war der leitende Forensiker von Private. Hinter seinem Namen reihten sich zahlreiche Abschlüsse, angefangen mit einem PhD in Physik, der ihm mit neunzehn vom Massachusetts Institute of Technology verliehen worden war – und das war erst zehn Jahre her.

Mo-bot war Maureen Roth, ein Computerfreak und technisch hochbegabt. Sie hatte sich auf Computerkriminalität spezialisiert und war bei Private auch die Mutter vom Dienst.

Mo hatte ihre Kamera und ihre Weisheit mitgebracht, Sci seine ultramoderne Tatortausrüstung mit allem, was er zum Sammeln von Beweisen brauchte.

Im Schlafzimmer stellten wir uns zu viert um Colleens Leiche, während draußen vor dem Fenster die Nacht hereinbrach.

Wir alle hatten Colleen geliebt. Wirklich alle.

»Wir haben nicht viel Zeit«, durchbrach Justine, ganz Profi, die Stille. »Jack, ich muss dich fragen, ob du irgendwas mit dem hier zu tun hast. Wenn ja, können wir alles verschwinden lassen.«

»Ich habe Colleen so vorgefunden, als ich nach Hause kam«, antwortete ich.

»Gut, aber eigentlich egal«, erwiderte Justine. »Weil du, je mehr Zeit vergeht, immer mehr zum Tatverdächtigen wirst. Du musst den Mord melden, Jack. Deshalb lass uns alles schnell und vorsichtig durchgehen. Fang ganz von vorne an, und lass nichts aus.«

Während Mo und Sci Latexhandschuhe überstreiften, schaltete Justine einen Digitalrekorder ein und bedeutete mir, ich solle anfangen zu reden. Ich begann damit, dass mich Aldo Punkt halb sechs am Abend vor dem British-Airways-Ausgang in Empfang genommen hatte.

Ich erzählte, dass ich geduscht und anschließend Colleens Leiche entdeckt hätte und dass meine Waffe ebenso wie die Festplatte von meinem Sicherheitssystem fehlten. Ich wiederholte, dass ich keine Ahnung hatte, warum Colleen hier gewesen oder warum sie getötet worden war. »Ich habe es nicht getan, Justine.«

»Das weiß ich, Jack.«

Doch wir beide wussten, dass ich für die Polizei der Hauptverdächtige sein würde und ich mich nicht, obwohl ich Freunde bei der Polizei hatte, darauf verlassen konnte, dass sie Colleens Mörder suchen würden, solange ich einen verdammt bequemen Verdächtigen abgab.

Ich hatte mit der Verstorbenen ein intimes Verhältnis gehabt.

In mein Haus war nicht eingebrochen worden.

Das Opfer lag auf meinem Bett.

Es handelte sich um einen Fall, den die Ermittler gerne als evident und auf der Hand liegend bezeichneten, wobei die Evidenz ganz offen bei mir lag.

5

Wenn man nicht zu den offiziellen Ermittlern gehört, ist es ein Verbrechen, an einem Tatort herumzuwerkeln. Es geht nicht nur darum, dass man Beweise verunreinigt und der Staatsanwaltschaft die Möglichkeit nimmt, den Verdächtigen vor Gericht zu bringen, sondern es wird auch als Beihilfe zu diesem Verbrechen gewertet.

Würden wir bei der Arbeit an diesem Tatort erwischt werden, würde ich meine Zulassung verlieren, und wir würden alle vier in den Knast wandern.

Das heißt, wenn einer von uns das Gesetz gebrochen hatte, dann jetzt.

»Jack, du stehst im Weg«, sagte Mo.

Sobald ich den Flur betreten hatte, begann Mos Kamera aufzublitzen. Sie schoss Bilder aus jedem Winkel und jeder Entfernung bis zu extremen Nahaufnahmen von Colleens Wunden in der Brust.

Sci nahm Colleen und mir mit einem elektronischen Lesegerät die Fingerabdrücke ab, während Mo-bot mit einem anderen Gerät die Oberflächen nach Fingerabdrücken absuchte. Pulver war nicht mehr nötig.

»Wann hast du Colleen das letzte Mal lebend gesehen?«, wollte Justine wissen.

Ich erzählte, dass ich mich am Mittwoch, bevor ich zum Flughafen gefahren war, mit ihr zum Mittagessen getroffen hatte.

»Nur zum Mittagessen?«

»Ja, nur zum Mittagessen.«

Justines Blick verfinsterte sich, als würden Gewitterwolken den Himmel verdunkeln. Sie glaubte mir nicht. Und mir fehlte die Energie, sie zu überzeugen. Ich war übermüdet, verängstigt, verzweifelt und angewidert. Ich wollte aufwachen. Ich wünschte mich in mein Flugzeug zurück.

Sci unterhielt sich mit Mo, während er unter Colleens Fingernägeln Proben abkratzte, die Mo in Tüten steckte. Als Sci mit einem Tupfer in der Hand Colleens Hemd nach oben zog, wandte ich das Gesicht ab.

Ich erzählte, wo Colleen und ich am Mittwoch zu Mittag gegessen hätten und dass Colleen guter Dinge gewesen sei. »Sie sagte, sie habe einen Freund in Dublin, in den sie verliebt sei.« Ich wirbelte herum, als mir ein Gedanke kam. »Hat jemand ihre Handtasche gesehen?«

»Keine Handtasche, Jack.«

»Sie wurde hergebracht«, fuhr ich, an Justine gewandt, fort. »Jemand hat ihr den Schlüssel abgenommen.«

»Guter Gedanke«, stimmte Justine zu. »Fällt dir ein Grund ein? Oder eine Person, die das hier getan haben könnte?«

»Jemand, der sie hasste. Oder mich hasst. Oder uns beide.«

Justine nickte. »Sci? Mo? Wir müssen verschwinden. Kommst du erst mal klar, Jack?«

»Bin mir nicht sicher«, gab ich zu.

»Du stehst unter Schock. Das tun wir alle. Erzähl der Polizei nur, was du weißt«, riet sie mir, während Sci und Mo ihre Sachen zusammenpackten.

Sci legte eine Hand auf meine Schulter. »Erzähl, du hättest sehr lange geduscht. Oder mach ein langes Bad mit anschließender Dusche daraus. Das müsste für die zeitliche Lücke reichen.«

»Okay.«

»Die einzigen Fingerabdrücke, die ich hier gefunden habe, stammen von dir«, sagte Mo-bot.

»Es ist mein Haus.«

»Das weiß ich, Jack. Aber andere Fingerabdrücke gibt es nicht. Untersuch das Lesegerät an der Tür«, riet sie. »Ich würde es ja selber tun, aber wir sollten gehen.«

»Okay. Danke, Mo.«

Justine drückte meine Hand, sagte, sie werde mich später anrufen. Als hätte ich alles nur geträumt, waren sie wieder verschwunden, und ich war mit Colleen allein.

6

Das Beverly Hills Sun gehörte zu den drei exklusiven Häusern der Poole Hotels und lag auf dem Santa Monica Boulevard eineinhalb Kilometer vom Rodeo Drive entfernt. Jedes Zimmer in dem fünfstöckigen glamourösen Gebäude war individuell gestaltet und mit einem eigenen Namen bedacht worden.

Das randlos wirkende Schwimmbecken mit Olympiamaßen auf dem Dach wurde von weißen Leinenzelten, Polstersesseln und ergonomischen Liegestühlen gesäumt. Und es gab eine Bar im Freien.

Junge Leute aus der Unterhaltungsbranche, alle hip und cool, wurden wie die Gazellen von dieser Oase angezogen, einem der besten Plätze im ganzen Hotel.

Um neun Uhr an diesem Abend stand Jared Knowles, der für die Nachtschicht Verantwortliche, mit einem der Zimmermädchen vor der Bergman-Suite in der vierten Etage.

»Ich habe verstanden, Maria. Danke«, sagte er zu ihr.

Nachdem Maria mit dem Bettzeug unterm Arm um die Ecke verschwunden war, klopfte Knowles kräftig an die Tür und rief den Namen des Gastes. Keine Antwort. Er legte sein Ohr an die Tür, doch weder Dusche noch Fernseher waren zu hören.

Der Gast, Maurice Bingham, ein leitender Angestellter aus New York, war bereits das vierte Mal im Sun abgestiegen und hatte noch nie Probleme verursacht.

Knowles rief Binghams Zimmer über sein Mobiltelefon an, hörte das fünfmalige Klingeln sowohl direkt an seinem

Ohr als auch durch die Tür. Wieder klopfte er, diesmal lauter, und wieder meldete sich niemand.

Der junge Hotelmanager wappnete sich für den schlimmsten und den besten Fall, bevor er die Hauptkarte durch den Schlitz schob und wieder herauszog. Das Lämpchen an der Tür wurde grün, Knowles drückte die Klinke nach unten und trat ein.

Bestialischer Gestank schlug ihm entgegen. Sein Herz begann zu rasen, als er sich zwang, durch den Flur ins Wohnzimmer weiterzugehen.

Neben dem Schreibtisch lag Mr Bingham, die starren Finger an seinen Hals gepresst, um den sich ein Draht spannte.

Knowles hob die Hände ans Gesicht und begann zu schreien.

Die Vergangenheit schien ihn einzuholen. Er hatte bereits einmal eine fast identische Leiche gesehen, als er im Hotel Constellation in San Francisco gearbeitet hatte. Er hatte sich hierher versetzen lassen, weil er die Erinnerung nicht ertrug.

In jener Nacht fünf Monate zuvor hatte die Polizei ihn fertiggemacht, weil er die Leiche angefasst hatte. Inzwischen hatte es noch weitere Tote gegeben, alle mit einem Würgedraht erdrosselt.

Das hieß, der Serienmörder war in diesem Hotel; er hatte genau hier gestanden, wo er jetzt stand.

Jared Knowles berührte die Leiche also nicht, sondern rief von seinem Mobiltelefon die Hotelbesitzerin an, Amelia Poole. Sollte sie ihm doch sagen, was er tun sollte.

7

Amelia Poole kam gerade nach Hause, als sie Jared Knowles' Anruf erhielt. Sie bat ihn dranzubleiben, weil sie noch das Garagentor schließen wollte. Während sie den Blick über den Laurel Canyon schweifen ließ, fragte sie, was los sei.

»Es ist wieder passiert«, flüsterte Jared heiser und für Amelia kaum verständlich.

»Wovon reden Sie?«

»Es ist wieder passiert. Ein Gast in der Bergman-Suite. Er heißt Maurice Bingham. Er ist tot. Ermordet. Genauso wie … ich weiß seinen Namen nicht mehr, aber Sie wissen, wen ich meine. Im Constellation. Ich habe Angst, weil ich so was wie eine Verbindung bin, Ms Poole. Die Polizei wird glauben, dass ich das getan haben könnte.«

»Haben Sie es getan?«

»Quatsch, nein, Ms Poole. Glauben Sie mir, zu so was wäre ich nie in der Lage.«

»Woher wissen Sie, dass Mr Bingham tot ist?«

»Sein Gesicht ist blau. Seine Zunge hängt raus. Um seinen Hals hängt eine Drahtschlinge. Er atmet nicht. Hab ich was vergessen? Solche Sachen haben wir in der Hotelfachschule nicht durchgenommen.« Mittlerweile kreischte er beinahe.

Und Amelia Poole war entsprechend verängstigt.

Mit diesem Mord waren es fünf – und es war der dritte in einem ihrer Hotels. Die Ermittlungen hatten bisher nichts ergeben. Seit Wochen hatte sie nichts mehr von der Polizei gehört. Und dieser Mord traf sie persönlich. Vielleicht war er eine Art Warnung. Jeder ihrer Gäste könnte getötet werden. Der reine Wahnsinn.

»Jared, hören Sie mir zu«, sagte sie. »Ich werde versuchen, Sie aus der Sache rauszuhalten. Schalten Sie das ›Bitte nicht stören‹-Licht ein. Können Sie das tun? Nehmen Sie Ihren Ellbogen, nicht Ihre Finger.«

»Eins der Zimmermädchen hat mich angerufen, um zu sagen, dass Mr Bingham noch eine Decke und ein Kissen bestellt hat. Aber er hat die Tür nicht aufgemacht.«

»Haben Sie das Bettzeug ins Zimmer gebracht?«

»Nein.«

»Haben Sie irgendwas angefasst?«

»Nein.« Jared weinte. Ihm war alles zu viel.

»Jared, schalten Sie das Licht ein, und gehen Sie wieder runter an die Rezeption.«

»Ist das nicht gegen das Gesetz?«

»Ich übernehme die Verantwortung, Jared. Gehen Sie einfach an die Rezeption, und rufen Sie nicht die Polizei an. Okay?«

»Okay.«

»Wenn Sie nicht weiterarbeiten können, sagen Sie, Sie seien krank und würden den Abend frei machen. Bitten Sie Waleed, die Schicht zu übernehmen.«

»Okay, Ms Poole.«

»Ich werde Sie morgen anrufen.«

Amelia Poole beendete das Gespräch. Ihr war die Privatdetektei eingefallen, von der sie gehört hatte. Der Leiter hieß Jack Morgan, ein ehemaliger CIA-Mitarbeiter und Soldat der US Marines. Seine Agentur – sie hieß Private – versprach »maximalen Einsatz und maximale Diskretion«.

Es war spät, doch sie würde Private trotzdem anrufen und eine Nachricht hinterlassen, dass Jack Morgan sich so schnell wie möglich bei ihr melden möge.

8

Ich rief meinen Freund und Polizeichef Mickey Fescoe zu Hause an. »Mein Abendessen steht auf dem Tisch«, meldete er sich. »Ich hoffe, du kannst die Sache wiedergutmachen.«

»Das kann ich nicht, Mick. Colleen Molloy, meine Exfreundin … sie wurde bei mir zu Hause umgebracht. Aber nicht von mir.«

Den Blick auf Colleens Leiche gerichtet, beantwortete ich Mickeys Fragen sehr einsilbig. Er werde sofort jemanden vorbeischicken, versprach er, und nachdem ich aufgelegt hatte, setzte ich mich etwas abgewandt zum Bett auf einen Stuhl, um Colleen, während ich auf die Polizei wartete, Gesellschaft zu leisten.

Ich dachte darüber nach, wie nahe Colleen und ich uns gestanden hatten. Darüber, dass ich sie geliebt hatte, aber nicht genug.

Plötzlich fiel mir ein, was Mo-bot mir geraten hatte, bevor sie gegangen war. Ich ging ins Wohnzimmer, fuhr meinen Rechner hoch und trommelte mit den Fingern auf dem Tisch, während das Zutrittskontrollprogramm gestartet wurde.

Auf dem Bildschirm erschien eine lange Liste mit Uhrzeiten, Tagesangaben und Namen. Ich blätterte bis zum letzten Eintrag. Colleens Schlüssel war dreißig Minuten vor meinem verwendet worden.

Langsam entwickelte sich ein Bild vom Tathergang. Diese ganze hässliche Geschichte hatte sich ereignet, als ich auf dem Heimweg gewesen war, was hieß, dass mich jemand im Visier hatte und meinen Kalender bis auf die Minute genau kannte. Aber Dutzende von Leuten wussten ständig, wo ich mich gerade aufhielt – Mitarbeiter, Kunden, Freunde. Jeder mit einem Rechner hatte in Erfahrung bringen können, wann mein Flugzeug gelandet war.

Ich sprang von meinem Stuhl auf, als eine Sirene über den Highway angerast kam, drückte den Öffner für das Tor und wartete an der Tür, die Augen gegen die sich nähernden Scheinwerfer abschirmend.

Zwei Polizisten stiegen aus einem Streifenwagen aus. Den Ersten erkannte ich: Lieutenant Mitchell Tandy.

Damit hatte mir Mickey Fescoe weiß Gott keinen Gefallen getan. Tandy war ein ziemlich gerissener Polizist, der allerdings lieber seine Waffe zückte, als jemanden gefangen zu nehmen.

Tandy hatte meinen Vater verhaftet, der vor mir Inhaber von Private gewesen war. Dad war vor Gericht gestellt und wegen Erpressung und Mord verurteilt worden. Er hatte seine lebenslange Haftstrafe im Corcoran abgesessen, bis er vor fünf Jahren in der Dusche umgebracht worden war.

Tandy mochte mich nicht, weil ich Tom Morgans Sohn war. Sippenhaft. Und er mochte mich nicht, weil Private eine höhere Erfolgsquote aufwies als das LAPD. Eine viel höhere.

Und dann war da noch die allerärgerlichste Sache der Welt: Ich verdiente eine Menge Geld.

All das ging mir durch den Kopf, als die beiden Polizisten auf mich zukamen.

9

Tandy war vierzig und braun gebrannt. Rannte ständig ins Sportstudio. Sein Schulterhalfter spannte sich unter seiner engen, glänzenden blauen Jacke.

»Sie kennen Detective Ziegler«, sagte Tandy.

»Wir sind uns schon begegnet«, erwiderte ich.

Ziegler hatte die Statur eines Schwimmers: breite Schultern, langer Oberkörper. Am rechten Handgelenk trug er ein Kupferarmband. Waffe an der Hüfte. Ich erinnerte mich an ihn. Wir waren aneinandergeraten, als er einem meiner Klienten hinterhergejagt war. Ich hatte gewonnen. Seit ich ihn das letzte Mal gesehen hatte, war sein Haar grau geworden.

»Wo ist das Opfer?«, wollte Tandy wissen.

Ich verriet es ihm, woraufhin er mich anwies zu bleiben, wo ich war.

»Und rühren Sie sich nicht vom Fleck«, sagte Ziegler grinsend.

Ich blickte aus dem Fenster zum Strand. Mehr als Schaum auf den dunklen Wellen konnte ich nicht erkennen. Mein Kopf dröhnte, und am liebsten hätte ich mich übergeben, aber ich unterdrückte alle Gefühle, während Tandy und Ziegler mein Schlafzimmer betraten.

Tandy telefonierte, doch ich verstand nicht, was er sagte. Dann kamen die beiden zurück.

»Ich habe die Gerichtsmedizin und das Labor verständigt«, teilte mir Tandy mit. »Erzählen Sie uns doch in der Zwischenzeit, was passiert ist.«

Wir setzten uns, und ich sagte Tandy, dass ich nicht wüsste, wer Colleen getötet haben könnte oder warum. »Ich hatte mehr als vierundzwanzig Stunden nicht geschlafen«, sagte ich. »Ich habe angefangen, mich auszuziehen, sobald ich die Wohnung betreten habe, und bin vom Flur aus ins Bad gegangen. Erst nach dem Duschen habe ich das Schlafzimmer betreten, um ins Bett zu gehen. Und erst in dem Moment habe ich Colleen entdeckt.«

»Wie praktisch, das mit dem Duschen«, kommentierte Tandy. »Ich vermute, Sie haben sich sehr gründlich gewaschen.«

»Meine Jacke hängt dort über dem Stuhl, mein Hemd liegt auf dem Boden im Flur, meine Hose habe ich über die Tür geworfen, und meine Unterhose liegt vor der Dusche.« Ich nannte Ziegler die Namen von Colleens nächsten Verwandten in Dublin und sagte, dass laut Zugangsprotokoll Colleens Code eine halbe Stunde vor meinem Eintreffen verwendet worden war. »Colleen besaß noch einen Schlüssel. Aber er ist nicht hier«, sagte ich. »Außerdem muss jemand sie gezwungen haben, ihren Finger auf das Lesegerät an der Eingangstür zu drücken.«

»M-hm«, machte Ziegler und forderte mich auf, über meine Beziehung zu Colleen zu berichten.

»Sie war meine Freundin«, begann ich. »Und Colleen hat für mich gearbeitet. Ich mochte sie sehr gern. Nach unserer Trennung ging sie zurück nach Irland, kam aber vor ein paar Wochen wieder her, um Freunde in L. A. zu besuchen. Wen, weiß ich nicht. Letzten Mittwoch haben wir zusammen zu Mittag gegessen.«

Tandy las mir nicht meine Rechte vor, und ich verlangte keinen Anwalt. Ich hoffte auf einen Durchbruch, darauf, etwas zu finden, was mir entgangen war, doch als er mich fragte, ob Colleen und ich uns gestritten hätten, entschuldigte ich mich, ging ins Badezimmer und übergab mich. Anschließend wusch ich mir das Gesicht und stellte mich erneut meinem Verhör.

»Hatten Sie einen Streit mit Colleen, Jack?«, wiederholte Tandy.

»Nein.«

»Sie hätten nicht duschen sollen. Das war entweder frech oder ein Fehler. Natürlich werden wir Ihre Kleider untersuchen und Sie völlig auseinandernehmen. Wir werden die Aufnahmen der Überwachungskameras am Flughafen und Ihr Telefon überprüfen. Das ist unsere Arbeit für heute Abend. Morgen werden wir uns den Hintergrund des Opfers ansehen. Ich gehe davon aus, dass uns die Leiche einige interessante Dinge verrät.«

»Tun Sie Ihr Bestes, Tandy. Aber selbst Sie und Ziegler müssen wissen, dass ich nicht meine Exfreundin in meinem Haus ermorden und dann die Polizei anrufen würde. Das ist eine abgekartete Sache.«

»Ich will nur eins: den Mörder dieser jungen Frau finden.«

»Das will ich auch.«

Ich reichte Tandy meine Bordkarte und Aldos Adresse und versprach, die Stadt nicht zu verlassen. Ich würde nicht mal pinkeln gehen, ohne ihn um Erlaubnis zu fragen.

Schließlich trafen der Gerichtsmediziner und die Kriminaltechnik ein. Ich ließ mir die Fingerabdrücke und ein paar frische Zellen von den Innenseiten der Wangen abnehmen, und man packte meine schmutzige Wäsche ein.

»Werde ich verhaftet?«, fragte ich Tandy.

»Noch nicht«, antwortete er. »Sie haben einen Freund ganz weit oben, Jack. Aber Sie können nicht hierbleiben.«

Ich rief Rick Del Rio an. Zwanzig Minuten später stieg ich in seinen Wagen. »Was, um alles in der Welt, ist passiert?« Ich erzählte die ganze Geschichte noch einmal.

10

Rick Del Rio wohnte in einem kleinen Haus mit zwei Zimmern am Sherman Canal, einem von vier parallel verlaufenden Kanälen, die am Ende durch zwei weitere verbunden werden. Alles in allem eine drollige Version von Venedig.

Die Häuser waren klein, aber teuer und standen entlang des Kanals nah beieinander. An der Rückseite mündeten die Grundstücke auf eine kleine Gasse. Rick fuhr eine dieser Gassen entlang, die mit Mülltonnen, Telefonmasten, Garagentüren und hin und wieder etwas Gestrüpp entlang eines Zauns gesäumt waren.

Del Rios Garagentor war grün gestrichen. Er drückte auf die Fernbedienung, das Tor öffnete sich, und er fuhr hinein. »Mein Kühlschrank ist aber fast leer«, warnte er mich.

»Ist schon in Ordnung.«

»Ein halbes Hühnchen. Etwas Bier.«

»Trotzdem danke.«

Wir gingen in der Garage ein paar Stufen hinauf und durch eine Tür, die in die Küche führte.

»Niemand weiß, dass du hier bist«, sagte Del Rio. »Geh ins Wohnzimmer, und versuch, dich zu entspannen.«

Ich war schon häufiger hier gewesen. Das kleine, einer Hütte ähnelnde Haus war urtümlich eingerichtet. Weiße Wände, dunkle Deckenbalken, Sofa und Sessel dick gepolstert. Zwischen den Sitzmöbeln stand als Tisch eine hölzerne Bootstür, die zum Schutz vor Bier und Kratzern mit einer Kunststoffschicht überzogen war.

Ich ließ mich in einen Sessel fallen, der breit genug für

zwei war, legte meine Füße auf den Tisch und hoffte, die Hölle würde aufhören, sich zu drehen.

Del Rio klapperte in der Küche herum, während ich die Augen schloss, aber ohne einzuschlafen. Ich dachte an eine Nacht sieben Jahre zuvor. Ich hatte einen Transporthubschrauber mit vierzehn Soldaten im Ladebereich nach Kandahar geflogen. Rick Del Rio hatte als mein Kopilot neben mir gesessen.

Es war eine furchtbare Nacht gewesen.

Eine aus einem Fahrzeug abgeschossene raketenbetriebene Granate traf unseren Hubschrauber und durchbohrte den hinteren Bereich, so dass wir steil abwärtstrudelten. Ich landete zwar auf den Kufen, doch die Bombe hatte ganze Arbeit geleistet.

Die meisten Männer starben auf grausame Weise. Ich hatte sie alle gekannt. Ich barg einen der kaum noch Lebenden aus dem Frachtraum, als mich ein Stück umherfliegendes Metall am Rücken traf.

Mein Herz blieb stehen – und ich starb.

Del Rio sammelte mich nicht weit von dem brennenden Wrack auf und holte mich mit Schlägen gegen meine Brust ins Leben zurück.

Danach war der Krieg für mich vorbei, und ich arbeitete für eine kleine Privatdetektei in Century City. Irgendwann bestellte mich mein Vater zu sich, ein hinterhältiger Schweinehund, der immer alle Fäden in der Hand behalten wollte. Er grinste mich im Corcoran durch die Plexiglasscheibe an und knallte mir wie immer alles Mögliche vor den Latz – aber diesmal im wörtlichen Sinn, weil er mir die Schlüssel zu Private überreichte und erzählte, dass auf einem Überseekonto fünfzehn Millionen Dollar auf mich warten würden.

»Mach Private besser, als es unter mir war«, verlangte er.

Eine Woche später wurde er in der Dusche niedergestochen und starb.

Rick hatte keinen reichen Vater. Doch er war ein furchtloser Mensch und wusste, wie man eine Waffe benutzte. Nach seinem Militärdienst war er nach L. A. zurückgekommen, hatte einen bewaffneten Raubüberfall begangen, war verhaftet, verurteilt und ins Gefängnis geworfen worden. Seit seiner vorzeitigen Entlassung wegen guter Führung arbeitete er für Private, und ich hatte ihm dieses Haus gekauft.

Ich wusste alles über Rick. Ich verdankte ihm mein Leben, und er sagte, er verdanke mir seins.

Mein Freund betrat das Wohnzimmer. »Jack«, sagte er. Ich sah auf in das Gesicht, das nur die Mutter einer Bulldogge lieben konnte. Er ist einsfünfundsiebzig groß, ein Exsträfling und gut ausgebildeter Exsoldat. Und jetzt trug er ein Tablett – ein *Tablett*. Er stand da wie ein Krankenpfleger oder ein Kellner.

Er schob meine Füße vom Tisch und stellte das Tablett ab. Er hatte lange Baguettescheiben mit dem übrig gebliebenen halben Hähnchen belegt und mit etwas Tapenade, Honigsenf und ein paar Salatblättern aufgewertet. Und er hatte zwei Bier und einen Flaschenöffner dabei.

»Iss, Jack«, forderte mich mein Flügelmann auf. »Du schläfst oben. Brauchst gar nicht zu widersprechen. Oben ist es dunkel, und wenn du es versuchst, schläfst du neun Stunden durch.«

»Ich kann nicht dein Schlafzimmer nehmen.«

»Sieh mal, was ich hier habe.« Er klappte das Sofa zum Bett auf. »Du gehst hoch ins Schlafzimmer. Morgen hast du einen anstrengenden Tag.«

»Colleen.«

»Mit Sicherheit Colleen. Und hast du meine Nachricht erhalten? Du hast gleich als Erstes eine Verabredung. Carmine Noccia will dich treffen.«

11

Mein Assistent, Cody Dawes, fing mich an seinem Schreibtisch ab. »Guten Morgen, Jack. Wir müssen ein paar Dinge durchgehen …«

»Nur das Allernötigste, Cody. Ich krieche immer noch auf dem Zahnfleisch.«

»Also, ja, klar. Äh, ich werde kündigen.«

»Was? Ich dachte, du wärst hier ganz zufrieden.«

»Ich habe eine kleine Sprechrolle in einem Ridley-Scott-Film bekommen. Ganze Sätze.«

Er grinste von einem Ohr zum anderen, verschränkte die Finger ineinander und sprang, sofern ich richtig sah, in die Luft. Ich schüttelte seine Hand. »Schön für dich, Cody. Ich gratuliere.«

»Ich lasse dich nicht hängen. Ich habe alle Bewerber, die du dir ansehen musst, in Reih und Glied aufgestellt und persönlich überprüft.«

Ich seufzte. »Okay. Was ist als Nächstes dran?« Es war morgens halb acht in Los Angeles, was hieß, dass es in Stockholm halb fünf Uhr nachmittags war. Mein Rhythmus war noch auf mitteleuropäische Zeit eingestellt.

»Mr Noccia ist da. Ich musste ihn in dein Büro setzen.«

»Ich dachte, mir bliebe vorher noch ein bisschen Zeit.«

»Er hat schon vor der Tür gewartet, Jack. In einem Mercedes mit drei anderen Typen, die du nicht mit deiner Schwester verheiraten würdest. Als ich die Tür aufgeschlossen habe, hat er gesagt, er will mit reinkommen, also habe ich ihn nach oben geführt. Es war eine Ermessensentscheidung.«

»Bist du immer noch für den Kaffee zuständig?«

»Bin ich«, antwortete Cody mit einem Grinsen.

Ich ging in mein Büro, das in zwei Bereiche gegliedert war, mein Schreibtisch an dem einen und ein Besprechungstisch am anderen Ende. Carmine Noccia saß auf einem Stuhl neben meinem Schreibtisch.

»Carmine«, begrüßte ich ihn, schüttelte ihm die Hand und setzte mich. Alle Telefonleitungen blinkten, ein zehn Zentimeter hoher Stapel Papier wartete rechts von mir auf mich, und meinen Terminplan konnte ich auf dem Bildschirm verfolgen.

»Sie sehen gut aus, Jack. Als hätten Sie die Nacht im Spind von einem Sportstudio verbracht.«

»Zeitverschiebung«, klärte ich ihn auf. »Fühlt sich genauso an.«

Noccia lächelte. Er war ein hübscher Kerl Mitte vierzig mit perfekten Zähnen und grau meliertem Haar. Er trug einen maßgeschneiderten Anzug und handbestickte Schuhe aus Italien. Carmine sah aus, wie man sich einen modernen, erfolgreichen Mafioso vorstellte – wie ein an einem Privatcollege erzogener Geschäftsmann und nicht wie der Sohn eines regierenden Clanchefs und Mörders.

Cody brachte eine große Thermoskanne mit Kaffee und einen Teller mit Plätzchen und verschwand wieder.

»Del Rio sagte, Sie wollten mich dringend sprechen.« Ich versuchte, es meiner Stimme nicht anhören zu lassen, aber am liebsten hätte ich meine Frage anders formuliert: Himmel, Arsch noch mal, was wollen Sie von mir?

12

»Ich stecke völlig im Chaos, Jack«, begann Carmine Noccia. »Einer meiner Transporter wurde in Utah überfallen. Die Diebe haben drei meiner Männer umgebracht und in der Wüste liegen lassen. Ich glaube nicht, dass mir die Polizei helfen wird, mir mein Eigentum zurückzuholen – das ich gestern hätte ausliefern müssen. Es ist gut, dass ich Sie auf meiner Seite habe.«

»Ich mache keine Geschäfte mit der Mafia.«

Richtiger wäre allerdings die Vergangenheitsform gewesen: Ich hatte keine Geschäfte mit der Mafia gemacht, bis ich die Spielschulden meines Zwillingsbruders, Tommy Jr., bezahlte, damit seine Frau nicht zur Witwe wurde.

Ein paar Monate zuvor waren Del Rio und ich nach Las Vegas geflogen, um Noccia in seinem pompösen, spanisch anmutenden Haus zu besuchen. Um sein Grundstück wand sich ein künstlicher Fluss, und er nannte einen Stall voller Rennpferde sein eigen.

Ich übergab ihm einen Scheck in Höhe der vollständigen Schulden meines Bruders. Carmine und ich hatten uns gegenseitig einen Gefallen getan. An jenem Tag fanden wir heraus, dass wir beide in der Armee gedient hatten. Wie Marines über sich zu sagen pflegten: »Nie ein besserer Freund, nie ein schlimmerer Feind.«

Carmine Noccia und ich hatten uns darauf die Hand gereicht.

Jetzt schenkte Noccia Kaffee ein, goss Milch dazu und reichte mir eine Tasse. »Meine Jungs waren gut, die Straßenräuber waren besser. Mehr weiß ich über die Schweine nicht.«

»Wann ist das passiert?«

»Gestern Abend. Unser Transporter kam aus Chicago und war mit einem Spürsender ausgestattet. Erst als der Transporter an Las Vegas vorbeifuhr und Signale sendete, bis er in L. A. war, wussten wir, dass was nicht stimmte. Dann müssen die Räuber das GPS-Gerät entdeckt und weggeworfen haben, als sie anhielten, um den Inhalt zu überprüfen.«

»Sie glauben also, der Transporter ist in L. A.?«

»Ja. L. A. ist ein großer Umschlagplatz. Die Ladung ist sehr wertvoll, Jack.«

»Drogen?«

Er schüttelte den Kopf. »Verschreibungspflichtige Medikamente.«

»Wie viel?«

»Verkaufswert dreißig Millionen.«

Jetzt war mir klar, warum Noccia schon vor unseren Öffnungszeiten draußen gewartet hatte. In der Vergangenheit hatte die Mafia die Nase über den Drogenhandel gerümpft, doch Arzneimittel waren ein schnell wachsendes und hoch profitables Geschäft, das sie sich nicht entgehen lassen wollte.

Arzneimittel waren entlang der langen Transportkette zudem leicht zu stehlen. Selbst Tante-Emma-Läden mit billigen Vorhängeschlössern an der Tür bunkerten manchmal Schmerzmittel im Wert von fünfzigtausend Dollar.

Jede Tablette war ein winziges Profitcenter und von der Gesundheitsbehörde in vollem Umfang genehmigt. Bei einem Wirkstoffgehalt von achtzig Milligramm pro Tablette und einem Wert von einem Dollar pro Milligramm war eine

Tablette achtzig Dollar wert, ein Fläschchen mit hundert Stück also achttausend und die ganze Ladung auf einem Transporter dreißig Millionen oder mehr.

Noccia hatte ein großes Problem. Er musste den Schaden so schnell wie möglich begrenzen, gleichzeitig konnte er aber niemanden wissen lassen, dass er mit Arzneimitteln handelte. Statt also seine eigene Mannschaft in den Untergrund zu schicken, war er zu mir gekommen.

An illegal vertriebenen Arzneimitteln sind schon mehr Menschen gestorben als an allen Straßendrogen zusammen. Das Geschäft ist hart umkämpft, und ich wollte auf keinen Fall dazugehören.

Noccia beugte sich vor und fixierte mich mit seinen großen braunen Augen. »Ich habe dreißig Jahre auf die Gelegenheit gewartet, das mal zu sagen, Jack: Ich mache Ihnen ein Angebot, das Sie nicht ausschlagen können.«

13

Das Lächeln, das ich Noccia schenkte, war nicht als Lächeln gemeint. »Carmine, Medikamente aufzuspüren fällt nicht in unseren Tätigkeitsbereich. Wir arbeiten für Unternehmen, auch für die Regierung, wie Sie wissen.«

»Sie tun weit mehr als das, Jack, aber das ist Ihre Sache. Ich gebe Ihnen zehn Prozent vom Straßenwert. Das sind drei Millionen Dollar – bar. Sie brauchen nur die Ware zu finden. Mit Ihren Verbindungen benötigen Sie dafür höchstens ein paar Tage. Drei Millionen Dollar, Jack. Wie viele treulose Ehemänner brauchen Sie, um so viel Geld zu verdienen?«

Cody meldete sich über die Sprechanlage. »Mr Morgan, Ihr Neun-Uhr-Termin ist da.«

Zu Carmine gewandt sagte ich: »Ich würde Ihnen gerne helfen, aber diese Art von Arbeit übernehme ich nicht.«

Ich ließ meinen Blick über meinen Terminkalender gleiten, der vollgestopft war wie die Anzeigetafel am Flughafen. Jede halbe Stunde bis zum Abend jeweils ein Termin. Ich dachte an Colleen, die auf einem kalten Tisch lag, während der Gerichtsmediziner sie vom Schlüsselbein bis zum Schambein aufschlitzte.

Während ich hier saß und Carmine Noccia mit drei Millionen Dollar vor meiner Nase wedelte, marschierten Polizisten durch mein Haus, legten mein Leben auf ihren Hauklotz.

Ich hob den Blick und sah den Mafiaboss an, dessen große Zukunft jetzt durch den Verlust einer riesigen Investition und dreier Männer in Gefahr war.

Carmine sah mich mit kühlem Blick an. Das hier war kein Schauspiel à la *Der Pate*. Er verschränkte seine manikürten Finger auf meinem Schreibtisch. »Ich verdopple Ihren Anteil auf zwanzig Prozent«, bot er an. »Steuerfrei, sechs Millionen in bar.«

Je größer sein Angebot war, desto weniger wollte ich damit – oder mit ihm – zu tun haben. »Danke, aber ich bin nicht interessiert, Carmine. Tut mir leid. Ich habe einen weiteren Termin.« Damit erhob ich mich.

Auch Noccia erhob sich.

Wir waren gleich groß.

»Sie haben mich missverstanden, Jack. Sie *haben* den Auftrag. Sie brauchen mir nur zu sagen, wie schnell Sie meine Ware zurückholen können – weil sie ansonsten in ganz kurzer Zeit über das ganze Land verstreut sein wird und mir dreißig Millionen entgehen werden, was für mich nicht akzeptabel ist. Rufen Sie mich an, wenn Sie den Transporter haben.«

»Nein, Carmine«, wiederholte ich. »Das kann ich nicht tun.«

»Welchen Teil von ›nicht ablehnen können‹ haben Sie nicht verstanden, Jack? Sie wissen, was ich meine. ›Nie ein besserer Freund.‹ Sie sind mir was schuldig. Hier ist meine Nummer«, sagte er und schrieb sie auf einen Umschlag. »Wir bleiben in Kontakt.«

Der Kugelschreiber rollte über den Schreibtisch, während Carmine Noccia mein Büro verließ. »Ich finde selbst nach draußen«, sagte er zu Cody.

Ich lehnte mich zurück und blickte aus dem Fenster über das Zentrum von L. A. hinweg. Was würde passieren, wenn ich den Auftrag nicht annahm? War ich zu einem Krieg mit der Noccia-Familie bereit?

Ich rief Del Rio an und ging mit ihm ein paar Minuten das Thema durch: Was war möglich, was war der gescheiteste, sicherste Angriffsplan? Rick sagte seinen Teil, ich meinen. Und dann kauten wir die Sache noch einmal durch.

Als wir einen Plan geschmiedet hatten, bat ich Cody, mir meinen Neun-Uhr-Termin reinzuschicken.

14

Die attraktive Frau in dem blauen Sessel erinnerte mich an alte Detektivfilme in Schwarz-Weiß von Chandler, Hammett und Spillane. Amelia Poole sah aus wie Sam Spades neue Mandantin, eine mondäne weiße Frau Ende dreißig, mit kurzem braunen Haar und ohne Klunker am Ringfinger.

Statt einer Zigarettenspitze umklammerte Ms Poole ein iPhone, und statt eines Fuchsfells zierten Goldketten und Diamanten ihren Hals. »Sieht aus, als hätten Sie die Nacht durchgemacht, Mr Morgan«, grüßte sie mit einem kurzen Grinsen, während sie ihr Telefon in der Handtasche verstaute. »Ich weiß, wie man da aussieht, weil ich neulich selbst eine durchgemacht habe.«

»Ihre war mit Sicherheit interessanter als meine«, wimmelte ich ab, Del Rios Schlafzimmer mit dem Militärbett und den nackten Wänden vor Augen.

Amelia Poole lächelte freundlich, aber gezwungen, ihre Augen blickten ernst. Warum war sie zu mir gekommen? Wurde sie verklagt? Belästigt? Sollte ich ein verlorenes Kind für sie suchen?

Ich wusste aus ihrem Dossier, dass sie drei alte Hotels gekauft, renoviert und zu erstklassigen Fünf-Sterne-Einrichtungen, den Poole Hotels, gemacht hatte. Ich war in der Bar auf dem Dach des Sun gewesen, war ein paarmal im Constellation in San Francisco abgestiegen. Die Bewertungen waren realistisch.

In ihrem Dossier hatte ich auch etwas über einige ungelöste Raubmorde in ihren und ein paar weiteren Hotels gelesen, die die Industrie- und Handelskammer von Kalifornien ins Schwitzen gebracht hatten.

Die Fälle waren noch immer nicht gelöst, aber Touristenmetzeleien schafften es im gegenwärtigen politisch-wirtschaftlichen Klima nicht auf die Titelseiten.

»Es tut mir leid, Ms Poole, aber mir wurde nicht gesagt, warum Sie zu mir kommen.«

»Jinx«, sagte sie.

»Bitte?«

»Nennen Sie mich Jinx. Das ist mein Spitzname.«

»Ich bin Jack«, erwiderte ich.

Ich schenkte Kaffee ein, während sie erzählte, dass sie von Private gehört habe und wisse, dass wir verdammt gut seien. Sie behielt ihren nervösen Blick, als würde sie mit dem, was sie beunruhigte, nicht herausrücken wollen.

Ms Poole spielte mit ihren Diamanten und machte Schnappschüsse mit ihren hin und her zuckenden Blicken.

»Und was führt Sie also zu Private?«, fragte ich nach.

»Gestern Abend wurde ein Gast in seinem Zimmer im Sun umgebracht«, platzte sie heraus. »Ich habe noch niemandem davon erzählt. Auch der Polizei habe ich das nicht gemeldet. Ich habe Angst. Das ist der dritte Gast, der in einem meiner Hotels umgebracht wurde, und ich weiß nicht, was ich tun soll.«

15

Diebstähle in Hotels kamen nicht selten vor, aber ein Mord schon. Jinx Poole berichtete, dass alle Mordopfer – drei in einem ihrer eigenen, zwei in anderen Hotels in Kalifornien – allein reisende Geschäftsmänner gewesen waren.

»Die Polizei ist echt eine Katastrophe«, fuhr sie fort. »Beim letzten Mal haben sie das Hotel verriegelt und den Barbetrieb für achtundvierzig Stunden eingestellt. Sie haben alle Gäste verhört und meinen Mitarbeitern das Fürchten gelehrt, ohne auch nur einen Verdächtigen zu Tage zu fördern. Unsere Reservierungen brachen ein, so dass wir in der Hochsaison leere Zimmer hatten. Klar, wer will denn schon in einem Hotel absteigen, in dem jemand umgebracht wurde. Ich bin völlig verzweifelt, Jack. Es werden Menschen ermordet. Ich weiß nicht, warum. Ich weiß nicht, wer das tut. Meine Hotels sind mein Leben. Ich brauche Ihre Hilfe.«

Ich versuchte, Jinx Poole dazu zu überreden, das LAPD ermitteln zu lassen und Private zu engagieren, um ein absolut hermetisches Sicherheitssystem zu errichten, doch davon wollte sie nichts hören. Sie war verletzlich, arbeitete aber tapfer an der Lösung ihres Problems. Ich mochte sie und verstand ihre Gefühle. Total.

Doch wir hatten nicht genügend Personal, um inoffiziell in einem Fall mit mehreren Morden zu ermitteln. Wir waren voll ausgebucht, und oberste Priorität war, den zu finden, der Colleen Molloy umgebracht hatte.

Ich stellte Jinx Fragen in der Hoffnung, ihre Antworten

würden mir den Weg zu einer Entscheidung weisen. Der Tote im Hotel heiße Maurice Bingham, sei Mitte vierzig, in der Werbebranche tätig und geschäftlich in L. A. gewesen.

Von einem Kampf habe niemand etwas gehört. Die Hotelmitarbeiter hätten Bingham gekannt. Er habe seine Rechnung mit der Kreditkarte bezahlt und keine außergewöhnlichen Forderungen gestellt. Das Zimmer habe er bis zum nächsten Tag gemietet, eine Nachricht, die mir wenigstens ein wenig Hoffnung bereitete.

Das hieß nämlich, dass er in New York noch nicht vermisst wurde und wir getrost davon ausgehen konnten, dass ihn die Zimmermädchen bei dem eingeschalteten »Bitte nicht stören«-Licht so früh am Morgen noch nicht gefunden hatten.

»Wie sieht denn Ihr Sicherheitssystem aus?«

»Im Flur befinden sich natürlich Kameras. Und ein paar am Swimmingpool.«

»Sie müssten die Kameras auf dem entsprechenden Flur für etwa eine Stunde ausschalten, damit wir rein- und rausgehen können. Meinen Sie, das geht?«

»Ja. Das heißt, Sie übernehmen den Auftrag?«

»Ich kann nichts versprechen, aber wir werden uns das Zimmer und die Leiche vornehmen. Betrachten Sie das als Entscheidungsfindung.«

»Ich verstehe.«

»Ich brauche Zugang zu dem Zimmer.«

Jinx Poole zog eine Magnetkarte aus ihrer Handtasche und reichte sie mir.

»Ich brauche außerdem einen Ort, an dem ich ein paar Nächte bleiben kann. Ich könnte im Sun absteigen«, fuhr ich fort.

»Geniale Idee«, stimmte Jinx Poole zu. »Die Coppola-Suite steht leer. Betrachten Sie sich als mein Gast.«

16

Nur städtische Müllkippen sind schlimmer für die Sammlung von forensischen Beweisen als Hotelzimmer. Selbst in Fünf-Sterne-Hotels lassen sich DNS, Fasern und Fingerabdrücke von ein paar Hundert vorherigen Gästen finden.

Aber die Sache war einen Versuch wert.

Carl Mentone, ein Hightech-Freak, bei Private als Kid Camera bekannt, bediente das Delta-Programm auf dem Laptop, mit dem er die Bergman-Suite von allen erdenklichen Winkeln aus aufnahm und die kristallklaren Bilder auf meinen eigenen Rechner in meinem Büro übertrug.

Als würde ich selbst an der Tür stehen, beobachtete ich Sci, Del Rio und Emilio Cruz, die, von Kid mit der Kamera verfolgt, die Suite betraten. Diese sah aus, wie ein Zimmer in einem Beverly-Hills-Hotel für tausendfünfhundert Dollar die Nacht eben aussieht: Goldfarbene Seidenvorhänge umrahmten die Fenster, bequeme Sitzmöbel standen um einen Mahagonitisch, und an den Wänden hingen geschmackvolle Bilder. Die Stehlampen und die Kissen auf dem Sofa waren unberührt. Es hatte keinen Kampf gegeben. Was war hier also passiert?

Neben dem Schreibtisch lag der Tote wie eine besonders groteske Skulptur.

Sci beugte sich über die Leiche. Der Tote wirkte mit seiner dunklen Hose, dem zugeknöpften Hemd und dem frisch geschnittenen Haar wie der typische Geschäftsmann. Er trug einen Ehering. Die Stelle, wo er gewöhnlich seine Uhr getragen hatte, war weiß.

Sci betrachtete den Hals des Toten. »Ein Würgedraht«, erklärte er. »Ein dünner, beschichteter Kupferdraht, wie man ihn in Baumärkten findet. Das Opfer hat versucht, den Draht loszubekommen, aber ohne Erfolg.«

»Hat er einen Ausweis?«

»Brieftasche ist weg«, antwortete Sci.

Cruz beugte sich zur Kamera vor. »Jack, das Schloss ist unbeschädigt. Das Opfer hat seinen Mörder reingelassen, oder der Mörder hatte einen Schlüssel. Auf dem Tisch stehen eine offene Flasche Chivas und zwei Gläser mit Resten von dem Scotch.«

»Gehen wir mal ins Schlafzimmer«, schlug ich vor.

Kid ging den anderen voraus und stellte den Laptop auf einem Tisch ab. Die Bildqualität war so gut, dass ich das Webmuster der auf dem Bett zerwühlten Jacquard-Tagesdecke erkennen konnte. Auch Kissen waren auf den Boden gefallen, und das Laken lag zerknüllt am Fußende.

»Sieht für mich nach Sex aus«, kommentierte Kid.

Sci legte seine Ausrüstung auf den Boden und beleuchtete das Bett mit einer Wechselstromlichtquelle mit Filter für unterschiedliche Wellenlängen.

»Wie recht du hast«, bestätigte er. »Hier war ganz schön was los.«

»Aber eine Brieftasche gibt es hier auch nicht«, stellte Cruz fest, der die auf dem Nachtschränkchen liegenden persönlichen Sachen des Toten durchsuchte. Ein Kugelschreiber, etwas Kleingeld, Schlüssel vom Leihwagen.

Kid ging mit seiner Webcam ins Badezimmer. Hinter der Tür hingen eine Badehose und eine Schwimmbrille, am Waschbecken standen Toilettenartikel, auf dem Boden lagen Handtücher.

Emilio Cruz setzte sich auf den Toilettendeckel. »Jack,

der Mörder war ganz entspannt, vielleicht ein Profi. Keine Spuren eines Kampfes. Wie gesagt, der Typ hat seinem Mörder die Tür geöffnet, hat mit ihm was getrunken und dann vielleicht etwas gesagt oder getan, was den Typen sauer gemacht hat. Der Mörder stellte sich hinter ihn und erdrosselte ihn. Bingham hatte keine Chance.«

17

Während ich die Bergman-Suite aus fast zwanzig Kilometern Entfernung in Augenschein nahm und mich gleichzeitig mit Cody über ein links auf meinem Bildschirm erscheinendes Fenster über die eingehenden Anrufe austauschte, fiel mir plötzlich etwas auf.

»Kid, was liegt da auf dem Schreibtisch?«, wollte ich wissen.

»Telefonbuch«, antwortete er. »Örtliches. Beverly Hills.«

Er bewegte die Kamera nah an das Telefonbuch heran, drehte es um und zeigte mir die aufgeschlagene Seite, die ich so deutlich lesen konnte, als hielte ich das Buch in Händen. Es war die Seite mit den Escortservices.

»Interessant«, sagte ich. »Vielleicht hat Mr Bingham für die Party in seinem Schlafzimmer bezahlt.«

»Könnte sein, Jack. Glaubst du, eine Frau hat das getan? Sie muss sehr stark sein, um einen Kerl von dieser Statur zu erwürgen.«

»Sci, hast du Binghams Fingerabdrücke?«

»Ja. Und ein paar Hundert andere von weiß Gott wem an den Möbeln. Ein Sack voller DNS.«

»Brauchen wir noch was?«

Er zuckte mit den Schultern, als wollte er sagen: Was gibt's denn hier sonst noch zu tun?

Wenn die Polizei uns am Tatort erwischte, könnte ich Private für immer dichtmachen.

»Gut, ich würde sagen, ihr brecht die Zelte ab«, sagte ich.

Meine Leute schlossen ihre Koffer und machten sich auf

den Weg zur Tür. Kid drehte die Kamera zu seinem eigenen angespannten, erhitzten zweiundzwanzigjährigen Gesicht und sagte, er werde noch den Flur und die Ausgänge aufnehmen.

Als er die Übertragung abbrach, rief ich Jinx Poole an. »Jinx, Sie können die Sicherheitskameras wieder einschalten. Und ich brauche eine Kopie der Aufnahmen von gestern Nacht vom vierten Stock.«

»Die habe ich bereits gemacht.«

»Prima. Rick Del Rio wird sie an der Rezeption abholen. Es wird Zeit, dass der Zimmerservice die Leiche entdeckt und die Polizei verständigt.«

»Oh nein.«

»Es geht nicht anders.«

Ich versprach meiner neuen Kundin, am Abend in der Hotelbar zu sein, als eine weitere Nachricht von Cody erschien.

»Lieutenant Tandy und Detective Ziegler sind hier, um mit dir zu sprechen«, las ich. Mir rutschte das Herz in die Hose. Worum ging es? Hatten sie eine Spur, die zu Colleens Mörder führte?

Ich verabschiedete mich von Jinx und bat Cody, den bösen Lieutenant und seinen Partner hereinzuschicken.

18

Mitch Tandy und Len Ziegler betraten mein Büro und sahen sich um, als inspizierten sie es zum ersten Mal, nachdem sie es auf einer Blindauktion ersteigert hatten.

Ich führte sie zur Sitzecke, wo Tandy und ich Platz nahmen. Ziegler wollte sich umsehen – den Ausblick, die Bücherregale, die Fotos an der Wand.

»Warum haben Sie den Tatort manipuliert, Jack?«, begann Ziegler. »Er ist etwas zu ordentlich, wenn Sie wissen, was ich meine. Die Frau stirbt mitten auf dem Bett und hat noch ihre Schuhe an. Sie hinterlässt keine Fingerabdrücke, nicht einmal im Badezimmer. Meiner Erfahrung nach verschwinden Frauen immer erst einmal ins Badezimmer.«

Die Polizisten waren nicht hier, um mir etwas Neues zu verraten. Sie waren hier, weil sie mich durchschauen, mir Angst einjagen, mich beim Lügen oder dabei erwischen wollten, wie ich mich in Widersprüche verstrickte.

»Sie war tot, als ich nach Hause kam«, erklärte ich. »Sie haben genau das Gleiche zu Gesicht bekommen wie ich.«

»Jack, ich bin ein netter Mensch.«

Nur am Rande bemerkt: Nein, das war er nicht. Er war ein bösartiges menschliches Wesen. Sein unvergleichlicher Mangel an Selbstachtung und sein Neid auf andere machten ihn zu dem, was er war – gefährlich.

»Sagen Sie mir, was wirklich passiert ist, damit wir die Sache hinter uns bringen«, forderte er mich auf.

»Mitch, ich habe Ihnen alles gesagt, was ich weiß.«

»Gut.« Er beugte sich über den Tisch in meine Richtung

und rückte einen Stapel Bücher zurecht. »Jetzt erzähle ich Ihnen mal meine Theorie darüber, wie diese junge Frau starb. Colleen Molloy war in ihren Chef verliebt. Klare Sache, ist ja auch nicht unüblich. Aber diese Frau hatte versucht, sich umzubringen, nachdem Sie mit ihr Schluss gemacht hatten. Das ist eine Tatsache. Versuchter Selbstmord sagt mir, dass Colleen ein emotionaler, instabiler Mensch war.«

»Hat sich die Pulsadern vor etwa einem halben Jahr aufgeschlitzt«, fuhr Ziegler auf der anderen Seite meines Büros fort. Er hielt ein Taschenmesser mit einer vielleicht fünfzehn Zentimeter langen Klinge und Perlmuttgriff in der Hand, das er in die Luft warf und wieder auffing. Tat es, solange er sprach. »Colleen überlebte. Kündigte und zog nach Irland, kehrte vor zwei Wochen nach L. A. zurück, um Freunde zu besuchen.«

»Das stimmt«, bestätigte Tandy. »So weit also die Hintergründe. Letzten Mittwoch geht Colleen mit Ihnen ins Smitty's zum Mittagessen, aber was auch immer dort passierte, stellt Colleen nicht vollständig zufrieden. Sie kennt Ihren Dienstplan, weiß, wann Sie nach Hause kommen und so weiter und so fort. Und gestern Abend fährt sie, ohne dass sie eingeladen ist, mit dem Taxi zu Ihnen nach Hause.«

Tandys Tonfall war sanft, keinesfalls grob oder drohend. Doch seiner Theorie nach war ich der Mörder, und diese Theorie meißelte er in Stein.

»Sie haben eine lebhafte Fantasie, Mitch«, hielt ich dagegen. »Aber Colleen hatte einen Freund in Dublin. Sie hat mir nicht nachgestellt.«

»Davon spreche ich ja gar nicht. Sie wollte reden. Sie wusste, wann Sie nach Hause kommen. Sie verwendet Ihren Zugangscode und wartet auf Sie. Sie kommen rein. Sie sagt: ›Überraschung, ich liebe dich immer noch, Jack. Ich werde dich immer lieben.‹«

»Tandy, bei Ihrem Geschwätz wird mir übel. Das war alles nicht so. Colleen und ich waren Freunde. Nur Freunde.«

»Sie waren müde, als Sie nach Hause kamen. Das haben Sie uns erzählt. Der lange Flug, die vielen Zeitverschiebungen. Sie sind nicht in Stimmung für die bedürftige Exfreundin, aber vielleicht wollen Sie trotzdem nett zu ihr sein.«

Ziegler hatte sein Messer wieder eingesteckt und wollte hinter meinen Schreibtisch gehen. Ich erhob mich, um ihm zuvorzukommen, und schaltete meinen Rechner aus. »Nichts davon entspricht der Wahrheit«, sagte ich über meine Schulter hinweg.

»Wir unterhalten uns nur«, erwiderte Tandy freundlich. »Wenn ich mit meiner Theorie fertig bin, können Sie mir Ihre erzählen.«

19

Tandy saß auf meinem Sofa, fuchtelte mit den Händen, als schnappte er nach dem Kern seiner Theorie, und hatte seinen Spaß an seiner »Jack Morgan war's«-Geschichte. »Die junge Frau fängt also an zu weinen, ich weiß nicht, oder ihr wird irgendwie komisch. War's so? Sie dreht durch? Spinnt? Jedenfalls ist Colleen völlig fertig. Und da fängt die Sache an schiefzugehen. Sie sagen, Sie seien an ihr nicht mehr interessiert. ›Danke, aber nein, danke. Lass uns Freunde bleiben.‹ Aber sie will sich von Ihnen nicht noch einmal zurückweisen lassen. Deshalb will sie sich umbringen und es Ihnen damit zeigen.«

Tandys Worte taten weh. Ja, Colleen hatte immer noch Gefühle für mich gehabt. Und ich für sie. »Sehr theatralisch, Tandy«, merkte ich an. »Aber wie ich schon gesagt habe, ich war's nicht.«

»Und ich sage Ihnen, Colleen weiß, wo Sie Ihre Waffe aufbewahren. Sie geht zu dieser Stelle. Sie kämpfen mit ihr. Sie beide fallen aufs Bett, Schüsse lösen sich. Leichtgängiger Abzug. *Peng, peng, peng.* Die Kugeln landen in ihrer Brust.«

»So war es nicht.«

»Colleen wurde erschossen. Es war ein Unfall. So weit kenne ich Sie, um das sagen zu können, Jack. Aber Sie können die Ereignisse nicht ändern. Dieses arme, verwirrte Mädchen lag nämlich tot in Ihrer Wohnung. Klar, Sie hätten die Leiche verschwinden lassen können, aber Sie müssen vorsichtig sein. Vielleicht hat Colleen einer Freundin erzählt, dass sie zu Ihnen nach Hause gehen will. Das können Sie nicht wissen. Oder vielleicht haben Sie Angst, bekommen Panik. Sie rasten aus …«

»Ziegler, bleiben Sie von meinem Schreibtisch weg.«

»Warum so nervös, Jack? Gibt's da was, das ich nicht sehen soll?«

Ziegler schlängelte sich zur Sitzecke zurück. Ich stellte mir vor, wie ich meine Faust in sein grinsendes Kürbisgesicht rammte.

»Wenn ich die Sache falsch verstanden habe, bekehren Sie mich, und wir ziehen an einem Strang«, säuselte Tandy.

Mit seiner Höflichkeit wollte er nur seinen Arsch retten, weil der Polizeichef und ich Freunde waren.

»Bin ich jetzt dran mit Reden?«, fragte ich.

»Genau«, antwortete Tandy.

»Gut. Sie müssen mich wegen des Verbrechens unter die Lupe nehmen, das verstehe ich. Aber Sie verschwenden Ihre Zeit. Ich wurde in eine Falle gelockt. Jemand mag mich nicht. Er hat Colleen entführt, dafür gesorgt, dass sie ihren Schlüssel rausrückt, und hat ihren Fingerabdruck benutzt, um die Tür zu öffnen. Er brachte sie zu mir nach Hause und erschoss sie in meinem Bett. Der Mörder verschwand, bevor ich eintraf. Er dachte, dass sich die Polizei mit ihren Ermittlungen auf mich stürzen wird. Das war sein Plan.«

Tandy lächelte. »Da wird Ihre Geschichte allerdings unlogisch, Jack. In Ihrem zeitlichen Ablauf klafft eine Lücke. Sie haben Ihrer Aussage nach den Flughafen kurz nach halb sechs verlassen und waren um halb sieben zu Hause. Um acht haben Sie den Polizeichef angerufen. Weitere Zeit vergeht, bis Fescoe auf dem Revier anruft. Bis Ziegler und ich eintreffen, sind fast zwei Stunden vergangen, seit Sie die Wohnung betreten haben. Sie hatten eine Menge Zeit, um Ihre Waffe und die Festplatte der Sicherheitskameras im Meer zu versenken. Dann nehmen Sie eine Dusche, waschen Ihr Haar – oh Mann, vielleicht haben Sie Ihre Jungs geholt und die Wohnung professionell reinigen lassen, als wäre der Mord nie passiert.«

»Mitch, der Kartenleser besagt, dass Colleens Schlüssel um sechs Uhr benutzt wurde«, korrigierte ich ihn. »Um sechs waren wir erst kurz hinterm Flughafen.«

»Ja und? Sie hat auf Sie gewartet. Oder Sie haben nach dem Vorfall am Sicherheitsprogramm rumgefummelt. Hören Sie, ich bin ein netter Mensch, Jack. Sagen Sie mir, wer Ihrer Meinung nach Colleen umgebracht hat.«

»Das würde ich auch gerne wissen, aber ich weiß es nicht.«

»Dann denken Sie nach. Ich könnte Ihre Hilfe gut gebrauchen. Stellen Sie doch eine Liste Ihrer Feinde zusammen. Ich werde sie überprüfen. Persönlich. Okay? Rufen Sie mich an, Jack. Jederzeit.«

»Danke, Mitch. Werde ich tun.«

Wir schüttelten uns die Hände, bevor Cody die beiden Typen zum Fahrstuhl brachte. Diese Schweine. Da gab's nichts mehr zu deuteln. Ich war derjenige, der Colleens Mörder finden musste.

Ich selbst musste mein Leben retten.

20

Ich nahm was gegen die Kopfschmerzen und gönnte mir ein paar Minuten, um der Flut von E-Mails und Anrufen Herr zu werden. Als ich wieder aufblickte, saß Sci vor mir. Ich hatte ihn nicht hereinkommen hören. Hatte er sich hierher gebeamt? Wenn jemand dazu in der Lage war, dann er.

»Menschenskind, hast du mich erschreckt.«

»Ich habe nachgedacht«, sagte er nur.

Sci trug ein rotes Hemd über seiner Jeans und lehnte, die Schuhe an meiner Schreibtischkante abgestützt, bequem auf seinem Stuhl. Er hatte das Gesicht eines Cherubs und das Hirn von Einstein, hätte Einstein im digitalen Zeitalter gelebt. Da dem nicht so war, war Sci eindeutig gescheiter.

»Worüber?«

»Ich habe Neuigkeiten, Jack, kann darin aber nichts Gutes entdecken.«

»Dann lass hören.«

»Ich habe mit jemandem gesprochen.«

Sci hatte nicht nur diverse Hochschulabschlüsse, sondern auch ein, zwei Jahre im Kriminallabor von L. A. in den Bereichen Ballistik, Fasern und DNS gearbeitet. Er verfügte über weitreichende Kontakte zu dem Hundert-Millionen-Dollar-Labor, und seine Freunde dort standen der Polizei nahe. Einer seiner Freunde hoffte, von ihm eine Stelle bei Private vermittelt zu bekommen.

Wir hatten vor langer Zeit vereinbart, dass Sci mir interne Infos zukommen ließ und ich dafür keine komischen Fragen stellte.

»Es gab eine Zeugin«, begann Sci.

»Jemand hat Colleen gesehen?«

»Jemand hat dich gesehen, Jack. Am Strand. Eine Nachbarin, Bobbie Newton. Kennst du sie?«

»Flüchtig. Sie wohnt ein paar Häuser weiter den Strand runter.«

»Sie sagt, sie sei gestern Abend joggen gewesen und habe dich am Strand telefonieren gesehen. Sie hätte dir zugewinkt, und du hättest zurückgewinkt.«

»Wann war das?«

»Gegen sechs Uhr. Sie ist sich nicht sicher, weil sie keine Uhr umhatte.«

»Sie hat mich gesehen?«

»So sagt sie jedenfalls.«

»Mein Gott, Sci, ich war nicht am Strand.«

Ich legte keinen Wert auf die Gedanken, die in meinem Kopf kreisten, aber die Zahnräder tickerten los. Ein Rätsel: Wer war ich und doch nicht ich?

Mein Gebärmutterfreund. Mein Feind.

»Tommy«, sagte ich. »Wer sonst?«

»Die Fingerabdrücke in deinem Schlafzimmer stammen alle von dir.«

»Wir sind eineiige Zwillinge«, erwiderte ich.

»Ja, aber eure Fingerabdrücke sind nicht identisch. Sie werden durch die Fruchtwasserströme in der Gebärmutter geformt. Tommys Fingerabdrücke werden sich von deinen leicht unterscheiden. Jack, du glaubst doch nicht wirklich, dass er Colleen umgebracht hat?«

»Er kennt sie. Er kennt mich. Er könnte sie sich geschnappt und gezwungen haben, ihren Finger auf das Lesegerät zu legen. Er hat ein Motiv: Er hasst mich wie die Pest.«

21

Ich eilte die Treppe hinunter in Justines Büro, das direkt unter meinem lag. Drei Gesellschafter scharten sich um ihren halbrunden Schreibtisch: Kate Hanley, Lauri Green und unser sechzigjähriges Schnüffler-Chamäleon Bud Rankin.

Justine, deren hübsches Gesicht von ihrem langen dunklen Haar umrahmt wurde, teilte sie ein, damit sie zu den fünf Hotelmordopfern Informationen einholten. Als ich eintrat, gab sie der Meute gerade den Startschuss.

Ich setzte mich und erzählte ihr von Noccias Angebot, das ich nicht ablehnen konnte.

»Wir übernehmen den Auftrag aber nicht, oder?«

»Ich möchte es nicht.«

»Ich plädiere für ein Nein, das bis in alle Ewigkeit währt.«

»Botschaft angekommen.«

»So, und jetzt erzähl mir, was du über Colleen weißt.«

Erst mal etwas zu Justine und mir: Ein paar Jahre zuvor hatten wir das Strandhaus, in dem ich wohne, als zukünftiges Hochzeitsgeschenk für uns beide gekauft. Wir erlebten eine tolle Zeit mit viel Luft und Liebe in diesem Haus. Denn eigentlich passen wir in jeder Beziehung zusammen – bis auf eine.

Ich trage mein Herz nicht auf der Zunge, und Justine ist Psychologin. Ich halte mich zurück, oder, wie sie es nennt, schütze mich zu sehr. Darüber wird sie sauer und macht dicht. Sie wird wütend und bleibt es.

Wir waren zusammen, trennten uns und versuchten es

erneut mit demselben Ergebnis. Nach unserer zweiten Trennung vor mehr als einem Jahr fing ich was mit Colleen an – und Justine was mit einem Typen, der ihr nun wirklich nicht das Wasser reichen konnte.

Vor ein paar Monaten waren wir beide wieder ungebunden, und so begannen wir eine lockere Beziehung. Ich konnte mich noch immer nicht öffnen. Das konnte sie noch immer nicht tolerieren. So hatte sich im Guten wie im Schlechten nicht viel geändert.

Wie ich sie jetzt so ansah, war mir unbegreiflich, warum ich überhaupt etwas sagen musste, wenn Justine meine Gedanken ohnehin lesen konnte.

Selbst jetzt arbeitete sie sich durch meine verschiedenen Schichten.

»Es gibt eine Zeugin«, begann ich. »Eine Nachbarin sagt, sie habe mich um die Zeit, als Colleen umgebracht wurde, am Strand gesehen.«

»Das verstehe ich nicht.«

»Das war nicht ich.« Ich lehnte mich zurück, ohne den Blick von Justine abzuwenden.

»Oh Gott, es war Tommy«, schlussfolgerte sie.

Wir dachten beide an meinen bösen Zwillingsbruder. Würde er es wagen, mir den Mord an Colleen anzuhängen? Hasste er mich wirklich so sehr?

»Was ist deiner Meinung nach passiert?«, wollte Justine wissen.

»Ich denke, sie wurde hineingeführt, vielleicht mit vorgehaltener Waffe. Sie hatte den elektronischen Schlüssel, und der Mörder drückte ihren Finger auf das Lesegerät an der Tür.«

»Hatte Colleen noch immer Zugang?«

»Sie ist nicht die Einzige. Du hast auch Zugang.«

»Es schwirren bestimmt eine Menge Zugangsberechtigte rum«, sagte Justine und drehte sich auf ihrem Stuhl von mir fort.

»Ich verheimliche dir nichts«, versicherte ich ihr – was aber nicht ganz der Wahrheit entsprach.

Sie drehte sich zurück. »Du sagst mir nicht alles, Jack.«

Sie hatte recht. Doch der Teil, den ich ausließ, hatte nichts mit dem Mord an Colleen zu tun. »Colleen und ich haben uns zum Mittagessen getroffen. Mir ging eine ganze Menge durch den Kopf. Ich musste mein Flugzeug erwischen. Sie hatte gute Laune. Es schien mit ihr alles in Ordnung zu sein, aber wir haben uns über nichts Wichtiges unterhalten. Jemand müht sich nach besten Kräften, mir was anzuhängen.«

»Okay.«

»Ich wohne ein paar Tage im Sun, bis mich die Polizei wieder zu Hause reinlässt. Lass uns dort zu Abend essen.«

»Heute nicht«, lehnte sie ab. »Ich habe schon was vor.«

Das war gelogen.

»Was wirst du wegen Tommy unternehmen?«, fragte sie.

»Was würdest du tun?«

»Ich würde mich zeitlich zurückversetzen lassen, ihm die Nabelschnur mit einem Henkersknoten um den Hals wickeln und zuziehen.«

»Das ist mir damals leider nicht eingefallen.«

Wir lachten lange und laut. Wie gut sich das anfühlte!

22

Cruz und Del Rio arbeiteten in Del Rios Büro an ihrem Fall und verglichen dazu die Telefonanrufe, die Maurice Bingham von seinem Mobiltelefon aus geführt hatte, mit der Liste der Escortservices in den Gelben Seiten von Beverly Hills.

»Ich hatte mal eine Freundin, die bei einem Escortservice gearbeitet hat«, erzählte Del Rio.

»Jetzt ist mir alles klar«, erwiderte Cruz und rollte mit seinem Stuhl neben Del Rio, um auf den Bildschirm blicken zu können.

»Ich habe mich für die ›Alter Knacker, der junge Dinger aushält‹-Option angemeldet«, erzählte Del Rio weiter. »Diese ›jungen Dinger‹ lassen sich mit einem Kerl ein, bis sie mit ihm genug verdient haben, um sich etwas Spezielles leisten zu können. Sie hieß Chelsea. Sehr hübsch und sehr clever. Sie wollte im Modesektor Karriere machen, da erzählte ihr eine Freundin, sie könnte einen Haufen Zaster beim Escortservice verdienen. Und zwar so viel, dass sie damit ihr Geschäft zum Laufen bringen würde.«

»Wann war das? Bevor oder nachdem du aus dem Knast entlassen wurdest?«, wollte Cruz wissen.

Cruz, ein gut aussehender Mann von siebenundzwanzig Jahren mit glatt rasiertem Gesicht und schwarzer Kleidung, trug sein dunkles Haar zu einem Pferdeschwanz zusammengebunden. Der ehemalige Polizist und Ermittler für die Staatsanwaltschaft hatte sich für die Überholspur bei Private entschieden.

»Danach. Ich war damals so ausgehungert nach Frauen, dass mich ein Kuss schon auf den Mond befördern konnte«, antwortete Del Rio.

»Hier ist unsere Übereinstimmung.« Cruz deutete auf die Nummer auf dem Bildschirm. »Bingham hat einen Escortservice mit dem Namen Phi Beta Girls angerufen.«

Del Rio tippte auf seinem Rechner den Namen des Escortservice ein, während Cruz die Angebote am Anfang der Seite vorlas: »›Hübsche Mädchen aus aller Herren Länder. Aber nicht nur hübsch, sondern auch intelligent‹, bla, bla, bla. ›Und jede liebt ihre Arbeit als Hostess.‹ Ha, ha. ›Passende Auswahl durch unsere Buchungsexperten.‹ Klar, wohl eher passend zur Kreditkarte.«

»Chelsea wollte Implantate. Um die bezahlen zu können, brauchte sie ungefähr drei Termine, dann wollte sie ein anderes ›Spezialgeschenk‹. Sie wollte unbedingt ein Auto. Ich hatte keine fünfzigtausend übrig, deshalb hat mich Chelsea wegen eines Autohausbesitzers für Luxusfahrzeuge abserviert. Jetzt kutschiert sie in einem Bentley durch die Gegend.«

Cruz lachte. »Nicht schlecht für ein paar Stunden Arbeit.«

»Eigentlich hätte ich gedacht, dass mein Aussehen und meine Fähigkeiten im Bett ihr etwas bedeuteten«, sagte Del Rio. »Ich war eindeutig auf was Festes aus.«

»Du hast aber mit dem Mädchen abgeschlossen, oder?«, vergewisserte sich Cruz.

»Nee. Sie war die Liebe meines Lebens«, antwortete Del Rio. »Das war ein Witz, du Wichser. Chelsea war 'ne Nutte.« Er lachte und drehte sich wieder zum Bildschirm. »Also gut, Phi Beta führt etwa hundert Mädchen auf. Jetzt guck dir die mal an. Jesses – sechshundert Dollar die Stunde.

Zwei Stunden Minimum. Dreitausend für die Nacht. ›Lady Di, Playboy-Häschen, berühmter Star …‹«

»Hier ist die Adresse von Phi Beta«, unterbrach Cruz ihn. »Fahren wir mal hin.«

23

Del Rio stieg auf der Beifahrerseite aus dem Firmen-Mercedes und marschierte zwischen den fast zwei Meter hohen, mit Blumen berankten Betonpfeilern hindurch die gewundene Auffahrt auf die Glastüren des Beverly Hills Sun zu. »Für mich wurde ein Päckchen hinterlegt. Del Rio ist mein Name«, meldete er sich an der Rezeption.

»Dürfte ich Ihren Ausweis sehen?«, fragte Amy Kang, wie der Name auf dem Schild am Revers verriet, ein Mädchen in schwarzem Kostüm und mit wirrer Frisur.

Würde Cruz hereinkommen und dasselbe sagen, würde das Mädchen einen Schmollmund machen und ihm seine Telefonnummer abluchsen, dachte Del Rio. Sähe er aus wie Cruz oder auch wie Jack, läge ihm die Welt zu Füßen.

Er zeigte dem Mädchen seinen Führerschein. Sie bückte sich unter die schwarze Marmortheke und tauchte mit einem versiegelten Umschlag, der seinen Namen trug, wieder auf.

»Danke, meine kleine Amy«, sagte er, schnappte sich den Umschlag und saß einen Moment später wieder im Wagen. Als er auf den Wilshire Boulevard Richtung Westen einbog, schob er die CD mit der Vierundzwanzig-Stunden-Überwachung der vierten Etage des Sun in den Schacht des Bordrechners.

Am unteren Rand der Aufnahme lief die Uhrzeit mit, so dass Del Rio zum Sonntagnachmittag fünf Uhr zurückspulen konnte und dann auf den Schnellvorlauf wechselte, um zu beobachten, wie Gäste in den Fahrstuhl stiegen oder diesen verließen, mit hölzernen Schritten den Flur hinuntergingen oder dem Ausgang zur Dachterrasse mit dem Schwimmbecken zustrebten.

»Gott«, sagte er zu Cruz, der nach rechts auf den Westwood Boulevard abbog. »So was nennen die Sicherheit?«

»Hast du das gesehen?«, fragte Cruz.

»Was?«

»Ich glaube, Sandra Bullock ist an uns vorbeigeschossen, als hätten wir an einer roten Ampel gestanden.«

»Der Ausgang zur Dachterrasse. Eigentlich sollte das nur der Ausgang sein, aber wenn jemand die Tür aufhält, kann man auch wieder herein.«

»Roter Jaguar«, sagte Cruz. »Bin mir ziemlich sicher, dass sie das war.«

»Zimmer 502 ist ziemlich weit vom Fahrstuhl entfernt«, stellte Del Rio fest. »Aber ich glaube, das hier ist unser Opfer. Steigt aus dem Fahrstuhl, entfernt sich von uns. Dunkle Hose, weißes Hemd, Sportjacke. Ja, das ist er. Gestern Nachmittag um siebzehn Uhr achtunddreißig hat er noch gelebt.«

»Gib mir Bescheid, wenn du die Nutte siehst«, bat Cruz.

»Hier kommt sie.« Del Rio schaltete auf normale Geschwindigkeit. Die Frau auf dem Bildschirm verließ den Fahrstuhl. Sie trug ein blaues Kostüm mit kurzem Rock, ein Push-up-BH drückte ihre Brüste kräftig nach oben in den Ausschnitt. Schmale Handtasche, Stöckelschuhe, langes braunes Haar.

»Von mir kriegt sie neun Punkte«, sagte Del Rio, während die Frau auf dem Bildschirm zu der Tür von Zimmer 502 ging und klopfte. Maurice Bingham öffnete, die Frau lächelte, sagte etwas und trat ein. Zeit: achtzehn Uhr dreizehn.

»Ich konnte ihr Gesicht nicht richtig sehen«, fuhr Del Rio fort. »Aber die Uhrzeit passt. Wann hat er Phi Beta angerufen?«

»Siebzehn Uhr fünfundvierzig.«

»Genau. Die Frau trifft also um achtzehn Uhr dreizehn ein. Schauen wir mal, für wie lange er bezahlt hat.«

Als Del Rio wieder den Schnellvorlauf einschaltete, wackelten die Gäste wie Charlie Chaplin den Flur entlang zum Ausgang zur Dachterrasse, andere kamen wieder heraus. Um zwanzig Uhr fünfzehn verließ die Frau im blauen Kostüm Zimmer 502 und ging Richtung Fahrstuhl. Del Rio hielt den Film an. Das Gesicht der Frau war nicht sehr gut zu erkennen, aber immerhin.

»Das war's«, sagte Del Rio und schickte eine Aufnahme mit dem Gesicht der Frau als E-Mail-Anhang an Jack und an sich selbst. »Bingham hat seine letzten beiden Wonnestunden hinter sich, bevor ihn das Puppengesicht umgebracht hat. Das Spiel ist aus. Gehe nicht über Los.«

24

Phi Beta Girls hatte seinen Sitz in einem kleinen dreistöckigen Haus auf der Hilgard Avenue in Westwood. Cruz hielt mit dem Mercedes neben einem Torpfosten aus Holz, in den die griechischen Buchstaben Phi, Beta und Gamma eingeschnitzt waren.

Cruz und Del Rio stiegen aus und gingen auf das alte erdfarbene Haus mit Stuckverzierungen zu. Del Rio drückte auf die Klingel.

Ein zwischen zwanzig und dreißig Jahre alter Latino mit nach hinten gegeltem Haar, gewachsten Augenbrauen, Flipflops, einer makellos weißen Yogahose und einer weißen Tunika öffnete die Tür.

Cruz zeigte seine Dienstmarke, ein goldenes Schild im Lederetui. Sah richtig offiziell aus.

»Kann ich Ihnen helfen?«, fragte der Latino.

»Wir müssen mit der Hausherrin sprechen, Susan Burnett. Wir ermitteln in einem Mordfall.«

»Bitte warten Sie hier«, wollte der Kerl sie hinhalten.

»Es ist vielleicht besser, wenn wir nicht vor der Tür warten«, ermahnte Cruz ihn.

»Ich bin gleich wieder zurück.«

Cruz wandte sich von der Tür ab und blieb mit nach oben gerecktem Kinn und hinter dem Rücken gefalteten Händen stehen, um genüsslich den Duft der Palisanderbäume und Bananenstauden einzuatmen. Del Rio wechselte ungeduldig von einem Bein aufs andere, bis der Latino zurückkam.

»Miss Burnett wird Sie jetzt empfangen.«

Die Madame oder die Nutte, oder wie auch immer sie sich nannte, hatte eine cappuccinofarbene Haut und eine Pilates-Figur. Sie rannte auf einem Laufband im hinteren Teil des Hauses mit Blick über das Schwimmbecken.

Del Rio tippte ihr auf die Schulter. Sie drehte sich um, drückte den Ausknopf, stieg vom Gerät und legte sich ein Handtuch um den Hals.

Del Rio hielt wieder seine Marke hoch, ohne zu sagen, dass er nicht vom LAPD war. Nicht darauf hinzuweisen war kein Verbrechen, sich als Polizist auszugeben allerdings schon.

»Ich bin Rick Del Rio. Das hier ist mein Partner, Emilio Cruz. Wir ermitteln in einem Mordfall und sind nicht wegen Ihrer Geschäftstätigkeit hier. Es geht um einen Mord im Beverly Hills Sun am gestrigen Abend.«

»Vielleicht gibt es eine Zeugin, ein Mädchen, das für Sie arbeitet«, meldete sich Cruz zu Wort. »Dürfte ich vielleicht eine CD in Ihren Spieler einlegen?«

»Meine Güte, Sie haben es aber eilig, Mr Cruz.« Susan Burnett lächelte ihn spröde an. »Dürfte ich Ihre Dienstmarke noch mal sehen?«

Cruz zog sie aus seiner Jackentasche. »Wir ermitteln für Private«, kam er ihrer Entrüstung zuvor. »Wir werden nicht mit der Polizei sprechen. Jedenfalls nicht, solange das nicht nötig ist.«

»Ich sollte die Polizei anrufen, nur um zu sehen, was Sie tun würden«, erwiderte Burnett.

»Wenn Sie dieses kurze Gespräch zu einem offiziellen Fall machen möchten, bitte schön«, sagte Del Rio. »Die Boulevardblätter werden sich gerne darauf stürzen.«

Burnett dachte eine Sekunde lang nach. »Mit Ihnen würde ich nicht Karten spielen wollen, Mr Del Rio«, sagte sie. »Kommen Sie mit«, forderte sie die beiden auf und ging eine Wendeltreppe hinauf.

25

Der Raum, in dem die Geschäfte abgewickelt wurden, war ein ehemaliges Schlafzimmer. An einem Besprechungstisch saßen drei Frauen – zwei waren über dreißig, eine war über fünfzig – mit Kopfhörern vor Rechnern. An den Wänden hingen Reiseplakate. St. Barts. Cozumel.

Die ältere Frau machte Flugtermine. »Ich habe für Sie zweimal erste Klasse fünfzehnte Reihe vor der Trennwand gebucht, Mr Oliver.«

Bescheidene Deckung für einen Escortservice, dachte Del Rio. Die beiden anderen Frauen starrten ihn nur an.

»Dann geben Sie mir mal die CD«, verlangte Burnett.

Del Rio reichte sie ihr und stellte sich hinter sie, während sie auf Wiedergabe drückte.

»Was sehen wir uns hier an?«

»Darf ich?«, fragte Del Rio zurück.

Er beugte sich über Burnett hinweg und ließ den Film bis kurz vor den Zeitpunkt zurücklaufen, an dem die Nutte den Fahrstuhl verließ, dann drückte er die Pausetaste. »Mr Maurice Bingham betrat im Sun das Zimmer 502 gestern um siebzehn Uhr dreißig. Sieben Minuten später rief er Phi Beta an. Kreditkartentransaktion um siebzehn Uhr achtundvierzig für tausendzweihundert Dollar plus Mehrwertsteuer, zahlbar an Phi Beta Girls.«

»Mir ist Mr Bingham als Kunde nicht bekannt«, entgegnete Burnett. »Unsere Kunden verwenden nicht immer ihre echten Namen.«

»Bingham hat seinen echten Namen und eine echte Kreditkarte verwendet. Das haben wir überprüft. Hier sehen Sie die vierte Etage am gestrigen Abend um achtzehn Uhr dreizehn. Das ist Mr Binghams Verabredung«, erklärte Del Rio und drückte die Abspieltaste des DVD-Players, wo zu sehen war, wie die Frau zum Zimmer 502 ging.

»Die junge Frau mit dem kessen Hintern hielt sich genau zwei Stunden in Zimmer 502 auf. Und jetzt« – er drückte den Schnellvorlauf –, »sehen wir, wie sie das Zimmer verlässt. Bingham dagegen wurde nicht mehr lebend gesehen.«

Del Rio hielt den Film mit der Hostess für 600 Dollar pro Stunde an, nahm die CD aus dem Gerät und reichte sie Cruz.

»Wir müssen mit dieser Frau sprechen«, verlangte Del Rio. »Wenn sie es nicht war, sind wir hier fertig. Sie sollten aber wissen, dass wir diese CD der Polizei übergeben, wenn Sie uns nicht helfen. Also seien Sie bitte kooperativ. Wer ist die Frau in dem blauen Kostüm? Und wie finden wir sie?«

26

»Partygirl vorne rechts«, sagte Cruz zu Del Rio. Sie saßen in ihrem falsch geparkten Mercedes auf dem Charles E. Young Drive direkt vor der Medizinischen Fakultät der Universität.

»Du gehst zuerst«, entschied Del Rio. »Ich bilde die Nachhut.«

Das Mädchen vom Escortservice, eine hübsche Studentin, hieß Jillian Delaney. Sie hatte gerade Pause und kam zwischen den Backsteingebäuden und geometrisch angelegten Rasenflächen des Campus auf sie zu.

Cruz ging ihr entgegen. Sie war schlank und brünett, hielt ihre Bücher unterm Arm und hatte einen Rucksack umgehängt. Er zeigte ihr seine Dienstmarke, was sie ein paar Schritte zurückweichen und nach einem Fluchtweg suchen ließ, doch Del Rio, seine Dienstmarke vor sich haltend, schnitt ihr von hinten bereits den Weg ab.

»Was soll das?«, fragte sie.

»Gestern Abend, Zimmer 502 im Beverly Hills Sun«, antwortete Cruz.

»Oh mein Gott«, stöhnte sie.

Ein Reh im Scheinwerferlicht. Aber wieder wurde die Schauspielerei zu einer kniffligen Sache. Del Rio konnte nicht einfach zu ihr sagen: »Steigen Sie in den Streifenwagen, wir reden auf dem Revier weiter.« Er musste bluffen und hoffen.

Auf dem Weg zu einer Bank stellte Cruz sich und Del Rio als »Ermittler« vor. Sie setzten sich.

Im Sitzen, ohne ihre zwölf Zentimeter hohen Absätze, wirkte sie kleiner als auf dem Überwachungsfilm. Wahrscheinlich wog sie höchstens fünfundfünfzig Kilo, samt Kleidern und Schuhen.

»Darf ich Ihnen die Bücher abnehmen, Jillian?«, bot sich Cruz an.

»Verhaften Sie mich?«, fragte sie, ohne Cruz anzusehen. Als er nicht antwortete, reichte sie ihm die Bücher.

»Bitte strecken Sie Ihre Hände aus«, forderte Del Rio sie auf.

Als Jillian dies tat, besah sich Del Rio ihre perfekten, blass lackierten Nägel, die nicht gesprungen oder gerissen waren. Auch ihre babyzarten Handflächen wiesen keine blauen Flecken oder sonstigen Verletzungen auf. Selbst mit Handschuhen wären Spuren zurückgeblieben, wenn sie einen Menschen mit einem Draht erwürgt hätte.

»Was studieren Sie?«, wollte Cruz wissen.

»Notfallmedizin«, antwortete sie, verschränkte die Arme vor der Brust und warf Del Rio einen finsteren Blick zu.

»Was haben Sie im Sun gemacht?«, fragte Cruz weiter. »Bemühen Sie sich nicht zu lügen, Jillian. Wir haben einen Mitschnitt der Telefonate vom Freier zu Phi Beta. Und wir haben eine Kopie von der mit Zeitstempel versehenen Aufnahme der Überwachungskamera. Also, dann erzählen Sie uns von Ihrer Verabredung gestern Abend.«

27

Das Collegemädchen, das heimlich des Nachts als Hostess arbeitete, wirkte verängstigt, hatte sich aber noch im Griff, wie Del Rio dachte. Und so langsam merkte man ihr den Ärger an.

»Werden Sie mich jetzt wegen Prostitution anklagen?«, begann sie, zu Del Rio gewandt. »Hören Sie, ich muss selbst für mein Medizinstudium aufkommen. Das ist keine unbedeutende Summe. In ein paar Jahren werde ich Leben retten. Wollen Sie sich dem wirklich in den Weg stellen?«

»Ihr Studium und Ihre Aktivitäten außerhalb des Lehrplans sind uns egal«, antwortete Del Rio. »Erzählen Sie uns von gestern Abend.«

»Maurice? Er war ziemlich nett. Keine groben Sachen. Nichts Komisches. Er wollte nur die Zeit mit mir genießen. Etwas, das er zu Hause nicht bekommt.«

»Was ist nach der genossenen Zeit passiert?«

»Nichts. Das Finanzielle wird über die Zentrale geregelt.«

»Und wie kam er Ihnen vor, als Sie wieder gingen?«

»Er war glücklich und hat gesagt, dass wir uns vielleicht wiedersehen, wenn er das nächste Mal in der Stadt sein würde. Er hat sich verabschiedet. Vor dem Hotel hat die Limousine auf mich gewartet.«

»Für Bingham wird es kein nächstes Mal geben«, sagte Del Rio. »Er ist tot. Er wurde ermordet.«

»Aber wie kann das …? Oh nein. Nachdem ich gegangen bin?«

»Wurde er während Ihrer Anwesenheit angerufen?«,

fragte Cruz. »Hat er gesagt, dass er sich Sorgen machte? Kam er Ihnen irgendwie sonderbar vor?«

»Überhaupt nicht. Sauberer Typ. Hat einen weißen Slip und einen Ehering getragen. In jeder Hinsicht ein normaler Termin.«

Sie verabschiedeten sich von Jillian und gingen zum Wagen zurück, wo Del Rio die CD einlegte und sie bis zum Ende durchlaufen ließ. Ganze Abschnitte lang passierte nichts, nur ab und zu gingen Gäste zu ihren Zimmern. Und eine Menge Menschen verließen den Fahrstuhl im vierten Stock auf dem Weg zur Dachterrasse, blockierten dabei aber den Blick auf Zimmer 502.

Jemand in dieser Menge musste den Flur entlanggegangen sein, sich Zutritt zu Zimmer 502 verschafft und Bingham getötet haben. Doch Del Rio konnte nicht sehen, dass die Tür geöffnet wurde, nachdem Jillian Delaney gegangen war.

»Glaubst du, sie könnte ihren Freier getötet haben?«, fragte er Cruz.

»Nein, eher nicht.«

»Ich auch nicht. Jemand wurde von Bingham reingelassen. Und da endet diese Spur«, sagte Del Rio.

»Maurice Binghams letzter Ritt«, erwiderte Cruz.

28

Cruz telefonierte mit jemandem, der sich Sammy nannte, während er Richtung Hollenbeck fuhr, einem Park im Osten von Los Angeles. »Ich kenne Sammy schon sein ganzes Leben lang«, sagte er, nachdem er das Gespräch beendet hatte. »Ich hatte nicht erwartet, dass das so lange dauern würde. Ich dachte, er müsste schon längst zu einer Erinnerung im Gedächtnis seiner Großmutter geworden sein.«

Cruz kannte eine Menge Sammys. Er hätte selbst einer werden können. Er war in Aliso Village aufgewachsen, einem berüchtigten, von Kriminalität gebeutelten Wohnviertel in den Flats. Er wurde Boxer, schlug die Profilaufbahn ein, ein Mittelgewicht auf dem Weg nach oben, bis er dank eines Schädelbruchs eine Zeitlang doppelt sah. Vielleicht hatte dieser Vorfall seinen Kopf so weit aufgeräumt, dass er einen anderen Weg einschlug.

Ein Jahr lang arbeitete er für das LAPD, dann gab ihm sein zweiter, zweimal des Amtes enthobener Cousin, der Staatsanwalt Bobby Petino, eine Stelle als Ermittler in seinem Büro. Franco, ein sturer Expolizist, wurde sein Chef. Er lernte eine Menge Leute kennen, sah eine Menge Leichen, lernte, was es hieß, der Staatsanwaltschaft dabei zu helfen, aus einem Verbrechen einen Fall zu machen. Nach drei Jahren arbeitete Franco für ihn.

Vor zwei Jahren hatte Jack Morgan zu Bobby Petino gesagt, er brauche einen weiteren Ermittler, und Petino hatte Cruz die nächste Lebensveränderung ermöglicht und ein Treffen mit Jack arrangiert.

Es passte einfach alles.

So gut wie bei Private und insbesondere mit Del Rio, einem echten Kriegshelden, als Partner hatte die Zusammenarbeit bisher noch nie geklappt. Die einzige Steigerung wäre, Chef von Private L. A. zu werden, falls Jack sich irgendwann aus dem Geschäft zurückziehen würde.

»Steht dieser Sammy auf deiner Gehaltsliste?«, wollte Del Rio wissen.

»Nein. Er arbeitet ausschließlich freiberuflich.«

Der Whittier Boulevard, eine vierspurige Straße, führte durch ein kaputtes Viertel. Tagsüber standen die Verkäufer vor ihren Läden und priesen T-Shirts und lange Strümpfe an, und Familien gingen mit ihren kleinen Kindern einkaufen. Nachts drückten sich die Drogenhändler in den dunklen Ecken herum, und Prostituierte schlenderten auf und ab.

Doch auf dem Whittier Boulevard war ein Mercedes immer fehl am Platz, egal ob tags oder nachts. Hier fiel er auf wie ein bunter Hund.

Cruz hätte gerne einen Ford gefahren. Einen grauen wie damals, als er für die Staatsanwaltschaft gearbeitet hatte. Doch Jack hatte eine Schwäche für schöne Autos.

»Ich möchte das Paradeschiff zwei Querstraßen weiter auf der South Soto Street parken.«

Als das erledigt war, marschierten Cruz und Del Rio an einem kleinen Einkaufszentrum mit heruntergewirtschafteten Geschäften und verbarrikadierten Fenstern vorbei. Auf der Höhe von Johnny's Shrimp Boat, wo sie die Straße überquerten, sah Cruz, dass Sammy vor der La Mascota Bakery wartete.

Sammy war etwa dreißig, ein Weißer mit zerzaustem schwarzen Haar und Ziegenbart. Er trug türkisfarbene

Stiefel mit spitzen Absätzen, und in seinem Gesicht hingen so viele Piercings, dass es als Werkzeugladen hätte durchgehen können.

»Wer ist das?«, fragte er und zeigte auf Del Rio.

»Das ist Rick, mein Partner. Er ist genauso locker drauf wie ich«, versicherte Cruz.

Sammy war auf Drogen, hatte große Pupillen und war aufgeregt, aber bereit für eine Transaktion.

»Hast du was von ’ner Lieferung von Oxy und so’m Scheiß gehört, die gestern Abend reinkam?«, fragte Cruz und zog einen Zwanziger aus seiner Tasche, den er mit zwei Fingern hielt.

»Einen Kühltransporter?«

Cruz nickte. »Was weißt du darüber?«

Sammy schnappte sich den Zwanziger und zeigte sein Zahnlückengrinsen. »Ich weiß, dass der Transporter weggesperrt ist. Es wird viel darüber gemunkelt, wie man ihn knacken kann.«

»Dieser Tipp war keine zwanzig Cent wert, Sam«, beschwerte sich Cruz.

»Ich kann dir nichts erzählen, was ich nicht weiß. Sag mal, kennst du Siggy O?«

»Ich kenne Sig«, antwortete Cruz. »Hab ihn aber ’ne Weile nicht gesehen.«

»Noch’n Zwanziger, dann schreib ich ’ne SMS für dich«, lockte Sammy.

29

Siggy O war schwarz, wog bei knapp über eins achtzig schlappe hundert Kilo und hatte seine Rasta-Haare mit einem Stück Schnur zusammengebunden. Als Junkie in dritter Generation war er schon vor seiner Geburt drogenabhängig gewesen.

»Hey, Kumpel«, wurde Cruz von Siggy begrüßt. »Is ja lange her. Was treibste so?«

Sie gaben sich die Hände und schlugen sich gegenseitig auf die Schulter. Siggy ging in Boxerhaltung und täuschte ein paar Schläge an, die Cruz mit der flachen Hand parierte. »Hab dich im Fernsehen gesehen, Mann«, sagte Siggy. »Auf Sports Classic. Beim MGM Grand. Dich und Michael Alvarez. Hat dich in der achten Runde flachgelegt.«

Cruz lachte. »Ich weiß. Ich war dabei.«

»Geht's denn wieder?«

»Geht wieder, ja. Und du?«

»Bin seit achtunddreißig Tagen clean«, erzählte Siggy. »Bin in einem Programm. Ich verpasse keine einzige Sitzung. Sehr hübsche Frauen sind dabei. Die wollen sich um mich kümmern. Aber das ist geil. Ich hab's gern, wenn man sich um mich kümmert.« Er lachte laut, bevor er fragte: »Na dann, was brauchst du, Milio?«

»Wir suchen nach einem Transporter, der gestern Abend geklaut wurde. Voll mit Medikamenten.«

»Mit Klimaanlage? Und Gemüsewerbung und so 'nem Scheiß außen drauf?«

»Genau«, bestätigte Cruz.

»Ich muss auch leben, Kumpel. Was springt für mich raus?«

»Fünfzig für den Standort. Noch zweihundert drauf, wenn wir die Ware finden.«

»Zweihundertfünfzig? Milio, in dem Wagen stecken Millionen, ey, Millionen!«

Siggy handelte einen Hunderter als Vorschuss aus. »Lager auf der South Anderson«, verriet er, als er den Schein in Händen hielt. »Ein Blumentopfladen oder so was, oder sagen wir mal, es sieht wie ein Blumentopfladen aus. Hochsicherheitsbewachung außen rum. Hab gehört, der Wagen steht da drin. Hör mal, wenn du mich beteiligst, beteilige ich dich auch.«

»Wir wollen nicht ins Drogengeschäft einsteigen, Siggy. Trotzdem danke. Was hast du sonst noch gehört?«

»Ich habe gehört, der Transporter wurde von den Italienern geklaut und bleibt nicht lange in dem Lager.«

»Danke, Siggy.«

»War schön, dich zu sehen. Hast du meine Nummer?«

»Gib sie mir.«

Siggy tippte seine Nummer in Cruz' Telefon, dann reichten sie sich wieder die Hände und klopften sich auf die Schulter, bevor der Junge die Gasse entlang davonschlenderte.

Und Cruz rief Jack an.

»Wir haben eine Spur zu dem Lieferwagen«, berichtete Cruz. »Er wurde in einem Lager versteckt … klar … gut … echt? Ohne Witz?«

Cruz erzählte noch, wo sie hinfahren würden, und beendete das Gespräch.

»Jack hat einen neuen Kerl, der für uns arbeiten soll«,

sagte er zu Del Rio. »Er war mal Ballettänzer.« Pause. »Heißt das, er ist schwul?«

»Hast du schon mal von der Schwulenregelung beim Militär gehört? ›Frage nicht, sage nichts.‹«

30

Del Rio parkte auf der South Anderson Street gegenüber vom Lager der Töpferei. Das rote Backsteingebäude war ein paarmal mit weißer Farbe getüncht worden, die bereits wieder abplatzte und einzelne Buchstaben der früheren Geschäfte freigab.

Von ihrem Standpunkt aus hatten sie einen guten Blick auf den Ladebereich auf der Artemus Street gleich um die Ecke. Ein Typ lud mit einem Gabelstapler Paletten in einen Sattelschlepper. Zwei Schwarze schnippten ihre Kippen in den Rinnstein und stiegen ins Führerhaus.

Um fünf Uhr nachmittags luden Transporter und kleine Lastwagen ihre letzten Ladungen in diesem Industriegebiet ab. Tore wurden geschlossen, Arbeiter gingen in ihren Feierabend.

Nachdem sie zwanzig Minuten gewartet hatten, näherte sich ihnen von hinten ein Motorrad. Der Motor wurde ausgeschaltet, im Rückspiegel beobachtete Del Rio einen Typen, der vom Motorrad abstieg, bevor er aus dem Blickfeld verschwand.

Plötzlich wurde die hintere Tür geöffnet.

Del Rio riss den Kopf herum. Der Motorradfahrer setzte sich mit schwarzsilbernem Helm auf die Rückbank. Er hatte blaue Augen, war um die dreißig Jahre alt, blond und etwa eins achtzig groß. Unter seinem T-Shirt wölbten sich die Muskeln.

Das musste der Balletttänzer sein.

Er streckte seine Hand über die Rückenlehne nach vorne. »Ich bin Christian Scott. Scotty. Und? Alles gut bei euch?«

Del Rio schüttelte ihm die Hand. »Rick Del Rio. Das ist Emilio Cruz, mein Handlanger.«

»Genau, ab und zu lange ich ihm eine. Nett, dich kennenzulernen, Scotty.«

»Danke, gleichfalls. Ist das der Ort?«, fragte er und zeigte auf das Lager der Red-Cat-Töpferei.

»Das wurde uns jedenfalls gesagt.«

»Habt ihr das überprüft?«

»Nee, wir gucken nur zu, wie die Farbe von den Wänden abblättert. Die müssten in einer halben Stunde Feierabend machen.«

»Ist das in Ordnung für euch, wenn ich mich ein bisschen umschaue?«

»Kein Problem«, stimmte Del Rio zu.

Scotty stieg wieder aus, eilte mit federndem Gang über die breite Straße und ging auf der Artemus Street zum Ladebereich, wo er dem Gabelstapelfahrer etwas zurief. Der Fahrer deutete eine Metalltreppe hinauf. Scotty winkte ihm zu, zog sein Telefon heraus, rannte die Treppe hinauf und öffnete die Tür.

»Keine Ahnung, ob der schwul ist«, überlegte Del Rio. »So, wie der geht?«

»Ich wette einen Hunderter, dass Scotty mal Bulle war.«

»Woher willst du das wissen?«

»Ich kenne tausendeinhundert Polizisten. Er kommt mir wie einer von ihnen vor.«

»Dann behalte ich mein Geld. Und ich werde ihn fragen«, konterte Del Rio.

In der nächsten Viertelstunde hatte Del Rio ein mulmiges Gefühl, weil Scotty viel zu lange dort drin war. Woher kannte ihn Jack, und wie sollte Scotty ins Team passen?

Als Scotty endlich um die Ecke bog, hielt er ein zusammengerolltes Stück Papier in der Hand, sah nach rechts und links über die Straße und stieg hinten in den Wagen.

»Ich habe mich wegen Arbeit erkundigt«, begann er grinsend. »Das ist mein Bewerbungsformular. Mir wurden die Räumlichkeiten gezeigt.«

Del Rio lachte innerlich, ließ es sich aber nicht anmerken. Der Junge war ganz schön gewieft. »Was hast du gesehen?«

»Sehr bescheidene Sicherheitsvorkehrungen«, berichtete er. »Kameras über den Türen, Fenster gesichert. Der Transporter muss der sein, den wir suchen. Er ist weiß, auf einer Seite völlig verschrammt. Steht hinten rechts in der Ecke. Ich wollte mir nichts anmerken lassen, aber ich bin trotzdem dran vorbeigegangen.«

»Meine Güte, du erledigst aber ganz schön viel in einer Viertelstunde«, lobte Cruz.

»Lasst uns diese Fünfzigtausend-Dollar-Kiste hier wegschaffen. Ich habe Bilder gemacht.« Scotty zog sein Telefon heraus. »Vielleicht fällt uns ja was ein.«

31

Ich bog mit dem Lamborghini in meine kurze Einfahrt und fuhr mit dem elektronischen Schlüssel über das Lesegerät. Als die Eisentore zur Seite rollten, bemerkte ich einen Zettel an meiner Tür. Ich war zwar noch zu weit entfernt, um ihn lesen zu können, doch ich wusste, was darauf stand.

»Zutritt polizeilich verboten.«

Ich schaltete den Motor aus und blieb ein paar Minuten sitzen, um mir vorzustellen, wie mein Bruder meine Exfreundin Colleen mit vorgehaltener Waffe zu meiner Haustür geführt, ihr die Mündung gegen den Rücken gedrückt und hinter ihr das Haus betreten hatte. Doch weiter reichte meine Fantasie nicht.

War Tommy so krank im Hirn, moralisch so verdorben, dass er tatsächlich den Mord an Colleen begangen hatte? Ehrlich, ich wusste es nicht.

Ich stieg aus und ging entlang des Zaunes am Haus vorbei zum Strand. Die Sonne stand um fünf Uhr nachmittags noch immer ziemlich hoch. Gestern um etwa dieselbe Zeit hatte jemand Colleen zu ihrem letzten Gang vorbereitet.

Ich ging parallel zum Ufer Richtung Süden, vorbei an zwei riesigen Häusern. Ein kleines Strandhaus daneben trotzte erfolgreich den Grundstücksmaklern und Baggern. Das vierte Haus, eine Mischung aus viktorianischem und zeitgenössischem Stil, hatte eine riesige Terrasse und sah teuer aus.

Hier wohnte Bobbie Newton.

Bobbie war Klatschkolumnistin, die Königin der Stars-

und-Sternchen-Nachrichten zur Hauptsendezeit und die Exfrau eines Wall-Street-Maklers. Sie saß, die Augen hinter einer Sonnenbrille verschanzt, die Füße auf das Geländer gestützt, mit einem hohen Glas in der Hand auf ihrer Terrasse. Die Bluse über ihrem pinkfarbenen Bikini stand offen, in ihren blonden Locken steckte eine Sonnenblende, und sie telefonierte über ein Bluetooth-Headset, den Blick aufs Meer gerichtet.

»Bobbie!«, rief ich. »Kann ich hochkommen? Ich muss mit dir reden.«

»Ich komme runter.« Sie nahm die Füße vom Geländer und richtete sich auf. »Ich ruf später noch mal an«, sagte sie ins Mikrofon.

Sie stellte ihr Glas ab und kam die Stufen zu mir herab, hielt sich aber gut am Geländer fest.

Ich musste an die Geschichte denken, die ich mit Bobbie nach der ersten Trennung von Justine und lange vor Colleen gehabt hatte. Ich dachte, ich hätte die Sache problemlos beendet – ohne Schuldzuweisungen, eben aufgrund von Inkompatibilität. Doch der Umschlag vor meiner Terrassentür, nur mit Schlüssel und ohne Nachricht, hatte eine klare Botschaft gesprochen: »Du Arsch!«

Bobbie war jähzornig, was mir an ihr überhaupt nicht gefiel. Sicher gab es auch einige Dinge, die sie an mir nicht mochte. Doch seit unserer Trennung führten wir ein nachbarschaftliches Verhältnis.

Seevögel flogen auf, als sie über den Strand auf mich zukam. Und ihr Gesichtsausdruck verriet, dass wir keine Freunde waren.

Sie stemmte ihre Hände in die Hüften. »Wenn du wissen willst, ob ich der Polizei erzählt habe, dass ich dich gestern Abend gesehen habe, lautet meine Antwort Ja.«

32

»Ich war gestern Abend nicht am Strand«, erwiderte ich. Bobbie Newton nahm die Sonnenbrille ab, die ihre blutunterlaufenen Augen verdeckt hatte. Sie trank viel und fing schon früh damit an. Noch eine Sache, die mir an ihr nicht gefallen hatte.

»Ich habe nicht halluziniert«, beharrte sie. »Du hast telefoniert. Ich habe es klingeln hören. Ich bin auf dich zugerannt und habe ›Hey, Jack!‹ gerufen. Du hast auf dein Telefon gezeigt, so in der Art ›Ich telefoniere gerade‹. Dann hast du gewinkt. So, wie nur du winkst.«

»Was? Soll das heißen, ich habe so eine typische Art zu winken?«

»So.« Sie hob ihren rechten Arm, bog die Hand zurück und spreizte die Finger, als hielte sie einen Football in der Hand.

Ich hatte am College Football gespielt. Tommy nicht.

»Bis jetzt hat mir noch keiner gesagt, dass ich so eine einzigartige Art zu winken habe.«

»Na, dann hast du es eben von mir jetzt zum ersten Mal gehört. Ich habe dich doch schon tausend Mal winken sehen.«

»Es war nach sechs Uhr gewesen, Bobbie. Das hast du der Polizei erzählt.«

»Und?«

»Die Sonne stand bereits tief. Vielleicht dachtest du, ich wäre es, weil du davon ausgegangen bist, mich zu sehen. Aber ich war es nicht, Bobbie.«

»Erzähl das dem Richter.« Bobbie hob ihre Hand, bog sie nach hinten, als wollte sie einen Football werfen, und trottete über den Strand zurück.

Ich blickte ihr verblüfft hinterher. Was, zum Teufel, sollte das jetzt bedeuten?

Ich war an dem Abend, als ich Colleens Leiche in meinem Bett gefunden hatte, nicht am Strand gewesen. Aber Bobbie war unbeirrbar. Und als Klatschreporterin hatte sie beste Verbindungen. Wahrscheinlich war sie es gewesen, die im Internet die Lawine losgetreten hatte, dass ich in diesem Mordfall der Verdächtige Nummer eins war.

Ich verließ zwanzig Meter von Bobbies Treppe entfernt den Strand wieder. Hatte sie Tommy gesehen und gedacht, er wäre ich? Hatte sie überhaupt jemanden gesehen? Oder hatte sie die Geschichte nur erfunden, um mir eins auszuwischen?

Ich ging seitlich an meinem Haus vorbei, stieg in meinen Wagen und fuhr südlich in Richtung Santa Monica. Ich wollte Colleens engsten Freund sehen. Durch sie war er auch mein Freund geworden. Ich musste mich mit jemandem treffen, der sie gekannt hatte, der fühlte, was ich fühlte, und meine Trauer verstehen würde.

Meine Gedanken kreisten, und ohne mir dessen bewusst zu sein, war ich plötzlich auf der I 10 Richtung Osten. Lenkte ich den Lamborghini, oder lenkte er mich?

Aber ich wusste genau, wo ich Mike Donahue antreffen würde. Genau dort, wo ich ihn das letzte Mal gesehen hatte, hinter der Bar.

33

Mike Donahues Lokal, ein irisches Pub mit Restaurant, sah aus, als wäre es in Galway oder Cork abgebaut und hier in Los Feliz wieder aufgebaut worden.

Als Colleen nach Los Angeles gekommen war, hatte sie sich um die amerikanische Staatsbürgerschaft beworben. Die Zeit nach ihrem Feierabend bei Private und vor der Büffelei für ihren Einbürgerungstest hatte sie immer bei Donahue verbracht. Hier kannte jeder jeden, und fast jeder vor oder hinter der Bar hatte Verwandte in Irland.

Mike Donahue stammte aus einer Stadt, die nur wenige Kilometer von Colleens Heimatort entfernt war. Er war mit ihrem Vater zur Schule gegangen, und als sie sich kennengelernt hatten, war er in der Stadt der Engel so etwas wie ihr Onkel geworden.

Ich stand vor Donahue's Tavern. Durch die Tür, über der ein rotes Schild mit goldener Schrift hing, drängten Leute nach draußen.

Drinnen versuchten die Gäste, die in drei Reihen um die hufeisenförmige Bar standen, die Musik mit lauten Rufen zu übertönen. Der Lärm an der Dart-Scheibe im hinteren Teil war ebenso heftig.

Mike, ein schwergewichtiger Mann mit dichtem Bart und tiefen Furchen um die Augen und auf der Stirn – das Ergebnis vom Rauchen, von der Sonne und vom Lachen –, stand am Zapfhahn. Sein Blick, als er den Kopf hob und mich in der Tür stehen sah, war von tiefer Trauer erfüllt.

Er warf das Handtuch auf die Theke und kam nach vorne. Ich verlor ihn in der Menge aus dem Blick, doch kurz vor mir schob er sich zwischen den Gästen hindurch auf mich zu.

Mit seiner Faust hatte ich als Letztes gerechnet.

Wie eine dünne Dachlatte nietete er mich um. Der Schmerz in meinem Kiefer breitete sich in alle Richtungen aus – Nase, Hals, Schulter und bis zu den Fingerspitzen. Als ich meine Augen wieder öffnete, blickte ich in einen Kreis aus wütenden Gesichtern. Eines davon gehörte Mike.

Ich war hier, anders als gedacht, nicht willkommen. Auch Donahue hatte die Sache falsch verstanden.

Ich war wütend auf alles und jeden. Und wollte mit aller Wucht zurückschlagen. Mit Donahue würde ich es aufnehmen können, dachte ich. Ebenso mit den drei Raufbolden, die bei ihm waren. Und wenn nicht, würde sich zumindest die Schlägerei gut anfühlen.

Emotionalen Schmerz in so was wie körperlichen umwandeln.

Kaum hatte ich mich mühsam erhoben, drückte mich Donahue auch schon gegen die Wand. »Du hättest nicht herkommen sollen, Jack«, drohte er. »Ich bin so durch den Wind, dass ich, Gott möge mein Zeuge sein, einen Mord begehen könnte.«

Ich ballte meine seitlich herunterhängenden Hände zu Fäusten. »Mike, ich habe es nicht getan.«

»Ist das deine Version der Geschichte?«

»Geschichte? Ich habe sie doch geliebt. Warum hätte ich sie dann töten sollen?«

»Vielleicht hat sie dir nicht mehr in den Kram gepasst.«

»Jetzt hör mir doch zu.« Ich wollte, dass er mir glaubte, packte ihn deswegen an beiden Oberarmen und schüttelte ihn. »Ich habe Colleen nicht umgebracht!«, schrie ich ihn an. »Aber ich verspreche dir, dass ich denjenigen finde, der es getan hat. Und dann wird er dafür büßen.«

34

Mit einer Hand drückte ich einen Eisbeutel gegen meinen Kiefer, in der anderen hielt ich ein Guinness. Donahue saß mir an einem kleinen Tisch in seinem dunklen Restaurant gegenüber. Nach zwanzig Minuten lautem Geschrei hatte ich ihn von meiner Unschuld überzeugen können.

»Habe ich schon gesagt, dass es mir leidtut, Jack?«, fragte Donahue mit seinem irischen Akzent.

»Ja.«

Donahue seufzte.

»Ist schon in Ordnung, Mike. Ich verstehe das. Und es ist ja nichts Schlimmes passiert.«

Ein Kellner brachte mir mein Abendessen, einen Teller mit Koteletts und Pommes. Ein weiteres Bier lehnte ich ab und betrachtete den Teller mit gemischten Gefühlen.

Zum einen hatte ich seit Langem nichts gegessen, zum anderen hätte ich am liebsten gekotzt. Doch das Abendessen war Donahues Friedensangebot, weswegen ich den Eisbeutel zur Seite legte und zum Besteck griff.

»Sie war traurig«, erzählte Donahue. »Wir haben über ihren Freund in Dublin geredet, und ich glaube, sie hat ihn gemocht, aber er hat ihr Herz nicht zum Rasen gebracht, wenn du verstehst, was ich meine.«

»Sie war nicht in ihn verliebt.«

Donahue nickte. »Soll ich dir dein Fleisch klein schneiden, mein Junge?«

Ich lächelte peinlich berührt und spießte ein paar Pommes mit der Gabel auf. »Das hat sie mir nicht erzählt. Sie hat gesagt, sie wäre glücklich.«

»Sie hat eher die Tapfere gespielt«, erwiderte Donahue. »Oder vielleicht abgewartet, ob du deine Meinung änderst. Ob du sie immer noch liebst. Jedenfalls habe ich mir keine Sorgen mehr gemacht, dass sie sich was antut. Aber ich hätte nie gedacht, dass jemand sie umbringen würde.«

»Alle haben sie geliebt, Mike.«

»Warum also?« Donahue schlug mit der Faust auf den Tisch. Porzellan hüpfte, Bier schwappte über. »Warum schicke ich sie in einer Kiste nach Dublin zurück?«

Ich legte Messer und Gabel zur Seite und schob den Teller von mir weg. »Es hat nichts mit Colleen zu tun«, sagte ich. »Jemand hat sie umgebracht, um mir wehzutun. Jemand, der mich hasst.«

»Aber wer, Jack?«

»Ich weiß es nicht. Noch nicht. Ich arbeite daran. Wer auch immer das getan hat, war ein Profi. Er hätte die Möglichkeit gehabt, mich umzubringen, ohne Colleen zu schaden. Aber das war nicht das, was er im Schilde führte. Er hat mir die Sache angehängt, um mich Schritt für Schritt zu demontieren. Zuerst dieser … Verlust. Dann die Erniedrigung. Und schließlich lebenslänglich. Oder die Todesstrafe. Das ist sein Plan.«

»Vielleicht wird er von seiner Wut zerfressen. Und ist einen Pakt mit dem Teufel eingegangen.«

»So wird's sein.«

Schweigend saßen wir uns gegenüber, während der Tisch abgeräumt wurde. Als wir wieder alleine waren, blickte ich in Mikes traurige Augen. »Es tut mir leid, Mike. Ich bin derjenige, der sich bei dir entschuldigen muss. Hätte Colleen nichts mit mir zu tun gehabt, würde sie noch leben.«

35

Kurz nach zehn hielt ich vor dem Beverly Hills Sun, dem Aushängeschild von Jinx Poole. Ich stieg aus meinem Zweihunderttausend-Dollar-Auto, als wäre ich mehrere Kilometer weit hinterhergeschleift worden. Ich reichte meinen Schlüssel dem Parkservice und meldete mich an der Rezeption an.

»Mr Morgan, ich glaube, die Dame auf dem roten Sofa wartet auf Sie«, sagte die Angestellte.

Es war Justine.

Gott sei Dank.

Vor lauter Freude bekam ich feuchte Augen. Bei dem Gedanken, mich auf einem sauberen Laken neben Justine auszustrecken, ihre Haut an meiner zu spüren, durchfuhr mich eine Welle der Erleichterung.

Aber warum war sie hier? Als ich ihren Namen rief und durch die plüschige, glitzernde Eingangshalle ging, blickte sie auf. »Wie lange wartest du schon? Ist alles in Ordnung?«

Ich konnte ihren Gesichtsausdruck nicht deuten.

»Was ist los, Justine?«

»Es ist nur … wir müssen reden. Ganz offen. Nichts als die Wahrheit.«

»Gehen wir hoch in mein Zimmer«, forderte ich sie auf und deutete auf meinen verletzten Kiefer. »Ich muss mich hinlegen.«

»Du stinkst nach Bier. Bist du in einer Bar in eine Schlägerei geraten?«

»Du lässt aber auch keinen Seitenhieb aus.«

»Setz dich, bitte. Es wird nicht lange dauern.«

Das klang nicht gut. Ich ließ mich neben Justine aufs Sofa sinken. »Ich bin kurz vor dem Hirntod. Vielleicht sollten wir morgen reden.«

»Zu dem, was ich zu sagen habe, brauchst du nicht viel Hirn.«

Wir blickten uns in die Augen. Ich liebte Justine. Ja, das tat ich.

»Als du dich mit Colleen letzte Woche getroffen hast, bevor du nach Europa abgeflogen bist – was ist passiert?«

»Wir haben im Smitty's zu Mittag gegessen. Irgendwo habe ich noch die Quittung. Bis jetzt hatte ich noch keine Zeit, meine Kreditkartenabrechnung durchzugehen.«

»Hast du mit ihr geschlafen?«

»Meine Güte, was treibst du hier? Habe ich dich je ausgequetscht? Kannst du mir nicht einfach vertrauen?«

»Hast du ›mir vertrauen‹ gesagt? Es ging also nicht nur um ein Mittagessen?« Sie schüttelte den Kopf.

Ich warf die Hände nach oben. »Wenn du mir nicht glaubst, was soll das alles dann? Wie können wir die Sache durchziehen, wenn du mir nicht vertraust?«

Justine erhob sich, hängte sich ihre Handtasche über die Schulter und verließ das Hotel durch die Drehtür, ohne sich noch einmal umzudrehen. Draußen reichte sie dem Parkservice ihre Karte und blieb mit dem Gesicht zur Straße stehen, während der Angestellte ihren Wagen holte.

Justine durchschaute mich wie ein Lügendetektor. Sie anzulügen war sinnlos. Ich hätte ihr hinterherrennen können, doch was hätte ich sonst noch sagen sollen?

Als ihr Wagen gebracht wurde, stieg Justine ein, schnallte sich an und legte auf dem South Santa Monica einen rasanten Start hin.

Diesmal war ich mir sicher, dass ich sie verloren hatte. Es war nicht das, was ich wollte, aber so ungefähr das, was ich verdient hatte.

Zweiter Teil

Ich liebe dich,
ich liebe dich nicht.

36

Am nächsten Morgen marschierte ich, in Gedanken bei Colleen, von meinem Büro durch den Flur zum Besprechungszimmer. Ich überlegte, was sie in ihren letzten Stunden getan hatte, und versuchte, durch ihre Augen zu sehen, wie sie von ihrem Mörder gefangen gehalten wurde. Ich stellte mir ihre Angst vor, als er die Waffe – wahrscheinlich meine Waffe – mit höhnischem Grinsen auf ihre Brust gerichtet hatte.

Ein furchtbarer Gedanke durchfuhr mich: Könnte sie mich für ihren Mörder gehalten haben?

Mit ausgestrecktem Arm drückte ich die Tür zum bis auf den letzten Platz besetzten Besprechungszimmer auf: Sci, Cruz, Mo und Del Rio saßen um den schwarzen Tisch herum, vor sich jeweils einen Becher Kaffee, und schrieben oder telefonierten, blickten aber auf, als ich eintrat. Andere Mitarbeiter saßen am Rand auf den Drehstühlen und unterhielten sich über einen Fall, der um vier Uhr morgens gelöst worden war. Ein Private-Team hatte eine Jugendliche, die von zu Hause fortgelaufen war, und ihren drogenabhängigen Freund geschnappt, als die beiden dabei gewesen waren, mit der Kreditkarte ihrer Mutter Geld an einem Automaten abzuheben.

Justines Platz war leer. Justine kam nie zu spät zu einer Besprechung. Das war ihr in ihren fünf Jahren bei Private noch nie passiert.

Die Gespräche versiegten, als ich Platz nahm. Cody brachte mir einen Energy-Drink und eine Namensliste.

»Was ist das?«

»Bewerber für meine Arbeitsstelle. Ich vereinbare Vorstellungstermine mit den besten drei. Den meiner bescheidenen Meinung nach besten drei.«

Ich nickte. »Fangen wir an.« Ich stellte Christian Scott vor, berichtete, dass Scotty Mitglied im Joffrey Ballett gewesen war und nach einer Knieverletzung bei der Autobahnpolizei als Motorradpolizist gearbeitet hatte. »Scotty gehörte zu dem Trupp aus drei Männern, die einen Drogenboss mit zweihundert Kilo Gras im Kofferraum geschnappt haben. Scotty hatte ihn aus einer Ahnung heraus …«

»Aus einer Ahnung heraus und weil sein Wagen auf der Schnellstraße Funken gesprüht hat«, unterbrach Scotty mich.

»Er hat ein gutes Gespür und dreht, wie mir gesagt wurde, eine ziemlich gute Pirouette«, sagte ich über das Lachen hinweg. »Scotty hat gerade seine sechstausend Stunden als Ermittler bei einem Versicherungsunternehmen hinter sich. Seine Lizenz ist schon unterwegs. Also, steh auf und zeig dich.«

Es wurde applaudiert. Scotty erhob sich und sagte, er sei froh, hier zu sein. Schließlich hob Lauri Green ihre Hand und sagte: »Jack, ich muss gleich los. Wollte nur noch schnell sagen, dass Mara Tracey auf Kaution draußen ist.«

Lauri sprach von unserer diebischen Filmdiva, die pro Film zehn Millionen verdiente und trotzdem in der Boutique noch ein Hundert-Dollar-T-Shirt klaute, womit sie es dank der aus dem Gebüsch auftauchenden Paparazzi auf die Titelseiten der Boulevardpresse und zu einer Verabredung mit dem Richter geschafft hatte.

Maras Ehemann hatte uns engagiert, damit wir sie im Auge behielten. Nachdem wir besprochen hatten, wer Ms

Tracey beschatten sollte, stand Cruz auf und berichtete über den toten Geschäftsmann im Beverly Hills Sun einschließlich der Vorgeschichte – den vier anderen Mordopfern in anderen Hotels und die Sackgasse, die zu einem Begleitservice führte. Er klärte uns darüber auf, in welche Richtung er seine derzeitigen Ermittlungen lenkte, was bedeutete, dass er die Hotelmitarbeiter verhörte und so weiter. Da die Polizei den Fall übernommen habe, halte er sich selbst im Hintergrund.

Noccias gestohlenen Transporter, voll mit zuvor gestohlenen Medikamenten, erwähnte er nicht. Diesen Fall wollte ich vor den anderen Mitarbeitern geheim halten.

Als Cruz sich wieder setzte, rief ich über meinen Laptop Colleens Bild auf dem Hauptmonitor an der Wand auf. Meine Ohren dröhnten, und mein Herz begann zu rasen, als ich dieses Bild betrachtete. Noch zwei Tage zuvor war Colleen putzmunter gewesen.

Ich senkte den Blick auf die Tastatur, um meine Gefühle in den Griff zu bekommen. »Die meisten von euch kannten Colleen«, begann ich mit zitternder Stimme. »Sie wurde höchstwahrscheinlich getötet, um mich zu quälen und mir den Mord anzuhängen.«

»Oh Mann«, sagte Del Rio leise.

Ich schluckte. »Wie ihr wahrscheinlich schon gehört habt, bin ich nicht nur der Haupt-, sondern auch der einzige Verdächtige. In der Zwischenzeit treibt sich Colleens Mörder irgendwo da draußen herum und lacht sich dumm und dämlich.«

37

Ich lehnte mich zurück, war mir der Blicke meiner Kollegen bewusst, während ich wieder zu Colleens Bild an der Wand sah, dem Schnappschuss einer fröhlichen Colleen, den wir an ihrem ersten Tag bei Private für ihren Ausweis gemacht hatten.

Ich erinnerte mich, wie Colleen eine Stunde nach Aufnahme dieses Fotos im Vorzimmer gesessen hatte, meine Mails durchgegangen war und aufgeblickt hatte, als mein Schatten über ihren Schreibtisch gewandert war. »Will Ihnen jemand was Böses, Mr Morgan?«, hatte sie gefragt.

»Da fallen mir gleich ein Dutzend Menschen ein. Warum?«

Sie zeigte mir einen gefütterten Umschlag, der mit rotem Wachsmalstift in großen Druckbuchstaben beschriftet war. »Wichtige Unterlagen. Sofort nach Erhalt öffnen.« Ein Pfeil zeigte auf eine Lasche, an der man ziehen sollte. Der Umschlag tickte nicht, war aber auch nicht mit einem Absender versehen, und die Buchstaben wirkten seltsam.

Wir hatten das Gebäude evakuieren lassen. Achtzig Menschen waren in die gleißende Sonne geschickt worden, während ein Entschärfungskommando den Umschlag mit einem Roboter herausgeholt und im Bombenfahrzeug geröntgt hatte. Er hatte im Reißwolf zerkleinertes Papier und die Nachricht »Bumm, Peng, Boing« enthalten, die in denselben roten Buchstaben, umgeben von nach außen gerichteten Pfeilen, geschrieben war.

Die Fingerabdrücke hatten zu einem Wiederholungstäter geführt, Penn Runyon, einem Psychopathen, der wegen illegalen Waffenverkaufs im Gefängnis gesessen hatte und ein paar Monate zuvor entlassen worden war.

Runyon hatte ausgesagt, er habe in der Zeitung gelesen, ich hätte einen entflohenen Häftling, der ein Freund von ihm gewesen war, wieder hinter Schloss und Riegel gebracht.

Eigentlich war es Tommy gewesen, der Runyons Freund geschnappt hatte, nicht ich.

Das ewige Missverständnis: Jack Morgan, Private Investigations. Tom Morgan Jr., Private Security.

Runyon wollte wissen, ob er mich getötet hatte. Echt? Ey, Junge, du hast mir eine nichtexplosive Papierbombe geschickt.

Runyon hatte alles völlig verkehrt gemacht.

Colleen andererseits hatte alles richtig gemacht. Sie war die beste Sekretärin, die ich je gehabt hatte. Und noch mehr. Ich fühlte mich ihr zutiefst verbunden.

Ich beendete meine Erinnerungen an Colleen und lenkte meine Aufmerksamkeit zurück auf die Gegenwart. »Colleen hat über ein Jahr hier bei Private gearbeitet«, sagte ich zu meinen Kollegen. »Und wir trafen uns auch privat. Das war kein Geheimnis.«

»Sie war eine tolle Frau«, bestätigte Del Rio.

»Stimmt. Sie war hier in L. A., um Freunde zu besuchen, wurde aber entführt oder reingelegt und dann bei mir zu Hause umgebracht.« Ich beschrieb den furchtbaren Tatort in meinem Schlafzimmer, bevor ich das Wort an Sci übergab, der in seinem mit einer Ananas bedruckten T-Shirt, der Malerhose und den Tennisschuhen wie ein Fünfzehnjähriger aussah.

Er zitierte aus einem Bericht die Todesursache und die Todesumstände – Mord durch einen Schuss durchs Herz – und sagte, es gelte als erwiesen, dass Colleen irgendwann vor ihrem Tod sexuellen Kontakt gehabt hatte. »Im Laufe des Tages erhalten wir das DNS-Profil«, versicherte er.

»Egal was wir finden, das LAPD wird es uns nicht abkaufen, weil wir niemandem sagen können, dass wir den Tatort untersucht haben. Daher werden wir das, was wir gefunden haben, verwenden müssen, um den Täter in eine Falle zu locken und die Polizei zu ihm zu führen.«

Es wurde nach dem Todeszeitpunkt gefragt und danach, wo ich zur Tatzeit gewesen war, ob man die Mordwaffe gefunden und ob der Mörder etwas geschrieben, angerufen oder eine Nachricht hinterlassen hatte, die ich hätte finden müssen.

»Der Mörder war ein Profi. Der Mord war gut geplant. Alles inszeniert, um mich als den Mörder hinzustellen. Wir machen Überstunden, bis wir den Arsch gefunden haben, der Colleen getötet hat.«

Kaum hatte ich meine Worte ausgesprochen, wurde die Tür geöffnet. Justine trat ein, elegant in einen marineblauen Anzug und eine cremefarbene Bluse gekleidet.

»Tut mir leid«, entschuldigte sie sich nur und setzte sich neben mich.

»Wir sind gerade fertig«, sagte ich. »Willst du über Danny Whitman berichten?«

»Möglicherweise ein neuer Fall«, begann sie, an die Gruppe gerichtet. »Junger Filmstar mit einem kriminellen Reißverschlussproblem. Ich werde mich heute noch mit ihm treffen.«

»Danke, Justine. Noch jemand?«

»Ich würde gerne kurz mit dir alleine reden, Jack«, bat Justine mich. »Geht das?«

Ich vertagte die Besprechung, schloss die Tür hinter den anderen und setzte mich neben Justine.

38

Vor sieben Jahren, nachdem ich aus dem Krieg zurückgekehrt war, ging ich zu einem hervorragenden Therapeuten, der sich auf Veteranen wie mich spezialisiert hatte, das heißt, auf ehemalige Soldaten, die durch die blutige Hölle gegangen waren und sich mit dem Einleben zu Hause schwertaten.

Wie so viele von uns litt ich unter nächtlichen Albträumen. Immer wieder hörte ich, wie die Jungs schrien, als der hintere Teil unseres Hubschraubers zerbombt wurde.

Die Praxis von Dr. Moskowitz, ein kleines Büro in einem hohen Gebäude, befand sich in Santa Monica auf der Fifteenth Street. Damals hatte ich es noch nicht gewusst, aber Justine Smith hatte in demselben Gebäude gearbeitet.

Wir begegneten uns eines Abends am Fahrstuhl. Ich war in einer Weise wie vom Blitz getroffen, die man nicht mit der Beschreibung von Haar, Augen und Kurven erklären kann. Ich fuhr bis in den zehnten Stock hinauf und starrte sie einfach nur an, bevor mir klar wurde, dass der Fahrstuhl nicht nach unten fuhr.

Sie hatte mich ausgelacht. Oder vielleicht hatte es ihr auch nur gefallen, mir zuzusehen, wie ich mich in null Komma nichts von ihr hinreißen ließ. Bei der nächsten Begegnung hielt ich ihr die Fahrstuhltür auf, stellte mich ihr vor und bat sie, sie zum Abendessen ausführen zu dürfen.

Sie willigte ein. Es war, als hielte sie mein Herz in ihren Händen.

Justine war ein paar Jahre jünger als ich und vielleicht

um Längen weiser. Sie war schön und gescheit. Arbeitete die meiste Zeit in einem psychiatrischen Krankenhaus und behandelte montags und mittwochs in einer Privatpraxis eine Handvoll Patienten.

Wir aßen bei einem Italiener draußen in Hermosa Beach zu Mittag. Ich redete die ganze Zeit, erzählte ihr in dieser Zeit mehr über mich als jemals danach. Ich spürte, dass sie ein vertrauenswürdiger und offener Mensch war, und sie musste mich für einen Menschen gehalten haben, der sich öffnen konnte.

Später sagte sie, ich sei wie eine Muschel. Mit einem Gummiband um meine Schale. Ich lachte darüber, sagte, sie habe mein wahres Ich erkannt, wenn es nicht unter einer Krise litt. Zu dem Zeitpunkt waren wir bereits ineinander verliebt.

Jetzt saß Justine mit undurchdringlicher Miene auf einem Lederstuhl und drehte sich sanft hin und her. Ich ging um den Tisch herum und setzte mich neben sie.

Sie war so wütend auf mich.

»Ich habe ein Angebot für einen neuen Job bekommen. Ein gutes.«

»Das hat aber nicht lange gedauert.«

»Ich schließe meine Fälle ab, einschließlich des letzten, wenn er genehmigt wird. Ich habe noch nicht zugesagt, aber es ist nur eine Frage der Verhandlung. Wahrscheinlich nehme ich die Stelle.«

»Ich weiß, es ist für dich eine vage Vermutung, aber stell dir einmal vor, ich bin unschuldig. Stell dir vor, dass ich dich jetzt so sehr brauche wie niemals zuvor in meinem Leben.«

»Okay, Jack, dann stell du dir jetzt vor, dass mir das völlig egal ist.«

39

Justine saß hinterm Steuer ihres dunkelblauen Jaguars, Scotty auf dem Beifahrersitz neben ihr. Sie bogen von der Melrose Avenue ab, fuhren durch den Torbogen von Harlequin Pictures und hielten am Pförtnerhäuschen an.

»Justine Smith. Ich habe einen Termin bei Danny Whitman«, meldete sich Justine an.

Der Pförtner fuhr mit dem Finger über eine Liste auf seinem Laptop und glich das Bild auf Justines Führerschein mit ihrem Gesicht ab. Schließlich meldete er sie per Telefon an und wandte sich wieder ihr zu. »Fahren Sie nach rechts und die zweite nach links auf die Avenue P. Auf der geht's immer weiter bis zur Nummer 231 an der Ecke der Eleventh«, wies er sie an und winkte sie durch.

»Ich habe alle Filme mit Danny Whitman gesehen«, sagte Scotty. »Auch seinen ersten, *Badger*. Hat den Jungen mit den wilden Hunden gespielt. Ich wusste, er würde groß rauskommen.«

Justine lächelte ihm zu, während sie wegen einer Temposchwelle bremste. An der zweiten Kreuzung bog sie nach links ab und fuhr eine Straße entlang, die von Tonstudios und zwei- oder dreistöckigen verputzten Häusern gesäumt wurde, die früher als Wohnungen für Autoren und Schauspieler gedient hatten und jetzt vor allem als Produktions- und Verwaltungsbüros dienten.

Justines Gedanken kreisten um Jack – um Jack und Colleen. Sie war sich sicher, dass Jack gelogen hatte, was das Mittagessen mit Colleen betraf. Sie dachte auch über das

Angebot für die neue Stelle nach, die nicht so gut wäre wie ihre jetzige – abgesehen von einem wichtigen Detail: Sie würde Jack nicht fünf Tage die Woche begegnen.

Scotty sah sie an. Sie überlegte, was er gesagt hatte … irgendwas darüber, wie aufgeregt er war, für Danny Whitman zu arbeiten.

»Wir haben den Scheck noch nicht, Scotty. Sollten wir den Auftrag kriegen, wette ich zehn Dollar, dass du froh bist, wenn der Fall erledigt ist.«

Sie schob die Sonnenblende nach oben und schaltete einen Gang herunter. »Gerade fängt der Dreh zu seinem neuen Film an«, sagte sie. »Ein Action-Abenteuer natürlich. Die Frage ist, ob er ihn zu Ende drehen wird.«

»*Shades of Green*«, bestätigte Scotty. »Ich habe darüber gelesen. Spionage und Gegenspionage im einundzwanzigsten Jahrhundert.«

»Gut, ich bin beeindruckt. Du machst deine Hausaufgaben.«

Justine dachte kurz über diesen Auftrag nach. Hätte sie Jack doch nur nicht gesagt, dass sie ihn zu Ende führen würde. Er könnte sich in die Länge ziehen. Und womit man bei Filmstars in jedem Fall rechnen konnte, war, dass er zu einer schmutzigen Angelegenheit verkommen würde.

Bitte, lieber Gott. Lass dies hier die Ausnahme von der Regel sein. Mach, dass dieser Fall ein einfacher wird.

»Bitte?«, fragte sie Scotty, der wieder etwas gesagt hatte.

»Du hast die Besprechung versäumt. Jack hat über Colleen Molloy gesprochen. Sie scheint sehr beliebt gewesen zu sein.«

»Sie war eine hinreißende Frau«, sagte Justine und ließ ihren Blick über die fast gleich aussehenden Häuser gleiten. »Bei welcher Hausnummer sind wir?«

»›Hinreißend‹. Eine interessante Wortwahl.«

»Authentisch. Lustig. Ungekünstelt.«

»Und du warst mit Jack auch zusammen?«

»Hey, du nimmst es mit den Hintergrundrecherchen aber sehr genau«, konterte Justine. »Da ist es. An der Ecke. Jetzt hör gut zu, Scotty, ich weiß nicht, ob wir den Auftrag bekommen, deswegen hör und schau einfach nur zu.«

»Lässt sich machen.« Er grinste. »Aber du hast meine Frage nicht beantwortet.«

Justine hielt am Straßenrand, schaltete den Motor ab und wandte sich ihrem neuen Kollegen zu. Er war jung, hatte gleichmäßige Gesichtszüge. Wahrscheinlich mit ein paar deutschen, ein paar britischen, ein paar indianischen Vorfahren. Sah attraktiv aus und war irgendwie sehr von sich eingenommen, aber auch neugierig und beharrlich. Und hatte gute Laune. Er würde eine gute Ergänzung für Private sein. Solange er seinen Optimismus nicht verlor.

»Jack ist ein Herzensbrecher«, begann Justine. »Ich weiß nicht einmal, ob es sein Fehler ist. Frauen wollen Jack an sich binden und bilden sich ein, sie könnten es. Ich dachte das auch.«

Sie nahm vom Rücksitz ihre glänzende Lederhandtasche, zog ihr Schminkset heraus, legte frischen Lippenstift und Rouge auf.

»Dann wird es wohl stimmen, was Jack gesagt hat: Ihm wird der Mord angehängt«, überlegte Scotty.

Justine ließ ihre Handtasche zuschnappen und öffnete die Wagentür. »Jack ist vieles, aber kein Mörder.«

»Aber war er nicht im Krieg? Er war doch Soldat, oder?«

40

Scotty blieb neben Justine stehen, als die Tür zum Gebäude mit der Nummer 231 geöffnet wurde und sich ein barfüßiger Johnny-Depp-Verschnitt als Larry Schuster vorstellte, Danny Whitmans Manager.

Justine reichte Schuster die Hand und stellte Scotty vor. Beim Betreten des Hauses wurden sie von dem Geruch nach Marihuana, verbranntem Toast und Klimaanlagenkühlmittel eingehüllt.

Scotty sah sich in dem schicken, modernen Büro um. Holzböden, runde Tische in leuchtenden Farben, Schreibtische auf einer Seite des Raums, voll mit Obstkörben, Papierstapeln und offenen Geschenktüten mit Uhren und anderem Plunder, der wie aus einer Reihe Füllhörner herausquoll.

An den Wänden hingen gerahmte Poster von Whitmans vier vorherigen Actionfilmen, die alle Kassenschlager gewesen waren.

Ein etwas ungepflegt wirkender Mann um die vierzig mit zerfurchter Stirn und grau werdendem Haar kam auf Scotty und Justine zu. Er trug ein verknittertes blaues Leinenhemd mit hochgekrempelten Ärmeln und einem Monogramm auf der Brusttasche. »Ich bin Mervin Koulos. MK Productions«, stellte er sich vor.

Koulos war der Produzent von *Shades of Green*.

Justine stellte ihren Mitarbeiter vor, bevor sie sich an einen niedrigen Tisch auf zu klein geratene Stühle setzten, die sie wie Kinder aussehen ließen.

Eine junge Frau kam zu ihnen und fragte, ob sie etwas zu

trinken wollten. »Nein danke«, lehnte Schuster ab, Koulos bestellte ein Fiji-Wasser ohne Eis. Justine nahm einen Kaffee mit Milch und Zucker.

Scotty zog einen Block und einen Stift aus seiner Tasche. »Ist das in Ordnung, wenn ich mir Notizen mache?«, fragte er in die Runde.

Scotty erfuhr, dass Schuster, der Manager, für die Karriere des Schauspielers verantwortlich war und dafür zehn Prozent der Gage kassierte. Der Produzent, Koulos, hatte großes Interesse daran, dass der Film ein Erfolg wurde. Kein Wunder, dass er besorgt wirkte. Sein Star steckte in Schwierigkeiten.

Justine erklärte, wie Private arbeitete und vorging, wie die Bezahlung und alle Formalitäten geregelt wurden und welche Maßnahmen sie für diesen Fall vorschlug. Sowohl der Manager als auch der Produzent stimmten allem zu, was zu tun war, »um den Schaden in Grenzen zu halten«.

Am Ende erhoben sie sich. Schuster ging zum Hinterausgang und hielt die Tür auf. »Dr. Smith, ich glaube, Sie sollten auch mit den anderen sprechen.«

41

Scotty ging als Letzter durch die Hintertür. Ein Basketballring hing an einer Wand, die im rechten Winkel an ein anderes Gebäude grenzte. Auf dem geteerten Hof befanden sich noch immer die Linien für die Parkbuchten.

Ein Basketball durchkreuzte Scottys Blick und landete im Korb.

»Ja!«, rief jemand.

Der Kerl war etwa eins achtzig groß und hatte kurzes braunes Haar. Er trug kein Hemd, um seinen rechten Oberarm wand sich eine Stacheldrahttätowierung. Mit seinem triumphierenden Grinsen sah er aus, als wäre er erst zweiundzwanzig.

Der Typ heiße Rory Kovaks und sei mit Danny in Nebraska zur Schule gegangen, erklärte Schuster. Sie seien zusammen aufgewachsen, und Rory sei nach L. A. gekommen, um Danny Gesellschaft zu leisten.

Danach deutete Schuster auf Alan Barstow, Dannys Agenten von CTM, einen der großen Talentsucher mit allerbester Kundschaft. Barstow war irgendwas über dreißig, von mittlerer Größe und dünn.

Randy Boone, Dannys Assistent, und Kevin Rose, Dannys Kampftrainer, waren die Nächsten, auf die Schuster zeigte. Sie gehörten zu Dannys Gefolge.

»Pause!«, rief Schuster. »Wir haben Gäste.«

Der Ball zischte ins Netz, prallte vom Asphalt ab und rollte ins Gras, wo sich die Spieler sammelten. Schuster erzählte den Jungs, dass Justine und Scotty von Private kämen und engagiert worden waren, um für Schadensbegrenzung zu sorgen.

Einige blieben stehen, andere setzten sich, als Schuster das Zepter an Justine weiterreichte. Scotty drückte sich als Beobachter an der Seitenlinie herum.

Justine begrüßte die Anwesenden und stellte sich als leitende Ermittlerin bei Private vor. »Die Boulevardpresse hat ein Auge auf alles, was sie ausschlachten kann«, begann sie schließlich. »Katie Blackwell, die Frau, um die es geht – nun, ihre Eltern haben wahrscheinlich auch eine Privatdetektei beauftragt. Sie könnten Danny und jeden von Ihnen, der mit ihm in Verbindung steht, beobachten, nur um etwas zu finden, mit dem sie groß rauskommen und Dannys Ruf in den Dreck ziehen können. Für Danny ist es wichtig, dass er und Sie alle hier sich bedeckt halten, bis die Verhandlung vorbei ist. Das heißt, kein Alkohol, keine Drogen und vor allem keine Mädchen.«

»Klar, und nicht mit offenem Mund kauen und dieses Gelände nicht barfuß betreten«, kommentierte Kovaks.

»Dr. Smith, nichts für ungut, aber wir brauchen keine Privatdetektive, die uns beaufsichtigen«, meldete sich Rose, der Kampftrainer, zu Wort. Und an Larry Schuster gewandt: »He, das kannst du doch nicht ernst meinen.«

Scotty sah zu Justine, die lächelnd und mit gefalteten Händen dastand. »Mr Rose, entweder alle oder keiner. Wenn Sie unseren Bedingungen nicht zustimmen, werden wir Sie in Frieden lassen. Für uns ist das kein Problem.«

Scotty sah die Felle schon davonschwimmen. Das war nicht das, wonach ihm der Sinn stand. »Was ist denn hier los?«, sagte er zu den Jammerlappen. »Danny Whitman braucht unsere Hilfe. Er wird wegen Vergewaltigung eines vierzehnjährigen Mädchens vor Gericht gestellt. Wollt ihr ihm helfen? Oder wollt ihr Deppen ihn nur aussaugen bis aufs Blut?«

42

Nachdem Schuster die Rauferei mit einem Gartenschlauch abgekühlt und Justine Scotty mit einem warnenden »beobachten und zuhören« in die Schranken verwiesen hatte, setzten sich Justine, Scotty und Danny Whitman ins Musikzimmer im zweiten Stock mit einem hübschen Ausblick über das Gelände von Harlequin, einem der ältesten Filmstudios von Hollywood.

Danny saß am Klavier und klimperte »Lay Down Sally«, wurde aber von Justine aufgefordert zu erzählen, was passiert war.

Danny seufzte, erhob sich und ließ sich in einen Sessel fallen. Justine bemerkte, dass er viel jünger aussah als auf der Leinwand. Er war auch größer, aber gut proportioniert. Mit dem berühmten Leberfleck auf seiner Wange und dem dichten braunen Haar hätte er immer noch Basketballspieler an der Highschool sein können, obwohl er schon vierundzwanzig war.

Zwischen Daumen und Zeigefinger seiner rechten Hand standen mit Kugelschreiber geschriebene Zahlen. Sie sahen aus wie eine Telefonnummer.

»Es mag vielleicht idiotisch klingen, aber ich weiß ehrlich nicht, was passiert ist«, begann er. »Wir waren bei Alan Barstow zu Hause, meinem Agenten.«

Justine nickte. »Ich kenne Mr Barstow.«

»Alan gab eine Party. Dort waren eine Menge Mädchen. Dutzende. Ich bin bei mir zu Hause in meinem eigenen Bett aufgewacht, allein. Noch bevor mein Wecker losging, stand die Polizei vor meiner Tür. Hat gesagt, diese … Katie Blackwell hätte mich angezeigt.«

»Sie nennen ihren Namen, als würden Sie sie nicht kennen«, bemerkte Scotty.

»Ich habe sie schon mal gesehen und weiß gerade mal, wer sie ist«, erwiderte Danny. »Ich war nicht mit ihr zusammen. Mit Sicherheit weiß ich nicht, wie alt sie ist. Ich kann nicht einmal sagen, ob sie an dem Abend auf der Party war, aber meine Freunde haben gesehen, dass sie sich an mich geklammert hat.«

»Und wie lautet Katies Version?«, wollte Justine wissen.

»Sie sagt, wir hätten die Party gemeinsam verlassen. Ich hätte sie in meinem Auto zum Sex gezwungen und sie danach bei ihr zu Hause abgesetzt. Gucken Sie sich mal meinen Wagen an. Da drin kann man keinen Sex machen. Aber eine Freundin von ihr behauptet, sie hätte uns zusammen wegfahren sehen. Ansonsten stünde nur meine Aussage gegen die von Katie.«

»Hat Katie sich untersuchen lassen?«

»Nein. Sie hat ausgesagt, ihr sei die Sache peinlich gewesen. Sie hätte geduscht und erst am nächsten Morgen ihren Eltern davon erzählt. Die haben dann die Polizei verständigt. Also, die Sache war so: Ich war an dem Abend total breit. Wenn ich schuldig bin, verdiene ich die Strafe. Aber ich glaube wirklich nicht, dass ich mit diesem Mädchen Sex hatte. Ich bin ziemlich sicher, dass ich mich daran erinnern würde.«

»Ziemlich sicher?«, hakte Justine nach.

»Ich erinnere mich nur bruchstückhaft – ich habe gelacht, bin hingefallen, Mädchen haben mich begrabscht. Mehr nicht. Und keiner meiner Freunde hat mich mit Katie abziehen sehen.«

»Sie könnte lügen, um selbst nicht in Schwierigkeiten zu geraten«, überlegte Justine. »Weil sie bis spät in die Nacht noch aus war oder so.«

Danny zog an seiner Unterlippe und sah Justine an, als kramte er in seinem Gedächtnis. Andererseits war er Schauspieler und konnte leicht eine Geschichte erfinden.

»Dr. Smith, leider war es nicht das erste Mal, dass ich nicht mehr weiß, was passiert ist. Mein Leben ist irgendwie unecht. Ich war noch ein Kind, als ich hierherkam. Ein normales Kind. Hier gibt es zu viel von allem, und meine Zeit gehört nicht mehr mir selbst. Oft habe ich das Gefühl, als würde jemand anders mein Leben führen und als hätte ich keinen Einfluss mehr darauf, was mit mir geschieht.«

»Ich möchte Ihnen helfen, damit die Sache nicht noch schlimmer wird und Sie die Gerichtsverhandlung ohne weitere schlechte Presse überstehen«, versicherte ihm Justine. »Möchten Sie einen Rat von mir?«

»Ja, klar. Sagen Sie mir, was ich tun soll.«

So ein Mist, dachte Justine. Danny war ein liebenswürdiger Mensch, und jetzt war sie verantwortlich dafür, dass er sauber blieb und zölibatär lebte, um seinen Hundert-Millionen-Dollar-Film drehen zu können. Sie reichte ihm zwei Visitenkarten. »Hier, so können Sie mich und Scotty erreichen. Die Sache ist wirklich einfach. Gehen Sie auf keinen Fall mit Mädchen aus. Dann wird es keine Bilder und keine Überschriften geben. Verbringen Sie die Nächte nicht irgendwo, sondern zu Hause. Gehen Sie zur Arbeit, lassen Sie Ihr Telefon eingeschaltet, und bleiben Sie mit uns in Kontakt.«

»Abgemacht.«

»Wessen Nummer ist das auf Ihrer Hand?«, fragte Justine.

»Ich weiß nicht. Genau das habe ich ja gemeint. Schauen Sie, schon weg.« Er spuckte auf seine Hand und wischte sie an seiner Jeans ab.

»Okay«, sagte Justine. »Ab jetzt tun Sie so, als wären Sie ein Mönch. Und wir werden über Katie Blackwell herausfinden, was wir können.«

43

Die breite Treppe von Private wand sich spiralförmig über fünf Stockwerke um den Empfangsbereich im Erdgeschoss herum. Sie war dem Querschnitt einer Nautilusmuschel und einer Steintreppe im Vatikan nachempfunden, die ich einmal hinuntergegangen war.

Jetzt ging ich die Treppe nach oben, als Sci hinterhergerannt kam und mich im vierten Stock einholte. »Warte mal, Jack«, hielt er mich mit besorgtem Blick auf.

Mein Magen fuhr mit dem Fahrstuhl nach unten. »Was ist los, Sci?«

»Vor dir steht der Unglücksbote«, sagte er. »Bruno hat gerade angerufen.«

Bruno war ein Freund von Sci, ein Technikspezialist im städtischen Labor mit Verbindungen zur Polizei. Der Freund, der hoffte, er würde über Sci eines Tages eine Stelle bei Private bekommen.

Wir gingen an Cody vorbei in mein Büro.

Sci ließ sich auf einen Stuhl sinken und legte die Füße auf meinen Schreibtisch.

»Das bleibt unter uns, okay? Sonst müssen wir Bruno bei uns anstellen, aber damit würden wir einen guten Kontakt zum Labor verlieren.«

»Schieß los. Nein, warte. Ich möchte, dass Justine das auch hört.«

»Bist du dir sicher?«, hakte Sci nach.

»Völlig sicher.«

Ich erreichte Justine in ihrem Büro. Eine Minute später

stand sie bereits in meinem, würdigte mich aber kaum eines Blickes, als sie sich neben Sci setzte.

»Das Kriminallabor fand Sperma in Colleens Leiche. Die DNS stimmt mit deiner überein.«

»Quatsch«, sagte ich.

Justine sagte es zwar nicht, aber die Worte standen ihr ins Gesicht geschrieben: Warum bin ich nicht überrascht?

»Und offenbar hat die Polizei eine Zeitschiene für den Mord«, fuhr er fort. »Also: Am Tag des Mordes benutzte Colleen ihre Kreditkarte zum Tanken und um im Sunoco auf der La Cienega ein paar Sachen einzukaufen. Sie aß im Newsroom Café auf der North Robertson allein zu Mittag – ihr Wagen wurde gerade im angrenzenden Parkhaus gefunden.«

Ich sah alles deutlich vor mir, während Sci die Situation erklärte, versuchte aber, das Thema mit dem Sperma in Colleens Leiche zu ignorieren.

»Die Polizei hat deine Telefonate überprüft, Jack«, fuhr Sci fort. »Deine Festnetzleitung wurde während der Zeit, in der Colleen umgebracht wurde, benutzt, du aber sagst, du seist nicht zu Hause gewesen.«

»Der Mörder hat mein Telefon benutzt?«

»Ja. Am anderen Ende wurde abgehoben und gleich wieder aufgelegt. Es war Tommys Mobilnummer.«

»Ach du Scheiße! Was soll das denn heißen?«

Ja, was sollte das heißen?

»Das Sperma«, meldete sich Justine zu Wort. »Tommy und Jack haben als Zwillinge dieselbe DNS, was heißt, Tommy könnte mit Colleen geschlafen haben.«

»Stimmt«, bestätigte Sci. »Ihre DNS ist identisch.«

»Wovon geht die Polizei also aus? Dass ich, nachdem ich mit Colleen Sex hatte, sie getötet und dann meinen Bruder angerufen habe? Oder dass wir sie gemeinsam getötet haben?«

»Jack, ich weiß nur, dass Mitch Tandy dich deswegen drankriegen will, und wenn er sich auch Tommy unter den Nagel reißen kann, reibt er sich genüsslich die Hände.«

44

Tommy.

Ich musste mich den Tatsachen stellen: Mein gottverdammter Bruder konnte etwas mit Colleens Tod zu tun haben. War er durchgedreht? Hatte er Colleen getötet, um mir zu schaden?

Ich dachte zurück an den Moment, der uns für immer entzweit hatte. Es war passiert, als Tommy und ich, beide vierzehn Jahre alt, in der neunten Klasse gewesen waren.

April Lundon war ein Jahr älter gewesen.

Sie war charmant, kokett und spontan. Sie konnte auf den Händen gehen und ohne Sattel auf einem Pferd reiten, und sie war in Paris gewesen. Sie war im Jahr zuvor mit einem Franzosen zusammen gewesen und kannte Schlafzimmerfranzösisch.

Sie ging gerne zwischen mir und Tommy, ihre Hände in seine und meine Gesäßtaschen geschoben. Sie sagte, sie würde uns gleichermaßen mögen – und wir waren beide verrückt nach ihr. April wollte sich nicht entscheiden.

Tommy und ich kamen überein, dass nur einer von uns mit ihr zusammen sein konnte. April stellte die Bedingungen auf – ein Kusswettbewerb. Sie würde mit verbundenen Augen den besten Küsser ermitteln. Und das stillschweigende Versprechen war: Der Gewinner bekam *alles.*

Wir waren von Testosteron durchströmt und übermütig. Die Idee eines Kusswettbewerbs war genial. Jeder von uns dachte, er würde gewinnen, ohne an die Folgen zu denken. Keinem von uns beiden kam der Gedanke, dass er mit leeren Händen zurückbleiben würde.

Der Wettbewerb war für einen Samstagvormittag geplant. Ein Dutzend Mitschüler tauchten am Strand hinter der Saftbar auf, um uns bei diesem verruchten und gewagten Wettbewerb zuzujubeln. April küsste zuerst Tommy, dann mich. Ich legte mein ganzes Herz in diesen Kuss, als wäre es der letzte meines Lebens. April erwählte mich.

Beim zweiten von drei Versuchen entschied sie sich erneut für mich.

Das konnte Tommy weder mir noch April verzeihen. Unser Streit wurde von unserem Vater noch geschürt, der einmal den einen und aus einem für uns nicht ersichtlichen Grund dann den anderen vorzog. Er war unberechenbar und grausam.

Unser Streit eskalierte, wir wurden gemein und handgreiflich, was auch nicht endete, als April das College besuchte, heiratete und vier Kinder bekam. Und nicht endete, nachdem mir mein Vater fünfzehn Millionen Dollar und die Schlüssel zu Private gegeben hatte.

Auch nicht nach seinem Tod.

Tommy und ich hatten also eine schlimme gemeinsame Vergangenheit, aber könnte oder würde er aus Rache einen Mord begehen?

Ich hielt ihn dazu für fähig, was allerdings noch kein Beweis war.

Ich starrte durch Sci und Justine hindurch, während ich überlegte, zu seinem Büro zu fahren, ihn vor die Tür zu zerren und egal was zu tun, um ihn zum Reden zu bringen.

»Ich brauche Del Rio und Cruz«, rief ich zu Cody nach draußen. »Sofort.«

Doch Justine packte über den Schreibtisch hinweg meinen Arm. »Warte«, verlangte sie. »Warte, bis du genügend Beweise hast, um Tommy dranzukriegen.«

45

Jack Morgans Multimillionen-Dollar-Kriminallabor nahm das gesamte Untergeschoss von Private ein. Hundertfünfzig Quadratmeter forensisches Labor auf höchstem Niveau, eins der besten unabhängigen Labore des Landes. Als Dienstleister für Privatkunden machte Private einen ordentlichen Gewinn und wurde auch von der Polizei aus allen Teilen des Landes gebucht, wenn rasche Ergebnisse notwendig waren und diese nur mit der fortschrittlichsten Technik zu erzielen waren.

Dr. Seymour Kloppenberg, bei Private nur Dr. Sci genannt, war der stolze Leiter dieses Labors. Er saß mit Mobot in deren Büro, einer dunklen Höhle, die sie gerne ihr »kleines Nest« nannte. Sie zündete Räucherstäbchen an, über ihren Lampen hingen Tücher, und als Bildschirmschoner auf den Dutzend Monitoren über ihrem Schreibtisch wechselten sich Fotos von ihrem Mann und ihren Kindern ab.

Auf Bildschirm Nummer sechs liefen die örtlichen Nachrichten, eine Sprecherin in Großaufnahme, die über den sensationellen »Mord in Malibu« berichtete.

Sci lehnte sich zurück und schaukelte auf seinem Drehstuhl hin und her. Mo, sichtlich wütend und aufgeregt, saß auf der Kante ihres Stuhl. Für sie als perfekte Kriegerin in einem Multilevel-Echtzeit-Online-Kriegsspiel verwischten sich manchmal die Grenzen zwischen Spiel und Realität.

Dieses Gefühl, sich in einer Kriegssituation zu befinden, überkam sie auch jetzt.

Während Mo die Reporterin betrachtete, die in die Kamera sprach, nahm sie ihre Avatar-Persönlichkeit an, die über die Waffen in ihrem Arsenal nachdachte und ihre virtuelle Armee aufstellte.

Randy Turner, die Reporterin auf dem Bildschirm, gehörte bereits seit einigen Jahren zum festen Inventar von Channel 9. »Jack Morgan, CEO von Private Investigations, gilt als Hauptverdächtiger für den Mord an seiner Exfreundin und ehemaligen Sekretärin Colleen Molloy«, sagte sie in die Kamera.

Bilder von Jack blitzten über den Monitor und Schnappschüsse von ihm, auf denen er mit Colleen, den Arm um ihre Schultern gelegt, im Regenwetter unter einer Markise zu seinem Wagen rannte. Anschließend wurde ein Filmausschnitt von den beiden auf einer Hollywood-Party gezeigt, wo sie miteinander flüsterten und lachten.

»Jack Morgans Vater, Thomas Morgan, wurde 2003 wegen Erpressung und Mord verhaftet und starb 2006 im Gefängnis«, kommentierte Turner. »Wie sein Vater soll auch Jack Morgan Verbindungen zum organisierten Verbrechen haben.«

Mo hatte die Faxen dicke und sprang auf. »Verbindungen zum organisierten Verbrechen?«, rief sie. »Hat die Spielschulden seines Bruders bezahlt, meinst du wohl.«

»He, immer schön locker bleiben«, beruhigte Sci sie. »Das heißt doch nur, dass die Presse nichts in der Hand hat, sonst würde sie nichts von seinem Vater berichten.«

»Der Polizei nahestehende Quellen haben verlauten lassen, dass der am Opfer gefundene physische Beweis Jack Morgan mit der Tat in Verbindung bringt, doch die Art dieses Beweises wird vor der Presse noch zurückgehalten«, fuhr Turner auf dem Bildschirm fort.

»Verdammt. Stirb, du Schlampe.«

Sci schnappte sich die Fernbedienung aus Mos Hand und schaltete den Fernseher aus.

»Ich könnte ihr den Kopf abschneiden und ihre Beine unterhalb ihrer Knie abtrennen und sie einfach stehen lassen«, schimpfte Mo. »Die würde nicht mal merken, dass sie tot ist.«

»Maureen, Gefühle sind kontraproduktiv.«

»Jack hätte Colleen niemals getötet.«

»Nein, das hätte er nicht und hat es nicht getan, und er wird nicht verurteilt. Hier ist nur die freie Presse am Werk, die die Nachrichten ständig wiederkäut.«

»Ach, und jetzt behauptest du noch, nie sei ein unschuldiger Mensch in den Knast gewandert? So was passiert nie?«

»Red nicht so einen Quatsch. Verwende deine Energie lieber darauf, den Fall zu lösen.«

»Klar, mach ich. Aber wir beide wissen, die einzige Möglichkeit, Jack zu retten, ist ein Geständnis des Mörders. Ein Geständnis samt Erklärung, wie er es geschafft hat, dass Jacks Sperma in Colleens Leiche gelangt ist.«

46

Ich hörte während der Fahrt meine Nachrichten ab. Carmine Noccia, Del Rio und Scotty hatten angerufen, Cruz brachte mich auf den neusten Stand über den Mord im Beverly Hills Sun. Während ich anschließend ausgiebig mit unserem Büro in Rom telefonierte, rief Justine an. Ich rief zurück, erreichte aber nur ihre Mailbox.

»Ich bin unterwegs«, sagte ich. »Ich versuch's später noch mal.«

Kurz nach acht Uhr abends hielt ich vor meinem Haus. Als ich den Sicherheitsgurt löste, ließ ein Streifenwagen am Straßenrand hinter mir den Schein der Lichter an seinem Kühlergrill über das Gittertor und die Mauern tanzen.

Die Lichter drangen bis in mein Hirn vor. Ich war die letzte Dreiviertelstunde wie automatisch nach Hause gefahren, als wäre mein Wagen von einem Autopiloten gesteuert worden – ich hatte überhaupt nicht hierhergewollt.

Eine Tür des Streifenwagens wurde zugeschlagen. Ich ließ mein Seitenfenster hinunter und wurde von einer Taschenlampe geblendet, so dass ich nur die Umrisse des Polizisten erkennen konnte.

»Führerschein und Fahrzeugpapiere, bitte.«

Ich konnte es nicht beschwören, aber ich war mir ziemlich sicher, nicht zu schnell gefahren zu sein. Ich zog meinen Führerschein aus der Brieftasche, reichte ihn durchs Fenster nach draußen und beugte mich über den Sitz zum Handschuhfach, wo sich meine Fahrzeugpapiere befanden.

»Ich bin gleich wieder zurück«, versicherte mir der Polizist.

Ich wartete. Blickte auf das gelbe Absperrband und den Zettel an meiner Haustür. Das Funkgerät des Polizisten knackte und piepste, erinnerte mich daran, wie ich zwei Nächte zuvor genau zur selben Zeit, genau an diesem Ort aus dem Wagen gestiegen war.

Ich hatte die Quittung unterschrieben, Aldo einen schönen Abend gewünscht, meinen Schlüssel über das Lesegerät am Eingang gezogen, das Haus betreten und mich ausgezogen, um zu duschen.

Ein paar Stunden später war ich von zwei knallharten L. A.-Polizisten in die Mangel genommen worden, die mich bereits schuldig gesprochen hatten, noch bevor ich ein Wort gesagt hatte.

Während ich darauf wartete, dass der Polizist meine Unterlagen zurückbrachte, fiel mir ein, wie ich in jener Nacht verhört worden war. Detective Tandys Theorie hatte zumindest zum Teil plausibel geklungen.

War Colleen zu mir nach Hause gekommen, um mich zu überraschen? Das wäre typisch für sie gewesen, und typisch wäre es für sie auch gewesen, die Chance zu nutzen, um mich nach dem, was uns miteinander verbunden hatte, noch einmal herumzukriegen.

Ich stellte mir Colleen vor, wie sie zusammengerollt in meinem Wohnzimmer auf einem Sessel lag und auf mich wartete. Vielleicht hatte sie gehört, wie ein Wagen vor dem Tor hielt. Ich sah sie ans Fenster treten, hinaus in die Dunkelheit spähen. Sie hörte das Surren des sich öffnenden Tores, hatte vielleicht die Tür geöffnet und »Jack?« gerufen.

Hatte jemand »Hallo, Colleen« gesagt?

Hatte er wie ich ausgesehen?

Hatte Tommy sie überrascht, sie ins Haus zurückgedrängt und gezwungen, sich aufs Bett zu legen? Vielleicht wollte sich Colleen meine Waffe schnappen. Schließlich hatte sie gewusst, wo sie sich befand. Doch sie war nicht schnell, nicht stark genug gewesen. Der Eindringling hatte ihr die Waffe aus der Hand gerissen und dreimal auf sie geschossen.

Hatte Tommy das wirklich getan?

Eine andere Bilderfolge wurde in meinem Kopf abgespult.

In diesem Szenario hatte *mich* jemand verfolgt. Hatte mich beobachtet, als ich in der Woche zuvor Colleens Hotelzimmer verlassen hatte. Er kannte mich. Er kannte Colleen. Er wollte mir schaden und hatte sich einen Plan ausgedacht.

Ich sah Tommy vor meinem geistigen Auge.

Nehmen wir mal an, er behielt Colleen im Auge, während ich in Europa war. Irgendwann während dieser vier Tage entführte er sie, und eine Stunde vor meiner Landung am Flughafen von Los Angeles fesselte er sie und brachte sie zu mir nach Hause. Er benutzte ihren Schlüssel, drückte ihren Finger auf das biometrische Lesegerät …

Ich wurde aus meinen Gedanken gerissen, als hinter mir eine Autotür zugeknallt wurde. Der Polizist kam zurück.

Die Taschenlampe auf mein Gesicht gerichtet reichte er mir meine Papiere zurück. »Mr Morgan, wissen Sie, warum ich Sie überprüft habe?«

»Nein. Ich wohne hier, das wissen Sie doch, oder? Das ist mein Haus.«

»Das ist ein Tatort. Warum sind Sie hier?«

»Ich brauche frische Kleidung.«

»Die werden Sie hier aber nicht bekommen, Mr Morgan.«

»Okay.« Ich drehte den Zündschlüssel und ließ den Motor aufheulen.

Doch der Polizist wollte mich nicht ziehen lassen. Noch nicht. Er musterte mein Gesicht.

Mir war klar, warum er mich überprüft hatte. Die Polizei beobachtete mein Haus, falls der Mörder noch einmal zum Tatort zurückkehren würde.

Der Polizist sah mich an, als hätte ich genau das getan.

47

Jinx Pooles Vorzeigehotel lag wie eine mit Diamanten besetzte Tiara an der Kreuzung South Santa Monica und Wilshire Boulevard.

Ich lenkte meinen Lamborghini die großzügige, gewundene Einfahrt zum Haupteingang des Beverly Hills Sun entlang, gab meinen Autoschlüssel dem Mitarbeiter vom Parkdienst und ging durch die geschäftige Marmoreingangshalle zu den Fahrstühlen.

Eine Gruppe von Partyhengsten umspülte mich. Als sie an mir vorbei waren, betrat ich den Fahrstuhl. Gegen die kühle, mit Steinplatten verkleidete Wand gelehnt fuhr ich in den vierten Stock hinauf, wo Maurice Bingham erwürgt worden war und wo ich ein Zimmer bekommen hatte, solange mein Haus nicht mir gehörte.

Aus einer spontanen Eingebung heraus ging ich an meiner Zimmertür vorbei zu der Feuerschutztür, die zur Bar auf der Dachterrasse führte. Die Luft wurde bereits kühler. Ketten aus winzigen Lichtern funkelten wie Sterne und beleuchteten eine Szene voller Möglichkeiten für Sex mit Fremden oder vielleicht sogar für eine Romanze.

Am anderen Ende der Terrasse spielte ein Jazztrio »Polka Dots and Moonbeams«, an der Bar flirteten Paare miteinander oder lehnten sich auf den rund um das Schwimmbecken verteilten Liegestühlen zueinander. An den weißen Leinenzelten wurden die Planen geschlossen.

Ich blieb kurz stehen und ließ die hedonistische Eitelkeit auf mich wirken, bevor ich mich an die Bar setzte. »Was möchten Sie mir geben?«, fragte ich den Barmann.

Er sah mich nur an und schenkte mir einen doppelten Chivas ohne Eis ein.

Ich trinke normalerweise nicht viel, aber wenn ich je etwas Hartes brauchte, dann jetzt.

Ich senkte den Kopf, um unmissverständlich klarzumachen, welchen Zweck ich verfolgte: Ich wollte allein bleiben. Suchte die Vergessenheit. Doch ich spürte, dass mich jemand ansah. Als ich den Kopf hob, starrte mich eine Frau am Ende der Bar an. Sie ging auf die dreißig zu, hatte ihr dunkles Haar zu einem Pferdeschwanz zusammengebunden, ihren schlanken Körper unter viel zu großer und für Kalifornien viel zu dunkler Kleidung versteckt.

Irgendwie war sie mir vertraut, doch ich kannte sie nicht. Ich wandte mich wieder dem Barmann zu und bestellte noch einen doppelten Whisky. Als ich den Blick wieder von meinem Glas hob, war die Frau verschwunden.

48

Zwei junge Geschäftsmänner in neonfarbenen Hemden setzten sich auf die freien Plätze am Ende der Bar. Sie bestellten Screwdrivers, unterhielten sich über den Aktienmarkt und ihre schrumpfenden Spesenkonten, mit denen sie sich ein Wochenende im Beverly Hills Sun nicht mehr leisten konnten.

Ich blendete ihre Stimmen aus, indem ich mich auf die Musik und den funkelnden Scotch in meinem Glas konzentrierte. Ich dachte darüber nach, was mir Sci über den zwei Sekunden dauernden Anruf gesagt hatte, der etwa zum Zeitpunkt des Mordes von meinem Haus zu Tommys Mobiltelefon getätigt worden war.

Dieser Anruf war übel für mich, weil er nahelegte, dass ich zur Tatzeit zu Hause gewesen war.

Aber ich hatte nicht angerufen, weder Tommy noch sonst jemanden … hatte er sich also selbst angerufen, damit es so aussah, als wäre ich zu Hause gewesen?

Oder hatte Tommy den Mord in Auftrag gegeben?

Hatte Colleens Mörder Tommy von mir zu Hause aus angerufen, um ihm zu sagen, dass Colleen tot war? Auftrag erledigt? War Tommy draußen am Strand gewesen, und war er es gewesen, den Bobby Newton gesehen und für mich gehalten hatte?

Ich saß auf dem Barhocker, doch in Gedanken fuhr ich zu Tommy nach Hause. Ich wollte meinen Bruder aus der Reserve locken, die Wahrheit aus ihm herausprügeln. Und dann so lange weiter verprügeln, bis er nicht mehr so aussah wie ich, damit er, egal ob schuldig oder nicht, nie wieder meinen Doppelgänger spielen würde.

Doch Justine hatte recht: Ich brauchte Beweise. Ansonsten würde das Sperma in Colleens Leiche Beweis genug sein, um die Geschworenen davon zu überzeugen, dass ich der Mörder war.

Ich leerte mein Glas, legte das Geld auf die Theke und ging die Treppe hinunter in den vierten Stock. Auf dem Weg zu meinem Zimmer bemerkte ich die Frau, die eine halbe Stunde zuvor ebenfalls an der Bar gesessen hatte. Sie stand am Ende der Fahrstühle, etwa sieben Meter entfernt, den Rücken mir zugewandt, und kramte in ihrer Handtasche, als suchte sie nach ihrem Schlüssel.

Ich verfüge über hundertprozentige Sehschärfe, und als Pilot war ich darauf geschult worden, Ungewöhnliches aus der Luft zu erkennen: eine Staubwolke, einen sich bewegenden Schatten, schimmernden Stahl dreitausend Meter unter mir in der Dunkelheit.

Ich bemerkte diese Frau, weigerte mich aber zu erkennen, dass an ihrem Verhalten, ihrer Haltung, ihrem Aussehen etwas nicht stimmte, was auch immer.

Ich ging in die andere Richtung weiter, zog meine Karte durch den Schlitz, öffnete meine Zimmertür – und spürte einen erstaunlich kräftigen Schlag gegen meinen Hinterkopf.

Und ging zu Boden.

Der Schmerz, der von meinem Kopf ausstrahlte, als ich wieder zu mir kam, irritierte mich. Ich erkannte das wirre Muster des Teppichs unter mir, weil ich in einem der Zimmer im Beverly Hills Sun auf dem Boden lag.

Ich schloss, noch schockiert von dem kalten Wasser in meinem Gesicht, die Augen. Die Frau, die ich in der Bar und an den Fahrstühlen gesehen hatte, kauerte über mir, die Hände auf den Knien abgestützt, und fluchte. Ich verstand sie wegen des starken irischen Akzents nicht, aber ich kannte ihre Augen.

Es waren Colleens Augen.

»Colleen«, sagte ich, woraufhin sie erneut fluchte. Als sich der Nebel vor meinen Augen verzog, sah ich, dass die Frau zwar Colleen ähnelte, aber älter war.

»Siobhan?«, fragte ich sie.

Siobhan fluchte noch heftiger.

Ich setzte mich auf. »Ich verstehe dich nicht!«, schrie ich zurück. »Darum halt verdammt noch mal die Klappe!«

»Ich halte nicht die Klappe, Jack-o«, brüllte Colleens Schwester. »Erst wenn du mir sagst, warum du sie umgebracht hast.«

49

Ich war in den letzten vierundzwanzig Stunden zwei Mal niedergeschlagen worden, beide Male von Menschen, die Colleen geliebt hatten. Zuerst hatte Donahue mir eine gescheuert. Er hatte Siobhan offenbar erzählt, wo sie mich finden würde. Und jetzt hatte sie mir eine verpasst.

Ich setzte mich auf das weich gepolsterte Sofa und legte meine Füße auf den Beistelltisch neben das Stück Holz, mit dem sie mich niedergeknüppelt hatte.

Siobhan war zwar hart drauf, doch sie brachte mir ein Kissen und aus dem Kühlschrank eine Flasche Wasser, bevor sie sich in den Sessel mir gegenüber setzte und mich anstarrte.

»Los, erzähl«, verlangte sie.

Das tat ich, wiederholte mehrfach, dass ich Colleen nicht getötet hatte, erklärte, wo ich zur Tatzeit gewesen war und wie sehr mir Colleen am Herzen gelegen hatte.

»Du hast mit ihr geschlafen«, klagte Siobhan mich an. »Colleen hat angerufen und gesagt, du seist mit ihr im Bett gewesen, bevor du von Los Angeles losgeflogen bist. Leugnest du das?«

»Nein.«

»Du hast mit ihr gespielt.«

»Ich habe sie geliebt. Aber nicht genug, um ihr das zu geben, was sie wollte«, erwiderte ich.

Ich dachte über Colleens letzten Geburtstag nach. Wir waren zum Abendessen ins Donahue's gegangen, hatten am selben Tisch gesessen wie ich mit Donahue am Abend zuvor. Donahue und seine Mitarbeiter hatten einen Geburtstagskuchen aus der Küche gebracht und ihr ein Ständchen gesungen.

Der Abend hatte für sie hoffnungsvoll begonnen.

Ich hatte gewusst, dass sie sich nach unserer einjährigen Beziehung einen Ring von mir gewünscht hatte.

Ich hatte sie enttäuscht. Mir war nichts anderes übrig geblieben, als ihr wehzutun.

»Du hast sie geliebt?«, fragte Siobhan mit zitternden Lippen. Tränen liefen über ihre Wangen. »Dann verstehe ich ›nicht genug‹ nicht. Warum bist du mit ihr ins Bett gegangen, wenn es dir nichts bedeutet hat?«

»Warum hast du mich niedergeschlagen?«

»Ich musste es tun.«

Ich schwieg einen Moment, ohne auf ihre Worte zu reagieren.

»Sie hat mir gefehlt, Siobhan.« Gerne hätte ich mehr gesagt, doch es gab keine Worte, die Sinn gehabt hätten, auch nicht für mich. Es war ein Fehler gewesen, dass ich mit Colleen geschlafen hatte. Wäre ich nicht mit ihr ins Hotel gegangen, wäre sie vielleicht noch am Leben.

»Wenn nicht du Colleen umgebracht hast, wer dann?« Siobhan hatte Mühe zu sprechen. »Du bist doch gut darin, solche Sachen rauszufinden«, schluchzte sie.

Ich erhob mich und streckte meine Arme nach ihr aus. Sie schüttelte den Kopf. »Es ist okay«, wollte ich sie besänftigen. »Es ist okay.«

Sie kam auf mich zu und ließ sich von mir in die Arme nehmen. »Finde dieses Schwein. Das schuldest du Colleen.«

»Ich werde tun, was immer in meiner Macht steht.«

»Ich vermisse sie«, sagte sie mit erstickter Stimme. »Ich

habe sie so geliebt. Wir zwei waren die besten Freundinnen. Haben uns nie gestritten, hatten keine Geheimnisse voreinander. Ich weiß nicht, wie ich ohne sie zurechtkomme.«

»Es tut mir so leid, Siobhan. Colleen verloren zu haben ist das Schrecklichste, was passieren konnte.« Auch meine Stimme schnappte über, und beide weinten wir. Es musste Jahre her gewesen sein, dass ich meine eigenen Tränen zugelassen hatte. Doch die Trauer um Colleen ließ sich nicht unterdrücken. Ihre Schwester im Arm zu halten gab mir das Gefühl, mich noch einmal von Colleen verabschieden zu können.

Vielleicht hatte auch Siobhan das Gefühl, als würde sich Colleen ein letztes Mal von mir verabschieden.

Sie löste sich von mir, hielt aber meine Arme fest umklammert und blickte zu mir auf. »Wenn du sie wirklich geliebt hast, Jack, warum hast du dann nicht das Richtige für sie getan?«

»Ich dachte, das hätte ich. Ich habe sie freigegeben.«

50

Del Rios Büro roch nach Peperoni-Pizza.

Es war neun Uhr durch. Er und Cruz hatten den ganzen Tag bis jetzt am Mordfall im Beverly Hills Sun gearbeitet und die fünf Morde miteinander verglichen, die in den vergangenen eineinhalb Jahren in kalifornischen Hotels verübt worden waren.

Zwischen den ersten beiden Morden hatten sechs Monate und mehr als hundertfünfzig Kilometer gelegen, so dass niemand einen Zusammenhang erkannt hatte.

Opfer Nummer eins, Saul Cappricio, war in Jinx Pooles Hotel in San Diego erwürgt worden, Opfer Nummer zwei, Arthur Valentine, wurde in bereits verwesendem Zustand in einem drittklassigen Hotel in L. A. entdeckt.

Bei dem dritten Opfer, Conrad Morton, den man im San Francisco Constellation, ebenfalls einem Hotel von Jinx Poole, tot aufgefunden hatte, suchte die Polizei nach einer Verbindung – doch obwohl oder vielleicht weil drei Polizeibezirke mit den Ermittlungen befasst waren, konnten keine zielführenden Verdachtsmomente ausgemacht werden.

Bis zu diesem Zeitpunkt waren einschließlich Maurice Bingham fünf Geschäftsmänner zwischen fünfunddreißig und einundfünfzig Jahren mit unterschiedlichen Schlingen erwürgt worden. Die Männer hatten für unterschiedliche Firmen gearbeitet, alle hatten unterschiedliche Beschäftigungen gehabt, alle hatten in unterschiedlichen Städten gelebt. Drei waren verheiratet gewesen, zwei nicht.

Del Rio saß an einem der Rechner und prüfte die Telefonliste, Cruz saß an einem anderen und sah die Kreditkartenabrechnungen durch.

»Bingham hat denselben Begleitservice beauftragt wie Valentine, der ebenfalls sechshundert Dollar für zwei Schäferstündchen berappt hat«, stellte Cruz fest.

Del Rio lehnte sich zurück und rieb sich die Augen. »Alle haben sich Nutten bestellt, wenn auch nicht beim selben Begleitservice. Ist das eine Spur, oder ist es bloß das, was der reisende Geschäftsmann so treibt?«

»Ich habe das Gefühl, uns steht ebenfalls eine Geschäftsreise bevor«, sagte Cruz.

»Scheiße, das Gefühl habe ich auch.«

»Es ist eine Spur«, kam Cruz zu dem Schluss. »Der Begleitservice ist eine Spur, kein Zufall. Vielleicht haben wir es mit einer umherziehenden mordgeilen Nutte zu tun.«

Del Rio sah bereits die nächsten Tage vor seinem inneren Auge ablaufen: Prostituierte, Freier und Witwen verhören. Er schaltete seinen Rechner aus, warf den Pizzakarton in den Mülleimer und zog seine Jacke an.

Aus dem Drucker surrte eine Liste mit Namen und Telefonnummern von Escortservices.

»Mach Feierabend, Emilio«, sagte Del Rio. »Wir treffen uns morgen früh um acht hier. Kaffee gibt's unterwegs in der ersten Pause.«

51

Mitch Tandy stocherte an der Seite des Hauses herum und suchte nach etwas, das nicht hierher gehörte. Er wollte etwas finden, das Jack Morgan mit dem Mord an Colleen Molloy eindeutig in Verbindung brachte.

Er dachte an den Handschuh im O.-J.-Simpson-Fall, der in der Nähe von Simpsons Grundstücksgrenze gefunden worden war. Der Handschuh war ein schlüssiger Beweis gewesen, doch aufgrund der Inkompetenz der Staatsanwaltschaft hatte er nur der Verteidigung genützt.

Wenn er nicht passt, ist nur ein Freispruch möglich.

Die Ermittlungen im Simpson-Fall waren eine Schande für das LAPD gewesen.

Egal. Das war Vergangenheit.

Zehn Jungs von der Spurensicherung hielten sich am Strand auf, Taucher schnorchelten im flachen Wasser und suchten nach Metall. Im Haus stellten andere Kollegen der Spurensicherung noch einmal alles auf den Kopf.

Jack Morgan war schlau, aber nicht perfekt. Und wenn er beim Aufräumen des Tatorts etwas übersehen hatte, dann etwas, das ihn belasten würde. Dessen war sich Tandy hundertprozentig sicher.

Tandy hörte Ziegler rufen. »Ich bin hier drüben«, rief er zurück.

Ziegler ging zu Tandy hinüber, der an der vergipsten Mauer stand, die Jack Morgans Grundstück von dem tosenden Verkehrsstrom trennte, der sich Pacific Coast Highway nannte.

»Was gefunden?«, fragte Tandy.

»Nein.«

»Der hat in sie reingespritzt«, sagte Tandy. »Hat nicht mal ein Gummi benutzt. Echt riskant. Wie Selbstmord.«

»Oder sein Bruder hat ihn reingelegt.«

Das hatten sie bereits durchgekaut – die komplizierte Situation von Zwillingsbrüdern mit identischer DNS. Eine Sache, die bei den Geschworenen »begründete Zweifel« wecken könnte. Im Verhör hatte Tommy ausgesagt, er habe ein Alibi für die Tatzeit. Seine Frau bestätigte, er sei zu Hause gewesen. Hatte es beschworen. War unerschütterlich geblieben.

Trotzdem könnte sie gelogen haben.

»Tommy oder Jack. Einer von beiden. Aber nur Jack hat ein Motiv.«

»Was ist das da unten?«, fragte Ziegler.

»Was?«

Ziegler deutete auf eine Unregelmäßigkeit im Mulch unter einer Bougainvillea-Ranke, die sich im Schatten der Mauer versteckte.

Tandy schob die Baumrinde mit seinem Fuß zur Seite.

Lange starrten sie beide darauf.

»Ich hole mal die Kamera«, unterbrach Ziegler das Schweigen.

Tandy nickte, ging in die Hocke und starrte weiter. Dies war der Beweis, den sie brauchten. Das Gefühl war unbeschreiblich – der Grund, warum er trotz der endlosen Laufereien und bürokratischen Schikanen seinen Beruf als Polizist liebte.

Momente genau wie diesen.

Der Idiot hatte hier seine Waffe versteckt.

52

Um acht Uhr am nächsten Morgen eilte ich in mein Büro, begleitet von einem Hämmern in meinem Kopf direkt hinter meinem rechten Auge.

Cody telefonierte, doch als ich an seinem Schreibtisch vorbeikam, hob er eine Hand, weil ich warten sollte. »Ja, Sir«, sagte er in den Hörer. »Ich werde sehen, ob er schon da ist.« Auf die Rückseite eines Umschlags schrieb er »Chief Fescoe«.

»Stell ihn durch«, sagte ich, ging zu meinem Schreibtisch und riss den Hörer ans Ohr. »Mick?«, meldete ich mich.

»Jack. Das ist eine Vorwarnung. Ruf deinen Anwalt an.«

»Was ist passiert?«

»Tandy und Ziegler haben deine Waffe gefunden.«

Seine Worte trafen mich wie ein Medizinball in den Bauch. Mir wurde schlecht. Ich sah die Wand mir gegenüber nur noch verschwommen. Im Eiltempo ging ich in Gedanken die Ereignisse der vergangenen drei Tage durch, während ich versuchte, in seinen Worten einen Sinn zu erkennen. »Und wo?«, brachte ich heraus.

»In deinem Vorgarten. Unter einer Kletterpflanze verscharrt.«

»Untergejubelt, willst du wohl sagen. Ich habe den Verlust an dem Abend gemeldet, an dem Colleen ermordet wurde.«

»Das ist mir klar, Jack. Aber es ist deine Waffe, eine leicht umgearbeitete Kimber, auf dich registriert. Mit deinen Fingerabdrücken.«

»Nur meine Fingerabdrücke?«

»Ja.«

Ich setzte mich. Cody brachte mir meinen morgendlichen Energy-Drink und stellte ihn auf einen Untersetzer. Er brauchte ein bisschen zu lange, um mein Büro zu verlassen. Ich starrte ihn an, bis er die Tür wieder hinter sich geschlossen hatte.

»Jack?«

»Ich bin noch da, Mickey. Sag das noch mal. Wo genau haben sie die Waffe gefunden?«

»Unter Rindenmulch auf deinem Grundstück. Deine Kimber ist eine .45er, das gleiche Kaliber, mit dem Colleen Molloy umgebracht wurde.«

»Der Mörder hat Handschuhe benutzt«, hielt ich dagegen. »Deswegen sind nur meine Fingerabdrücke drauf. Er hat die Waffe dort versteckt, wo die Polizei sie finden würde.«

»Hab schon kapiert. Im Moment ist die Ballistik am Werk«, erklärte Fescoe. Ich sah sein Bild vor mir, den eins neunzig großen, breit grinsenden Kerl zwischen Justine und mir, während die Kameras blitzten und er uns dafür dankte, dass wir einen Mörder gefangen hatten.

Damals hatte er mir mit Sicherheit vertraut.

»Stammen die Projektile im Opfer aus deiner Waffe, Jack?«, fragte Fescoe mit sanfterer Stimme.

»Vielleicht. Wahrscheinlich. Aber ich habe Colleen trotzdem nicht getötet. Wenn ich meine Waffe loswerden wollte, wäre ich dann so dämlich, sie in meinem eigenen Garten zu vergraben?«

»Ruf Caine an. Tu, was er dir sagt.«

»Danke für deinen Anruf, Mick.«

»Kein Problem. Und nicht die Stadt verlassen.«

»Ich wohne in einem hübschen Hotel. Hab dort alles, was ich brauche.«

»Sonst geht's dir gut?«

»Was? Klar. Für einen Typen, dem ein Mord angehängt wird, den er nicht begangen hat, geht's mir gut. Mir geht's bestens, wirklich.«

»Wenn die ganze Sache vorbei ist, lade ich dich zum Essen ein«, versprach Fescoe.

Ich versprach ihm, dass es ein teurer Abend werden würde.

Cody betrat in dem Moment das Büro, in dem ich auflegte. »Entschuldigung«, sagte er, stellte sich hinter mich, schaltete meinen Rechner ein und rief meinen Terminplan auf.

Ich starrte auf den Bildschirm, ohne etwas zu sehen.

»Wir sitzen im Konferenzraum, Jack«, sagte Cody. »Die Besprechung fängt in einer Viertelstunde an.«

53

Eine Kluft öffnete sich zwischen meinen Gedanken und meiner Wahrnehmung. Alles außerhalb meines Körpers – die an mir vorbeigehenden Menschen im Flur, mein in meiner Jackentasche klingelndes Telefon, das von der Treppe heraufhallende Lachen – schien von weit, weit her zu kommen und nichts mit mir zu tun zu haben.

Ich öffnete die Tür zum Konferenzraum mit dem großen runden Tisch, an dem mich fünfundzwanzig Männer und Frauen erwarteten, alles Partner bei Private Investigations Worldwide, die zu unserer zweimal jährlich stattfindenden Strategiesitzung nach Los Angeles angereist waren.

Ich kannte jeden einzelnen der Anwesenden, war von einigen zu ihrer Hochzeit eingeladen gewesen, hatte bei einigen privat übernachtet. Sie erwarteten von mir Pläne und Entscheidungen. Sie erwarteten von mir Führung.

Doch ich wollte ganz woanders sein. Fast alle der fünfundzwanzig Partner waren beim Militär, bei der Staatsanwaltschaft oder der Polizei gewesen, bevor sie zu Private gekommen waren. Würde mein Schock erst einmal abgeebbt sein, würde ich meine wachsende Panik vor diesen erstklassigen Privatermittlern nicht mehr verbergen können.

Cody setzte sich hinter mich, Mo-bot, die mehrere Sprachen fließend beherrschte, neben Cody.

Alle Gespräche versiegten, als ich meinen Stuhl vom Tisch zog und mich setzte. Fünfundzwanzig Augenpaare richteten sich auf mich, ich wurde begrüßt und angelächelt.

In fünfundzwanzig Gedankenblasen schwebte über den einzelnen Köpfen die unausgesprochene Frage: Hast du Colleen Molloy getötet? Bist du ein Mörder?

Ich war den Mord an Colleen so oft durchgegangen, dass ich das Gefühl hatte, neben dem Bett gestanden zu haben, als sich die Kugeln in ihre Brust gebohrt hatten.

Fescoes Anruf zehn Minuten zuvor hatte meine Vorstellungskraft beschleunigt und in die Realität gezogen. Die Polizei hatte meine Waffe gefunden, die derzeit ballistisch untersucht wurde. Und ich wusste, dass man mich mit ziemlicher Sicherheit demnächst wegen Mordes anklagen würde.

»Guten Morgen«, grüßte ich in die Runde, legte den Ausdruck mit der Tagesordnung vor mich und tippte mit meinem Kugelschreiber auf den Tisch, bevor ich meine Kollegen auf den neusten Stand über die Ermittlungen zu Colleens Tod brachte. »Bei Colleens Mörder handelt es sich um einen Profi. Dieser Mensch versucht, mich zu belasten – und das tut er gut. Er hat seine Hausaufgaben gemacht. Er wusste, dass sich Colleen in Los Angeles aufhielt, er wusste, wo wir uns befanden. Er verschaffte sich Zutritt zu meinem Haus, tötete sie und verschwand, ohne einen offensichtlichen Fehler zu begehen. Die Polizei ermittelt ausschließlich in meine Richtung. Warum auch nicht? Der Mord geschah an meiner Freundin, in meinem Bett und mit meiner Waffe. Eine hübsche Falle. Ich weiß nicht, wer Colleen umgebracht hat, aber ich habe die eine oder andere Ahnung, und wir werden ihn zur Strecke bringen. Meldet euch bei mir, wenn euch etwas einfällt oder ihr mir helfen könnt. Erzählt euren Mitarbeitern und euren Kunden, dass ich unschuldig bin. Darauf gebe ich euch mein Wort. Ihr kennt mich, und ich sage die Wahrheit.«

»Jack, entschuldige. Von welcher Ahnung sprichst du?«, wollte Pierre Bonet wissen, unser Leiter aus Frankreich.

»Ich werde nicht darüber sprechen, solange ich keine Beweise habe«, antwortete ich und erkundigte mich, ob noch jemand Fragen dazu habe, bevor ich auf die Tagesordnung schaute. »Ian, du bist der Erste. Dein Thema ist die Expansion unseres Londoner Büros nach Glasgow …«

Ich schaltete meinen Gesichtsausdruck auf »zuhören«, obwohl ich mir keinen Reim darauf machen konnte, was Ian erzählte. Er erklärte eine Grafik, die auf den Bildschirm projiziert wurde, als die Tür aufgestoßen wurde und Tandy, dicht gefolgt von Ziegler, eintrat. Ich erschrak, als würden Verbrecher mein Haus stürmen und wild um sich schießen. Fescoe hatte mir keine Zeit gelassen, meinen Anwalt anzurufen oder meine Kollegen aus dem Zimmer zu schicken.

»Entschuldige bitte, Ian.« Und zu Tandy gewandt: »Mitch, das können wir draußen erledigen.«

»Das ist nicht nötig«, wimmelte Tandy ab. »Stehen Sie bitte auf, Mr Morgan, und drehen Sie sich mit dem Gesicht zur Wand.«

Es gab keinen Ausweg, keinen Ort, an den ich hätte gehen können. Ich wies Cody an, Caine und Justine ausfindig zu machen, und folgte Tandys Befehl.

Handschellen schlossen sich um meine Gelenke, Tandy stopfte den Haftbefehl in meine Brusttasche und las mir, während die anderen wie erstarrt und mucksmäuschenstill zuhörten, meine Rechte vor. Tandy legte es darauf an, mich so sehr zu erniedrigen wie möglich.

»Es dauert nicht lange, dann unterhalten wir uns weiter«, sagte ich zu meinen Kollegen, bevor Ziegler mich anstieß und ich unter der Aufsicht von zwei Ärschen von der Mordkommission abgeführt wurde.

54

Tandy packte meinen linken Ellbogen, Ziegler meinen rechten. Gemeinsam führten sie mich die Treppe hinunter, von der auf jeder Etage ein Empfangsbereich abging. Kunden, potenzielle Kunden und Mitarbeiter, die uns im Treppenhaus begegneten, sahen, dass ich verhaftet worden war.

Ihre Gesichter spiegelten meinen Schock wider.

»Ein Wagen wartet auf uns«, sagte Ziegler. »Gehört zwar nicht Ihrer üblichen Kategorie an, hat aber einen Motor und vier Räder.«

»Sie hätten es auch anders anstellen können«, erwiderte ich nur. »Aber das wissen Sie bestimmt selber.«

Tandy lachte. Dieser Mistkerl hatte seinen Spaß an der Sache. Im Erdgeschoss angekommen hielt Ziegler die Eingangstür auf, die zur Figueroa Street führte.

Mit Sicherheit waren die Medien von der Polizei verständigt worden. Die Morgensonne warf ein flaches, grelles Licht auf die gierigen Gesichter der in meine Richtung drängenden Pressevertreter. Vom Rand aus schoben sich Schaulustige ins Gewühl.

»Es geht doch nichts über schlechte Werbung«, gackerte Tandy. »Das habe ich in der *Variety* gelesen.«

Cody, den Tränen nahe, wartete am Bordstein auf mich. »Justine und Mr Caine sind auf dem Weg zur TTCF«, rief er mir zu. »Sie werden sich dort mit dir treffen.«

Die Twin Towers Correctional Facility war der überdimensionierte Gefängniskomplex, der seit dem Erdbeben von 1994 die Hall of Justice ersetzte. Sie war bekannt als das vollste Gefängnis der freien Welt und bestand aus einem Aufnahmezentrum und drei Gefängnissen auf einem vier Hektar großen Gelände.

Die von Brutalität geprägten Horrorgeschichten über diesen Knast waren legendär. Wer nicht auf Kaution rauskam, lief Gefahr, seine Gesundheit oder gar sein Leben zu verlieren, während er Monate auf seine Verhandlung wartete, egal ob schuldig oder nicht.

»Was soll ich den Leuten sagen?«, wollte Cody wissen.

»Sag, dass ich wegen falscher Anschuldigungen angeklagt werde und der Presse eine Erklärung abgebe, sobald ich wieder im Büro bin.«

»Keine Sorge, Jack. Mr Caine wird dich wieder rausholen. Er ist der Beste.«

Cody versuchte, mich zu beruhigen, während eigentlich ich ihn hätte beruhigen müssen. Ich hatte aber nichts Tröstliches zu sagen.

Ich wünschte, ich hätte nicht auf Justine gehört und stattdessen Tommy windelweich geschlagen. Er war ein gerissener Fuchs, mir aber nicht ebenbürtig. Nicht in einem fairen Kampf.

Reporter riefen meinen Namen. »Wie sieht Ihre Version der Geschichte aus, Jack? Was möchten Sie den Zuschauern sagen?«

Tandy drückte meinen Kopf nach unten und schob mich auf den Rücksitz seines Zivilfahrzeugs. Als ich mich duckte, drehte ich kurz den Kopf und sah zu unserem Büro hinauf.

Mo-bot lehnte sich im ersten Stock mit einer Filmkamera aus dem Fenster und nahm alles auf. Als sie merkte, dass ich hinaufblickte, reckte sie ihren Daumen nach oben. Ich war gerührt, lächelte ihr einen Moment lang zu, bevor Tandy die Autotür zuknallte. Er ging um den Wagen herum und setzte sich auf die Rückbank neben mich.

Vorne startete Ziegler den Motor. Er wartete mindestens eine Minute, bis sich eine Lücke im Verkehr bot, während die Reporter an die Türen und Fenster klopften. Schließlich fuhren wir los.

In der sich öffnenden Lücke im Verkehr verschwand auch mein letzter Funken Hoffnung.

Sie hatten mich am Wickel und würden alles tun, um mich zu zerstören.

55

Tandy und Ziegler bahnten sich einen Weg durch die Gruppe der Gangmitglieder zwischen der Straße und dem Maschendrahtzaun, der das Gefängnis umgab. Ein Wachmann öffnete das Tor, Tandy sprach kurz mit ihm, und wir wurden durch eine Reihe von Kontrollpunkten geführt, bis wir ein Verhörzimmer im Erdgeschoss erreicht hatten.

Der kleine graue Raum war ein Durchgang zum großen Pfuhl des Männergefängnisses, einem Höllenloch, das für ein Viertel der durchschnittlich achtzehntausend hier verwahrten Insassen gebaut worden war.

Ich dachte, Eric Caine würde auf mich warten, doch ich hätte es besser wissen müssen. Die Twin Towers waren ein einschüchterndes, vierzehntausend Quadratmeter großes Labyrinth, in dem Verteidiger nicht willkommen waren.

Ziegler schloss die Tür hinter uns, putzte sich die Nase und warf sein Papiertaschentuch quer durch den Raum in einen Abfalleimer.

»Brauchen Sie was, Jack?«, fragte Tandy.

Diese freundliche Geste war irgendwie bedrohlicher als seine sadistische Art, die er als wahrer Drecksack an den Tag legte.

»Ich sage erst etwas, wenn ich mit meinem Anwalt gesprochen habe«, entgegnete ich.

»Setzen Sie sich«, forderte Ziegler mich auf.

Er schubste mich auf einen Metallstuhl zu, woraufhin Ziegler die Gelegenheit nutzte, mir ein Bein zu stellen, so dass ich mit dem Gesicht auf dem Linoleumboden landete.

Tandy half mir wieder auf die Beine. »Tut mir leid, Jack. Das war nicht Lens Absicht. Es war ein Versehen.«

Selbst mit Handschellen hätte ich Ziegler einen Tritt in den Schritt verpassen können, an dem er ein paar Monate zu schaffen gehabt hätte, aber ich wusste, was anschließend mit mir passieren würde. »Klar, was hätte es denn sonst sein sollen?«, spielte ich mit.

»Sie werden uns gegenüber Ihre Klappe aber nicht allzu weit aufreißen, oder? Das wäre nicht klug.«

Ziegler und Tandy führten mich zum Stuhl. Ich überlegte, wer wohl hinter dem Einwegspiegel sitzen mochte. Und ob Fescoe wusste, dass man mich hier zur Sau machen wollte.

»Ich muss ja leider zugeben, dass wir Ihren Anwalt auf einen kleinen Umweg geschickt haben«, sagte Tandy. »Er wird eine Weile brauchen, bis er Sie gefunden hat, aber das dient nur Ihrem Besten. Wir haben Infos, die Ihnen gefallen werden.«

»Ach, jetzt verstehe ich, Mitch. Sie wollen mir helfen.«

Tandy trat hinter mich, wo ich ihn nicht mehr sehen konnte. Ziegler saß einen halben Meter von mir entfernt und putzte seine Fingernägel mit einem Taschenmesser mit Perlmuttgriff. Len Ziegler war ein eingebildeter Kerl. Er ging ins Sportstudio. Er zog sich schick an. Aber an seinem fliehenden Kinn und seinen Schweinsäuglein konnte er nichts ändern.

»Hören Sie zu, Jack«, begann Ziegler. »So einen Volltreffer wie den hier hat das LAPD noch nie gelandet.«

Er listete die Beweise auf, die man gegen mich in der Hand hatte. »Sie haben ungefähr zu der Zeit, als das Opfer starb, Ihren Bruder angerufen. Wir haben mit Tommy gesprochen. Wir haben ihm schwer zugesetzt. Er sagt, er habe nur einen Anruf erhalten, bei dem allerdings gleich wieder aufgelegt wurde. Aber die Sache ist eindeutig: Es gilt als erwiesen, dass Sie am Tatort waren.«

»Warum haben Sie Ihren Bruder angerufen?«, fragte Tandy weiter. »Das ist mir schleierhaft. Aus Versehen die falsche Nummer gewählt? Aus einem unterbewussten Schuldbewusstsein heraus?«

»Diesen Anruf verstehe ich auch nicht«, antwortete ich. »Ich habe Tommy nicht angerufen. Sobald ich gesehen habe, was passiert war, habe ich die Polizei angerufen. Mitch, wenn Ihre Theorie stimmt, warum hätte ich Tommy denn anrufen sollen?«

»Hm, das habe ich Tommy auch gefragt«, sagte Tandy. »Ich habe mich ein paar Stunden mit ihm unterhalten. Er hat ein gutes Alibi, aber kein gutes Wort für Sie übrig. Ehrlich gesagt – und das sage ich Ihnen als Polizist mit zwanzig Jahren Berufserfahrung – sind Sie am Ende. Ich weiß nicht, wann ich je glücklicher war. Len, hast mich je so glücklich gesehen?«

»Ich glaube, als du neulich beim Pferderennen gewonnen hast, warst du hin und weg, aber nicht ganz so wie jetzt.«

»›Schöner Tag‹ hieß das Fohlen.« Tandy lachte bei der Erinnerung. »Ich bin hier nur der Vermittler, das wissen Sie. Unser Polizeichef bat mich, Ihnen zu helfen.«

Ziegler klappte sein Messer zu und steckte es in seine Gesäßtasche.

»Ich soll Ihnen von Fescoe sagen, dass er sich Ihrer annimmt, wenn Sie der Stadt die Kosten und die Mühen einer Gerichtsverhandlung ersparen und eine detaillierte Aussage zum Tathergang machen. Und ich soll Sie daran erinnern, dass er und der Staatsanwalt bestens miteinander befreundet sind.«

»Ich habe Colleen nicht umgebracht.«

Tandy legte seine Hände auf meine Schultern und kippte meinen Stuhl nach hinten. Als ich auf dem Boden lag, tippte Ziegler mit seiner Schuhspitze gegen meinen Kopf. Nur ganz leicht, aber ich spürte, wie die Berührungen durch meinen ganzen Körper gingen. Mir war klar, dass ein Tritt gegen meinen Kopf meine Wirbelsäule durchtrennen würde. »Innere Enthauptung« nannte man das.

Davon würde ich mich nicht mehr erholen.

Tandy entschuldigte sich wegen des umgekippten Stuhls.

»Jetzt aber Schluss mit der Scheiße«, blaffte ich von unten nach oben. »Ich werde keine Aussage machen. Wenn Caine kommt, werden wir die eine Million Dollar Kaution hinterlegen, die bei einer Mordanklage verlangt wird.«

Tandy beugte sich vor und blickte mir in die Augen. »Bei einer Mordanklage mit besonderen Umständen gibt es keine Kaution«, sagte er.

»Wovon reden Sie? Welche besonderen Umstände?«

»Colleen war schwanger, als Sie sie umgebracht haben, Jack. Das sind besondere Umstände. Ein Mord mal zwei.«

56

Was hatte Tandy da gesagt? Colleen konnte nicht schwanger gewesen sein. Man hatte ihr doch nichts angesehen. Außerdem hätte sie es mir gesagt. Ganz bestimmt.

Ziegler stellte den Stuhl auf, dann zogen er und Tandy mich hoch und ließen mich wieder Platz nehmen.

»Sie lügen«, sagte ich. »Colleen war nicht schwanger.«

»Woher wollen Sie das wissen?«, fragte Ziegler. »Haben Sie den Obduktionsbericht? Nein, aber wir. Es wird eine Weile dauern, bis wir das DNS-Ergebnis haben, aber es ist egal, wer der Papa ist. Es bleibt trotzdem ein Mord an einem Kind.«

Tandy tippte mir auf die Schulter. Ich drehte mich um zu ihm.

»Jack, sind Sie noch bei uns? Ich habe den Rekorder noch nicht eingeschaltet, werde es aber jetzt tun. Sie sollten uns die Wahrheit sagen, solange noch Zeit dazu ist.«

Tandy huschte nach draußen. Einen Moment später stellte sich die Linse der Kamera oben in der Ecke mit einem Surren scharf, und ein kleines rotes Lämpchen begann zu blinken.

»Sind Sie bereit, Jack? Jetzt geht's nämlich um die Wurst. Sobald wir uns hier verabschieden, kann Ihnen niemand mehr helfen. Nicht einmal Fescoe.«

Er hatte gerade seinen Block und Stift auf den Tisch geknallt, als mein Freund Eric Caine, der in Harvard Jura studiert hatte und die Rechtsabteilung von Private leitete, ins Verhörzimmer stürmte.

Caine war groß und vorzeitig ergraut und hatte wie ich am College Football gespielt. Gewöhnlich war er ein bedächtiger, selbstkontrollierter Mensch mit trockenem Humor. Doch jetzt kochte er vor Wut – was mir ein beruhigendes Gefühl gab.

»Hast du irgendwas gesagt, Jack?«, rief er.

»Nö, nur die Detectives haben geredet.«

Caine kam zu mir und drehte meinen Kopf von einer Seite zur anderen. »Du blutest.«

Und an Tandy und Ziegler gewandt: »Einen Gefangenen zu schlagen ist gesetzwidrig. Wir werden Sie verklagen. Zudem sind Aussagen, die unter Schlägen erzwungen werden, vor Gericht nicht verwertbar.«

»Er hat gesagt, er sei unschuldig«, höhnte Ziegler.

»Hunde, die bellen, beißen nicht«, sagte Tandy zu Ziegler, während er zu Caine schielte. »Wau, wau.«

»Ich will meinen Mandanten von einem Arzt untersuchen lassen«, verlangte Caine. »Und zwar sofort.«

57

Zwei Polizisten schoben mich zur Krankenstation, wo eine Pflegerin meine Wunden mit Alkohol abtupfte und auf die Verletzung am Kinn Mull auflegte.

Ich dachte über Colleen nach. Wenn sie schwanger gewesen war, dann unmöglich von mir. Vor unserem Abschiedsstelldichein eine Woche zuvor hatte ich Colleen sechs Monate nicht gesehen. Wenn sie im sechsten Monat gewesen wäre, hätte ich das merken müssen.

Doch wie Tandy gesagt hatte, war der Mord an einem Fötus ein besonderer Umstand, wenn er mit dem Mord der werdenden Mutter in Verbindung stand. Das mit der Kaution konnte ich vergessen. Vielleicht würde ich bis zur Gerichtsverhandlung sogar das ganze nächste Jahr in diesem Knast verbringen.

Als ich wieder klar sehen konnte, erklärte Tandy ein Stück von mir entfernt dem Arzt, ich wäre gestolpert, hätte aber wegen der Handschellen meinen Sturz nicht aufhalten können.

»Und was ist mit der Verletzung am Hinterkopf?«, fragte der Arzt nach, ein Weißer, der die fünfzig weit überschritten hatte. Hätte er sein Studium unter den besten 99,9 Prozent abgeschlossen, wäre er nicht hier gelandet.

»Jack ist einer dieser Supermann-Typen«, witzelte Tandy. »Lässt sich nicht gerne verhaften. Als ich ihn auf den Rücksitz unseres Wagens setzen wollte, stieß er sich den Kopf an.« Er zuckte mit dem Kopf, um zu zeigen, wie ich angeblich gegen den Türrahmen geknallt war.

»War das so?«, fragte der Arzt, zu mir gewandt.

Nein zu sagen wäre ein Fehler gewesen. Ein paar Jahre zuvor hatte sich ein Häftling bei einer Bürgerrechtsvereinigung beschwert, dass die Jungs in seinem Trakt drei oder vier Wochen lang nicht duschen durften. Er war geschlagen worden, man hatte ihm die Beine gebrochen, die Bürgerrechtsvereinigung war eingeschaltet worden – doch soweit ich wusste, wartete der Häftling noch immer auf seine Verhandlung.

»Es war, wie der Detective sagt. Das war ungeschickt von mir.«

»Gut, habe ich vermerkt«, sagte der Arzt.

»Kann ich eine Kopfschmerztablette haben?«

Tandy nickte. »Geben Sie ihm eine, Doc. Unser Abschiedsgeschenk.«

»Halten Sie einfach den Mund, Tandy«, mischte sich Caine ein.

Wie gerne hätte ich Tandy eine reingehauen. Ich hoffte, noch lange genug zu leben, um es irgendwann zu tun. Tandy und Ziegler winkten mir zu und schlenderten den Flur entlang davon.

»Halte durch, Jack«, beruhigte mich Caine. »Ich werde alles tun, um dich hier rauszuholen. Ich habe dich noch nie hängen lassen und werde es auch jetzt nicht tun.«

Eine Krankenschwester nahm meine Daten auf und führte einen Test über meinen Geisteszustand durch, um zu sehen, ob ich verrückt war. Oder vorhatte, mich aufzuhängen oder einen Mord zu begehen. Anschließend wurde ich in einen großen, offenen Raum gebracht, wo ich mich nackt ausziehen musste und einer Untersuchung wie beim Militär unterzogen wurde. Ich hustete auf Befehl, umfasste meine Pobacken und gewährte dem Arzt Einblick in mein Innerstes.

Ich wurde für haftfähig erklärt und von einem jungen Sheriff zur Aufnahme geführt, der hier seine Ausbildung absolvierte und versuchte, ein Gespräch anzuzetteln. Er hoffte, bis um fünf Uhr Feierabend zu haben, um seine Eltern am Flughafen abholen zu können.

Er nahm mir Uhr, Telefon, Brieftasche, Gürtel und Schnürsenkel ab. Meine Finger wurden auf ein Lesegerät gedrückt, und ich musste mich, ein Schild mit einer Zahl vor meiner Brust haltend, vor einen Größenmesser stellen und nach rechts und links drehen, während ein gelangweilter Mann mit der Kamera herumhantierte.

Ich tat, was mir gesagt wurde, wurde aber von einer Menge Gefühle überwältigt, die alle mit E begannen: erniedrigt, erledigt, erschüttert.

Um mich herum kotzten, schrien, drohten und spuckten die Männer und schienen um Schläge zu betteln.

Ich bin keiner von diesen Typen, wollte ich schreien. Ich bin unschuldig. Aber meine Schreie wären verhallt wie in einem Gang, der bis zum Mittelpunkt der Erde führt.

Und mein Tag hatte gerade erst begonnen.

58

Ich wurde durch das Männergefängnis geführt, wo ich mich wieder zur Untersuchung nackt ausziehen musste. Anschließend erhielt ich eine orangefarbene Hose und ein passendes Hemd sowie Plastikschuhe und wurde auf dem Weg zu meiner Zelle zur Besichtigung der Einrichtung herumgeführt.

Das Gefängnis war mit Hunderten von zweistöckigen Blöcken ausgestattet, die in mehrere Zellen unterteilt waren und dreißig Männer pro Block fassten. Doch im Vorbeigehen sah ich, dass die Blöcke überbucht waren. Mehr als fünfzig verzweifelte Männer lebten, weinten, husteten hier.

Meine Zelle hatte die Größe eines begehbaren Schranks. Zwei niedrige Metallpritschen und eine stinkende, verstopfte Toilette zwängten sich auf einer Fläche von ein Meter achtzig mal zwei Meter fünfzig.

Ich war der Vierte in dieser Zelle.

Ich setzte mich auf eine der Pritschen. Die Deckenlampe blendete. Es gab keine Fenster, keine Uhr, doch ich hatte den Eindruck, dass seit Fescoes Anruf bei Private mindestens zehn Stunden vergangen waren.

Ein widerlich riechender Mann im Alter zwischen zwanzig und vierzig setzte sich neben mich auf die Pritsche. Irwin heiße er, und er wolle reden. Seit fünf Tagen sei er hier, sei in seinem Wagen mit Kokain und einem minderjährigen Mädchen zwei Straßen von einer Schule entfernt geschnappt worden. Irwin hatte, so dachte ich, weniger zu befürchten als ich.

An seinem Arm prangte eine eiternde Wunde, eine andere an seinem Hals. Er erzählte mir von dem Brot mit dem rätselhaften Fleisch zum Mittagessen und den *burritos* zum Abendessen, solchen, wie man sie an der Tankstelle bekommt.

Ich hatte beides verpasst.

Er fragte, ob ich einen guten Anwalt habe. Ja, antwortete ich, bevor ich mich gegen die Wand lehnte. Ich wollte keine Aufmerksamkeit auf mich ziehen, ertrank in einer Flut aus Verzweiflung, gegen die ich mich nicht wehren konnte.

Ich hatte die Grundausbildung beim Militär gemacht und war dann in den Krieg gezogen. Ich hatte Menschen getötet. Freunde waren gestorben. Meine Eltern waren gestorben. Ich war bei einem Einsatz verletzt worden; eigentlich war ich tot gewesen und wieder zum Leben erweckt worden. Insgesamt hatte ich eine Menge durchgemacht.

Doch ein Gefühl hatte ich bisher noch nicht gekannt, soweit ich mich erinnerte: die völlige Hoffnungslosigkeit.

Nichts, was ich sagte, war von Bedeutung.

Ich hatte keinen Zugang zu meiner Umwelt, konnte nirgendwohin gehen.

Ich war der Gnade von Menschen ausgeliefert, die mich ins Abseits schieben wollten. Selbst Fescoe hatte mich fallen lassen – gestehe, sonst setzt's was.

Irwin ging zur anderen Pritsche, woraufhin sich der nächste ungewaschene Kerl neben mich pflanzte. Er wirkte bescheiden, hatte zwei Kinder, eine Frau. War in eine Kneipenschlägerei geraten. Er habe die Kaution nicht aufbringen können. Sein Husten klang nach Tuberkulose oder Lungenkrebs.

Ich tat so, als schliefe ich, während ich in Gedanken eine Liste der Menschen erstellte, die mich hassten. Es war eine lange Liste von Typen, die ich überführt, gefeuert, bloßgestellt oder deren Pläne ich durchkreuzt hatte.

Immer wieder tauchte Tommys Gesicht vor mir auf, bis ich von einem düsteren Traum wachgerüttelt wurde. Alle Lichter waren an. Einer meiner Zellengenossen stöhnte auf dem Klo. Doch wach wurde ich von der Stimme, die über den Lautsprecher bekannt gab, wer zu welchem Gericht gebracht werden würde.

»Das machen die hier immer um vier Uhr morgens«, erklärte Irwin. »Nett, was? Die Gerichte öffnen erst um neun.«

Mein Name war nicht aufgerufen worden.

Ich schloss die Augen wieder. Einige Zeit später ließ ein Wachmann die Tür zur Seite gleiten. »Jack Morgan?«, fragte er. »Sie müssen sich anziehen. Es geht zum Gericht.«

59

Caine verfügte über genügend Einfluss, um mich auf der Warteliste ganz nach oben setzen zu lassen. Ich wurde vom Gefängnis ins Shortridge Foltz Criminal Justice Center auf der West Temple Street gefahren, dort in die Wartezelle vor dem Gerichtssaal gesteckt und mit drei anderen Typen aneinandergekettet. Einer von ihnen war etwa achtzehn Jahre alt und leichenblass vor Angst.

Und – welch ein Wunder! – es gab eine Klimaanlage. Und sie war eingeschaltet.

Vier Stunden wartete ich, während meine Genossen abgeführt und zurückgebracht wurden. Dann war ich an der Reihe.

Caine kam zu mir und nahm mich fest in seine Arme. »Denk dran, wer du bist«, flüsterte er. »Du musst wie ein Lebender aussehen.«

Ich roch so übel wie die ungewaschenen Männer in meiner Zelle. Ich trug noch die Sachen vom Tag zuvor, war unrasiert und hatte mehrere Verletzungen. »Gut, ich denke, ich kann so tun, als ob«, versprach ich meinem Anwalt.

Ich folgte Caine in den Gerichtssaal. Trotz der Vertäfelung und der zivilisierten Atmosphäre erinnerte er mich an alte Bilder von Ellis Island, wo Flüchtlinge nach drei Wochen Gefangenschaft auf einem Schiff verurteilt wurden, ohne zu wissen, was aus ihnen werden würde.

Der Richter hieß Skinner Coffin, ein Mann jenseits der fünfzig. Ich hatte ihn zwar noch nicht kennengelernt, aber ich wusste, wer oder was er war – reizbar und starrsinnig.

Justine hatte einmal gesagt, er sei genial, wenn es darum gehe, »das Gesetz kreativ auszulegen«.

War das gut oder schlecht für mich?

Während sich Richter Coffin mit seinem Justizwachtmeister unterhielt, ließ ich meinen Blick über die Zuschauer wandern. Sie rutschten auf ihren Sitzen hin und her, flüsterten miteinander, Babys weinten. Ich hörte meinen Namen und drehte mich um. Robbie Pace, der neue Bürgermeister, kam auf mich zu.

Ich war beeindruckt, wie sauber er in seinem blauen Anzug und mit dem frisch rasierten Gesicht aussah. »Ich habe dem Richter geschrieben«, flüsterte er mir ins Ohr. »Habe ein gutes Wort für Sie eingelegt. Ich glaube, wir kriegen die Sache hin.«

»Danke, Robbie.«

»Nichts für ungut.«

Eine Tür vorne im Gerichtssaal wurde geöffnet. Fescoe trat ein, kam den Mittelgang auf uns zu und unterhielt sich mit Bürgermeister Pace, während er über Pace' Schulter hinweg zu mir sah. Pace nickte, dann nickte Fescoe mir zu und marschierte nach hinten ans Ende der Zuschauerplätze.

Wieder gingen die Türen auf, und diesmal trat Justine ein – wie immer graziös und frisch wie eine Rose, aber mit einem traurigen Lächeln. Sie kam zu mir und schien sich gerade noch zurückhalten zu können, mich zu umarmen. Körperkontakt war streng verboten.

»Wir stehen alle hinter dir, Jack. Alle bei Private. Wir arbeiten mit dem Kontakt auf der Straße, gehen alles durch, was wir finden können. Wir hören nicht auf, bis wir etwas Nützliches haben. Geht's dir gut?«

»Es tut gut, dich zu sehen.«

»Ich wünschte, ich könnte dasselbe sagen. Ich weiß, wie schlimm es im Knast ist.«

Das kannst du nicht wissen, dachte ich. Und dafür solltest du Gott danken.

»Dann habt ihr noch nichts gefunden?«

»Noch nicht. Tommy hat ein Alibi.«

»Das habe ich gehört.«

»Seine Frau. Er war mit ihr an dem Abend zu Hause.«

Ich seufzte.

»Wir graben weiter«, versicherte mir Justine.

»Mir geht's gut«, sagte ich.

»Ich weiß.«

Warum hatte ich mit Colleen geschlafen? Warum hatte ich diesem Drang nicht widerstanden?

Justine wünschte mir Glück, bevor der Gerichtsdiener eine Nummer aufrief. »Das sind wir«, sagte Caine. »Gehen wir.«

60

Der stellvertretende Bezirksstaatsanwalt, Eddie Savino, dunkelhaarig und attraktiv, war noch keine dreißig, aber steil auf dem Weg nach oben – diesen Eindruck zumindest vermittelte er.

»Euer Ehren«, sagte Savino, »Mr Morgan hat Colleen Molloy getötet, eine seiner Freundinnen. Er schoss ihr dreimal in die Brust. Wir haben, vornehm ausgedrückt, aus dem Innern des Opfers seine DNS gesichert.« Savino grinste, warf einen Blick zu den Zuschauern hin und fuhr fort, als diese nicht reagierten. »Und die besonderen Umstände, die diese Anklage begleiten, sind, dass Ms Molloy in der siebten Woche schwanger war.«

»Fahren Sie fort«, forderte ihn der Richter auf. »Und ziehen Sie hier keine Schau ab. Hier sind keine Geschworenen. Außer mir gibt's niemanden.«

»Ich habe verstanden«, erwiderte Savino mit einem charmanten Lächeln. »Die Mordwaffe, eine Handfeuerwaffe Kaliber .45 und auf Mr Morgan registriert, wurde in einem Beet etwa fünf Meter vom Hauseingang entfernt gefunden. Die Kugeln aus der Waffe passen zu den Kugeln, die aus der Leiche entfernt wurden.«

Richter Coffin sah mich zum ersten Mal direkt an, während Savino die einzelnen Punkte an seinen Fingern abzählte.

»Jack Morgan ist reich, er ist bewaffnet, er ist gefährlich. Er ist auch Pilot. Er kann aber nicht nur fliegen, er besitzt sogar ein Flugzeug. Wenn das nicht gleichbedeutend mit

›Fluchtgefahr‹ ist, weiß ich nicht, was sonst. Das Volk beantragt die Überstellung von Mr Morgan bis zur Gerichtsverhandlung in die Twin Towers Correctional Facility.«

Alles, was Savino über mich gesagt hatte, entsprach der Wahrheit – außer dass ich Colleen erschossen hatte und Fluchtgefahr bestand. Meine Stimmung änderte sich. Schrecken und Selbstmitleid hatte ich bereits hinter mir, jetzt war das Thema Wahnsinn an der Reihe.

»Mr Caine, Ihr Auftritt«, forderte Richter Coffin meinen Anwalt auf.

»Das klingt ja ganz nett, was Mr Savino vorgetragen hat, Euer Ehren, aber bei meinem Mandanten besteht keine Fluchtgefahr. Er möchte sich gegen die abscheulichen Verleumdungen verteidigen, weil er absolut unschuldig ist. Die Polizei zog voreilige Schlüsse, und nun hat Mr Morgan unter der Wucht ihrer Faulheit zu leiden.«

»Nur die Fakten, bitte, Mr Caine«, verlangte Coffin. »Auf mich warten noch weitere hundert Menschen.«

»Tut mir leid, Euer Ehren. Tatsache ist, Mr Morgan ist ein Kriegsheld. Er ist genauso Pilot, wie der Weißkopf-Seeadler ein Vogel ist. Er war Captain beim Marine Corps. Er flog Transporthubschrauber in Afghanistan, und ihm wurde der Silver Star verliehen. Mr Morgan ist ein persönlicher Freund des Polizeichefs und des Bürgermeisters, die sich beide für ihn verbürgen. Außerdem beschäftigt Mr Morgan über dreihundert Mitarbeiter. Was auch immer ›Säule der Gesellschaft‹ bedeuten mag, Jack Morgan erfüllt die Definition.«

»Ziehen Sie bitte ein Fazit für mich, Mr Caine.«

»Das Fazit, Euer Ehren, lautet: Mr Morgan kam von einer Geschäftsreise nach Hause und fand seine Exfreundin tot auf seinem Bett. Es war ein abgekartetes Spiel. Er rief die Polizei an. Hätte mein Mandant tatsächlich einen Mord begangen, wäre er selbstverständlich dazu in der Lage gewesen, sich aller Beweise zu entledigen. Er wohnt allein. Ihm blieben dreizehn oder vierzehn Stunden, bis man ihn am nächsten Morgen im Büro erwartete. In dieser Zeit hätte er die Leiche beseitigen, den Tatort reinigen und sich ein Alibi beschaffen können. Ach, Quatsch, er hätte zwölf Gäste zum Abendessen im Spago einladen und die Beweise beseitigen und dann noch nach Guadalajara fliegen können.

Und was behauptet die Polizei? Er tötete die junge Frau, ließ sie auf seinem Bett liegen, vergrub die Waffe fünf Meter von seiner Haustür entfernt unter Rindenmulch. Das ist Blödsinn, Euer Ehren. Wenn er hätte nach Mexiko fliehen wollen, warum hat er das dann nicht getan? Weil Jack Morgan seine Exfreundin Colleen Molloy nicht getötet hat. Er rief die Polizei und zeigte sich vollständig kooperativ. So verhält sich nur ein unschuldiger Mensch.«

61

Caine hatte wirkungsvolle – halt, ich korrigiere mich – phänomenale Arbeit geleistet. Meine Dankbarkeit für ihn war so überwältigend, dass ich beinahe zusammenbrach. Doch Richter Coffin mit seinem ausdruckslosen Gesicht schien sich nicht beeindrucken zu lassen.

»Mr Morgan«, begann er, »Sie werden des Totschlags mit besonderen Umständen angeklagt. Bekennen Sie sich schuldig?«

»Nicht schuldig, Euer Ehren.«

»M-hm«, machte der Richter, beugte sich nach vorne und tippte mit zwei Fingern in seinen Rechner. Der Lärm im Zuschauerraum nahm zu wie ein Taifun, der eine Küste entlangtobte. Der Kampf, der im Mittelgang entstand, wurde von den Polizisten beendet, und schließlich haute Richter Coffin viermal mit seinem Hammer auf den Tisch.

In der entstandenen Stille blickte Richter Coffin zu mir herab. »Mr Morgan, haben Sie die Absicht zu fliehen?«

»Nein, Euer Ehren.«

»Gut. Nun, ich würde sagen, wir befinden uns in einer ungewöhnlichen Situation, da Mr Morgan ein aufrechtes Mitglied unserer Gesellschaft ist. Er hat die Polizei gerufen, um das Verbrechen zu melden, dennoch liegen besondere Umstände vor.« Wir sahen ihm gespannt zu, wie er sich am Kinn kratzte. »Ich habe einen ähnlichen Fall in *Meyer gegen Spinogotti* gefunden.«

Savino machte ein verdutztes Gesicht. »Ging es in diesem Fall nicht um Vergewaltigung, Euer Ehren?«

»Bingo, Mr Savino. Das Opfer war schwanger. Mr Caine, ich möchte, dass Mr Morgans Flugzeug fluguntauglich gemacht und gesichert wird, damit es nicht benutzt werden kann. Mr Morgan, Sie werden Ihre Fluglizenz und Ihren Waffenschein ebenso wie Ihren Ausweis abgeben. Wenn diese Bedingungen erfüllt sind, suchen Sie sich einen Kautionssteller, der zwanzig Millionen Dollar für Sie aufbringt, dann dürfen Sie Leine ziehen.«

Zack, knallte der Hammer auf den Richtertisch. Und schon rief der Gerichtsdiener den nächsten Fall auf.

»Keine Sorge, Jack«, beruhigte mich Caine. »Ich kümmere mich darum. Morgen bist du zu Hause.«

Hatte Caine recht? Oder machte er mir nur falsche Hoffnungen?

Ein Polizist neben mir zerrte an meinem Arm und führte mich zum Hinterausgang des Gerichtssaals. Kurz bevor sich die Tür hinter mir schloss, drehte ich mich um, sah aber nicht wie gehofft Justine, sondern Fescoe.

Er, Tandy, Ziegler und Eddie Savino hatten die Köpfe zusammengesteckt und unterhielten sich, wie ihre Blicke in meine Richtung verrieten, über mich. Selbstverständlich war der Staatsanwalt enttäuscht, dass für mich eine Kaution gestellt werden durfte.

Ich wurde in die Wartezelle hinter dem Gerichtssaal gebracht, wo ich wieder mit drei anderen Männern zusammengekettet wurde. Schweigend schwitzte ich sechs Stunden lang vor mich hin, bevor ich ins Gefängnis zurückgefahren und in meine Zelle weggesperrt wurde.

Wir hatten einen neuen Zellengenossen. Wieder ein Schwätzer.

Er hieß Vincent und sah aus, als hätte er auf einem Gitterrost geschlafen. Er kam schnell zur Sache und erzählte mir von dem »nahezu kriminellen Ungleichgewicht auf dem Immobilienmarkt«, das sich frühestens 2015 legen würde. Er redete von den Spekulanten, dem Druck, den sie allem auferlegten, was mit Wirtschaft zu tun hatte, und den aktuellen Sozialprogrammen. Kurssteigerungen stünden uns erst wieder bevor, wenn wir orthopädische Schuhe tragen würden.

Er hatte seinen Sinn für Humor noch nicht verloren. Wie bewundernswert!

»Bist du in der Finanzbranche tätig?«, erkundigte ich mich höflich.

»Ich fahre.«

»Fahren?«

»Taxi. Ich habe ab und zu die Steuern nicht bezahlt. Deswegen haben die mich hier eingelocht. Unglaublich, was?«

»Das tut mir leid für dich.«

»Wenn wir hier rauskommen und du ein Taxi brauchst, ruf die 1-800 an und verlange Vin.«

»Gerne. Die Nummer ist leicht zu merken.«

Ich dachte über Justine und darüber nach, wie sie mich im Gerichtssaal angesehen hatte. Ich spürte den Schmerz und ihre tiefe Enttäuschung. Und ich dachte darüber nach, wie ich mit ihr in einem großen Bett unter einem kühlen Laken lag.

Früh am nächsten Morgen war der Lautsprecher das Erste, was ich hörte – zuerst ein Quietschen, dann die plärrende Stimme, die über die Flure hallte.

Diesmal wurde auch mein Name aufgerufen.

62

Caine wartete auf der Freiheitsseite des Zauns auf mich, legte einen Arm um meine Schultern und führte mich durch die Massen der Motorradfahrer und Gangmitglieder, die sich vor dem Knast herumtrieben.

Der Wagen wartete auf uns. Aldo sprang vom Fahrersitz und öffnete mir rasch die hintere Tür. »Geht's Ihnen gut, Jack?«

»Ungefähr so, als wäre ich von einem Auto angefahren worden und hätte ein paar Tage im Straßengraben geschlafen«, antwortete ich.

Aldo grinste. »Oh Mann, das klingt übel. Aber jetzt haben wir Sie da raus. Schauen Sie mal, dahinten ist Kaffee für Sie.«

Waren wirklich erst fünf Tage vergangen, seit Aldo mich am Flughafen abgeholt und nach Hause gefahren hatte? Mir kam es vor, als lägen zehn Jahre dazwischen.

Caine setzte sich auf der Rückbank neben mich.

»Ich will erst nach Hause und mich umziehen«, sagte ich, als wir uns in den Verkehr einfädelten.

»Das Hotel wäre besser, Jack. Das Absperrband rund um dein Haus wurde erst vor einer Stunde entfernt. Niemand war drin, um zu putzen. Cody hat dir ein paar Sachen ins Hotel gebracht.«

Ich nickte, dachte an mein blutdurchtränktes Bett. Daran, dass mein Haus auf immer und ewig mit dieser Farbe besudelt sein würde.

Neben mir lag eine Zeitung, auf der Titelseite prangte ein

großes Foto. Ich brauchte einen Moment, bis ich mich als den gefesselten Mann erkannte, der vor dem Gefängnisbus in der Schlange stand. »Morgan auf Kaution frei«, besagte die Überschrift. Und darunter stand: »Für mutmaßlichen Täter werden 20 Mio. Dollar Kaution hinterlegt.«

Der Leitartikel handelte von dem Mord an Colleen und führte auch Phil Spector, Robert Blake, O. J. Simpson und andere Mörder aus Los Angeles auf.

»Wann ist die Verhandlung?«, fragte ich Caine.

»Steht noch nicht fest«, antwortete er. »Aber mit dem Termin können sie sich ruhig Zeit lassen.«

Ich wusste, was er meinte. Für mich sprach nur meine Aussage, ich sei unschuldig. Oder anders ausgedrückt: Wir hatten rein gar nichts in der Hand.

Der Wagen wartete vor dem Beverly Hills Sun, während ich mich oben in meinem luxuriösen Zimmer auszog und in dem mit Marmor verkleideten Bad unter die sechs Duschköpfe stellte. Das saubere, heiße Wasser wirkte auf mich, als würde ich wiederauferstehen.

Eine halbe Stunde später, gegen Mittag, trat ich durch den Haupteingang von Private und wand mich die Treppe nach oben.

Cody saß nicht an seinem Platz, doch ein Kunde marschierte vor meinem Büro auf und ab. Es war Dewey Arnold, der leitende Anwalt von Hamilton Price, der größten Sportleragentur der Welt.

»Dewey, komm rein. Ich habe dich gar nicht erwartet.«

»Ich brauche nicht reinzukommen, Jack.«

»Nein?«

Ich war bereits an ihm vorbeigegangen, blieb aber stehen, drehte mich um und blickte in Dewey Arnolds zerfurchtes Gesicht.

Wir kannten uns seit unserer Jugendzeit. Seine Firma hatte mich während meiner einjährigen Karriere als Profi-Footballer vertreten. Hamilton Price war Kunde meines Vaters gewesen. Hamilton war immer noch mit meinem Onkel Fred befreundet, dem Mitinhaber der Oakland Raiders.

Hamilton Price war seit fünf Jahren Kunde von Private.

»Ich mach's kurz und schmerzlos, Jack. Du bist raus aus dem Geschäft. Wir möchten mit dir nicht mehr zusammenarbeiten.«

»Dewey, komm rein. Lass uns darüber reden. Ich bin gänzlich unschuldig. Es ist …«

»Ich habe davon gehört. Es ist eine Verleumdung. Aber das ist mir egal. Wir mögen keinen Stunk. Ich habe die Rechnungen bezahlt und werde heute Nachmittag eine Presseerklärung herausgeben. Wir wickeln unsere Geschäfte künftig mit Private Security ab.«

»Du wechselst zu meinem Bruder?«

»Aus Loyalität gegenüber deiner Familie. Hamilton wünscht dir viel Glück.«

Wenn man das Wort *Glück* sagt und viel Kraft auf das *ck* legt, spuckt man beim Sprechen. Ich wischte mir die Wange ab, während Dewey Arnold zum Fahrstuhl stapfte.

63

Als ich mich von Dewey Arnold abwandte, trat eine große Afroamerikanerin aus meinem Büro. Sie war hübsch, mochte Ende zwanzig sein, war mit ihren flachen Absätzen schätzungsweise eins achtzig groß und wog bestimmt über hundert Kilo. Sie trug eine weiße Bluse mit Spitzenbesatz am V-Ausschnitt und eine leuchtend gelb-grüne Hose. Sie machte ein verängstigtes Gesicht – klar, auch die Dusche konnte meine letzten Tage nicht wegwaschen. Ich sah immer noch furchterregend aus.

Aber was wichtiger war: Ich kannte sie nicht. Was trieb sie also in meinem Büro?

»Ich bin Valerie Kenney«, stellte sie sich vor. »Val. Ich bin Codys Ersatz.«

Sie reichte mir ihre Hand, doch ich kapierte noch immer nicht. Cody hatte gesagt, er werde noch eine Woche bleiben, damit ich in Ruhe die Vorstellungsgespräche mit seinen drei Hauptkandidaten führen könne.

»Cody wollte mich schon mal reinschnuppern lassen. Mich anlernen, während er noch hier ist«, erklärte Valerie. »Im Moment vereinbart er ein paar Termine für mich.«

»Kommen Sie doch in mein Büro«, bat ich sie.

Ich führte Val Kenney zur Sitzecke. »Cody hätte mir sicher von Ihnen erzählt, aber ich hatte ein paar Tage lang kein Telefon.«

»Kein Telefon zu haben ist die Hölle, was?«

Ich lachte. Zum ersten Mal seit einer ganzen Weile. »Erzählen Sie mir von sich, Val.«

Sie fasste die Höhepunkte ihres Lebens zusammen. Sie hatte sich gut vorbereitet, aber ihre Worte klangen nicht wie auswendig gelernt. Sie stammte aus Miami, ihre Mutter lebte noch in Gables. Sie hatte an der Boston University studiert, vor vier Jahren mit dem Bachelor in Naturwissenschaften abgeschlossen.

»Anschließend habe ich an der University of Miami mit Kriminologie angefangen«, fuhr sie fort. »Aber meine Mutter brauchte mich zu Hause wegen meines Bruders. Er steckte in der Pubertät und war völlig außer Rand und Band. Erinnern Sie sich, als Sie nach Miami kamen und eine Vorlesung über Verbrechensbekämpfung hielten?«

»Ja.«

»Ich saß in der ersten Reihe.«

»Tut mir leid, da waren eine ganze Menge Leute.«

»Ach, das ist schon in Ordnung. Aber Sie haben mich wirklich beeindruckt, Mr Morgan.«

»Jack.«

»Jack. Also, wie mache ich mich?«, fragte sie. »Bin ich noch immer engagiert?«

Ich lachte bereits zum zweiten Mal. Das Lachen musste ich vermisst haben, wenn ich schon mitzählte. »Schauen wir mal, wie es läuft. Erzählen Sie weiter.«

Val erzählte, sie habe beim Miami Police Department in der Verwaltung gearbeitet, nachts für ihren Masterabschluss gelernt und ihrer Mutter erzählt, sie werde eines Tages nach L. A. ziehen und für Private arbeiten.

»Der letzte Teil ist doch gelogen«, unterstellte ich ihr.

Sie grinste. »So was sagt man doch in Vorstellungsgesprächen, ›ich wollte schon immer hier arbeiten‹. Aber bei mir stimmt das zufällig.«

»Sind Sie bereits nach L. A. gezogen?«

»Ja, ich gehe gern aufs Ganze.«

Zum ersten Mal in der Viertelstunde, seit Dewey Arnold mir viel Glück gewünscht hatte, als wünschte er mir die Pest an den Hals, wirkte sie etwas nervös.

»Als Cody auf meine E-Mail geantwortet hat, bin ich gleich hergeflogen, um mich mit ihm zu treffen«, fuhr Valerie fort. »Apropos E-Mails – Sie haben eine ganze Menge davon. Und Anrufe. Drei Kunden haben ihre Aufträge zurückgezogen – ich habe mir die Kontaktdaten auf Ihrem Rechner angesehen. Und ich müsste ungefähr fünf Besprechungen für Sie neu vereinbaren, wenn Sie bereit sind. Mr Del Rio, dringend. Ms Poole, dringend. Soll ich weitermachen?«

»Wissen Sie, was mir passiert ist?«

»Ja.«

»Um den Mord an Colleen Molloy zu lösen, werden wir die Nächte durcharbeiten müssen. Die Wochenenden. Sie haben einen Hochschulabschluss. Sind Sie sicher, dass Sie Ihre Zeit am Telefon verbringen wollen?«

»Ja, ich werde alles tun, was Sie von mir verlangen. Das hier ist mein Traumjob, Mr, äh, Jack. Ich werde mir den Arsch für Sie aufreißen. Das verspreche ich. Vor Ihnen steht eine ehemalige Begabtenschülerin. Ich habe Stipendien für die besten Schulen erhalten.« Sie saß mit fest im Schoß gefalteten Händen da und beugte sich hoffnungsvoll zu mir vor.

Ich musste lächeln. Sie war schlau und motiviert, aber konnte sie auch so gut arbeiten wie schauspielern?

»Wenn Sie glauben, ich bin bereit dazu, unterhalten wir uns über eine Versetzung in den Bereich Ermittlungen«, sagte Val Kenney.

Mir hing eine Mordanklage im Nacken. Ich musste die

Gelegenheit ergreifen und mir von der schlauen, motivierten Ms Kenney den Rücken freihalten lassen, damit ich mich um die Rettung meines Lebens kümmern konnte.

Ich reichte ihr die Hand. Und sagte: »Willkommen bei Private.«

64

Der Film wurde im Norden von L. A. gedreht, gleich außerhalb des Städtchens Ojai auf einem ranchähnlichen Anwesen, das etwas abseits von einer gewundenen Landstraße lag.

Del Rio stand im Schatten eines Avocadohains und beobachtete die Filmcrew, die ihre ersten Aufnahmen von *Shades of Green* drehte. Ein paar Meter entfernt lehnte Scotty an einem weißen Zaun, der die Avocadobäume von der Einfahrt, der Wiese und dem exzentrisch aussehenden, vielleicht hundert Jahre alten Haus trennte.

Genau in diesem Moment, um acht Uhr fünfzehn vormittags, passte die Mannschaft das Licht und die Kameraeinstellungen an, um den blauen Ferrari vor dem Haus aufzunehmen.

Danny Whitman saß hinter dem Steuer, neben ihm seine Filmpartnerin, die sechzehn Jahre alte Piper Winnick. Die beiden hatten ihren Spaß, lebten sich in ihre Rollen ein, zwei junge Spione, die sich trotz aller widrigen Umstände – Danny spielte einen Mörder – ineinander verliebt hatten.

Der Anblick erinnerte Del Rio an eine Schauspielerin aus einem der Bourne-Filme mit Matt Damon, deren Namen er nicht kannte. Anders als die Brünette in dem Bourne-Film hatte Piper Winnick strohblondes, glänzendes schulterlanges Haar und trug ein gelbes Sommerkleid und einen Strohhut, der ihre Augen beschattete.

Danny Whitman trug ein blaues Polohemd, Jeans und eine Baseballkappe, und er balgte spielerisch mit seiner

Filmpartnerin, die ihn von sich schubste und »*Stupido*« schimpfte. Beide lachten.

Del Rio fand es gut, dass von diesem Anwesen aus keine weiteren Häuser zu sehen waren und er die Situation damit unter Kontrolle hatte. Er zündete sich eine Zigarette an. Er war nicht süchtig, aber ab und zu gefiel es ihm, den Rauch auszupusten und im Wind verschwinden zu sehen.

Er beobachtete die Schauspieler. Der Film würde im nächsten Sommer aller Wahrscheinlichkeit nach ein Renner werden – wenn Danny nicht in den Knast wanderte. Oder vielleicht wäre genau das der Grund, dass die Besucher die Kinos stürmen würden.

Der Regisseur wies die beiden an, ihre Positionen zu beziehen. Sie stiegen aus dem Auto und gingen in das verwinkelte Haus, als drei von Danny Whitmans Betreuern die Straße heranschlenderten.

Scotty verließ seinen Posten am Geländer und stellte sich neben Del Rio. »Von den dreien gefällt mir nur Schuster, der Manager. Ich glaube, er mag Danny wirklich. Barstow, Dannys Agent, mag niemanden. Bei Merv Koulos weiß man gleich, wie er tickt. Er versucht erst gar nicht zu verheimlichen, dass es ihm nur ums Geld geht.«

»Es geht allen drei nur ums Geld, Scotty«, korrigierte Del Rio ihn. »Nur in unterschiedlichen Grüntönen.«

Die drei Betreuer gesellten sich zu den beiden Ermittlern. »Ihr seid die Typen von Private?«, erkundigte sich Schuster.

Schuster sah aus gutem Grund glücklich aus, dachte Del Rio. Er hatte lange genug auf den Beginn der Dreharbeiten gewartet, und an diesem Tag war es endlich so weit.

»Sie können sich was zu essen holen, wenn Sie wollen«, bot Barstow an. »Der Fresswagen steht hinter der Scheune.«

»Danke, aber wir haben schon«, lehnte Del Rio ab. Wie toll es doch ab und zu war, einen so lockeren Job und alles unter Kontrolle zu haben.

65

»Ruhe, bitte!«, rief der Regieassistent fünfzehn Meter vom Avocadohain entfernt. »Bitte Ruhe.«

»Klappe – die erste«, rief jemand und ließ den Holzarm nach unten schnappen. Und der Regieassistent schob sein »Vier, drei, zwei und … *action*« hinterher.

Die Kamera war auf die Eingangstür gerichtet, aus der Danny, gefolgt von Piper, trat. Danny drehte sich zu Piper um. »Vergiss nicht, der Kerl ist wahnsinnig.«

»Der Knüller. Ich meine, der Knaller«, erwiderte Piper mit italienischem Akzent.

Sie stiegen in den Wagen. »Das solltest du lieber nicht durcheinanderbringen«, ermahnte Whitman sie.

»Ich weiß. Knüller ist gut, und Knaller ist doof. Und ich bleibe geduckt.«

»Ich bin verrückt, dass ich dich mitnehme«, sagte Danny Whitman zu seiner Filmfreundin. »Wenn dir irgendwas passiert, Gia…«

Das Mädchen lachte und sagte *»Stupido«*, als Danny den todschicken Wagen startete und den Motor aufheulen ließ. Piper quiekte und wurde gegen die Rückenlehne gedrückt, während Danny auf die Sisar Road zupreschte.

Er fuhr viel zu schnell. Das stand so allerdings nicht im Drehbuch.

Die Filmcrew und die Zuschauer starrten mit offenen Mündern dem Wagen hinterher, der durchs weit geöffnete Tor raste. Der Regisseur rief »Halt«, doch der Wagen blieb nicht stehen.

Stattdessen bog Danny scharf nach links auf die zweispurige Straße und verschwand wie ein blauer Pfeil von der Bildfläche.

»Himmel, Arsch!«, schrie der Regisseur. »Scheiße, was soll das?«

Schuster, der neben Del Rio stand, tippte ebenso wie Merv Koulos eine Nummer in sein Telefon.

»Danny. Hier ist Merv. Verdammt«, schimpfte Koulos. »Danny, ruf mich an. Das ist nicht lustig.«

»Er kommt gleich zurück«, beruhigte Scotty sich selbst und drehte sich zu Del Rio. »Er hat Spaß am Wagen und an dem Mädchen. Er wird gleich umkehren. Der spinnt nur ein bisschen rum.«

»Ich hoffe, du hast recht«, sagte Del Rio.

Nun war es vorbei mit Del Rios Zufriedenheit. An ihre Stelle war ein Gefühl getreten, als pfiffe ein kühler Wind durch seine Rippen. Er wählte Justines Nummer. »Wir sind erst eine Stunde hier, und schon ist uns der bescheuerte Kerl durchgebrannt«, berichtete er. »Ja, genau, Danny. Er ist mit hundertfünfzig Sachen in einem Dreihunderttausend-Dollar-Sportwagen abgehauen. Jetzt beruhige dich, Justine. Er hat das Mädchen mitgenommen. Piper Winnick. Nein. Wenn er gesagt hat, wohin er fährt, hat das hier niemand mitgekriegt.«

66

Es war fast fünf Uhr nachmittags.

Justine und Scotty hatten den Tag damit zugebracht, Danny zu suchen. Sie waren bei ihm und bei Piper zu Hause in den Hills gewesen. Sie hatten Kontakt mit den Freunden und den Familien der beiden aufgenommen und verließen das Studio jetzt nur, weil sie mit allen gesprochen hatten, die eine Meinung über Dannys Verschwinden äußern wollten – was so ungefähr auf jeden zutraf.

Die Hälfte der Leute, mit denen sie geredet hatten, hielt Danny für unverantwortlich und unreif, weil er die Folgen seines Tuns nicht verstünde. Die andere Hälfte vermutete, Danny verstünde die Folgen sehr wohl, und sein Verschwinden wäre als öffentlichkeitswirksamer Trick geplant, mit dem er das Drehbuch nachahmte. Mehrere Leute vermuteten, Dannys Agent, Alan Barstow, hätte Danny dazu überredet.

Justine jedenfalls wusste, dass die Polizei über kurz oder lang nach einem blauen Ferrari und zwei jungen Filmstars suchen würde.

Justine forderte Scotty auf, sich anzuschnallen, bevor sie mit quietschenden Reifen das Gelände von Harlequin Pictures in Richtung Beverly Hills verließ.

Während der Fahrt hämmerte sie frustriert auf ihr Lenkrad ein und versuchte verzweifelt, sich einen Reim auf Dannys bescheuerten, gefährlichen Streich zu machen. Diesmal würde er nicht behaupten können, einen Blackout gehabt zu haben.

Was hatte sie übersehen? War er narzisstisch veranlagt? Oder ein Psychopath?

Egal, was, auf jeden Fall hatte er selbstzerstörerische Tendenzen.

Danny Whitman, der Junge, der alles zu verlieren hatte, könnte für fünfundzwanzig Jahre bis lebenslänglich ins Gefängnis wandern.

Das galt natürlich nur, wenn er Piper nichts antat.

Justine überfuhr eine gelbe Ampel. »Du hast doch gehört, wie ich gesagt habe, er soll sich anständig benehmen und sich nicht mit Mädchen in der Öffentlichkeit zeigen.«

»Du musst gleich abbiegen, Justine. Vielleicht wechselst du schon mal auf die linke Spur …«

»Er hat sich auf unsere Bedingungen eingelassen. Ich glaube, der ist völlig durchgeknallt.«

Scotty trat auf seiner Seite des Wagens auf eine imaginäre Bremse, als Justine an einer roten Ampel nach links abbog.

»Weißt du, Scotty, mir war er eigentlich ganz sympathisch. Sehr sogar. Sag mir noch mal die Adresse.«

»345 North Maple. Müsste drei Straßenblocks weiter sein. Ich übernehme die Verantwortung, Justine, aber ich weiß nicht, was ich hätte anders machen können. Wir mussten uns vom Aufnahmebereich fernhalten, und der erstreckte sich über die ganze Straße.«

»Das hattest du nicht vorhersehen können, Scotty, ehrlich.« Das klobige Gebäude auf der rechten Seite war etwa fünfzehn Stockwerke hoch. Justine bog in die Tiefgarage ab. Ein paar Minuten später nannten sie und Scotty ihre Namen einer Frau hinter dem Empfang der Barbara-Crowley-Talent-Agentur.

67

Piper Winnicks Agentin, Barbara Crowley, stand, eine Minute nachdem sie gerufen wurde, an der Rezeption. Sie war eine attraktive Frau Anfang vierzig, ihr Haar war mit blonden und grauen Strähnen durchsetzt. Sie trug einen teuren schwarzen Hosenanzug, ihre Handgelenke schmückten goldene Armreifen, und ihre Fingernägel waren schwarz lackiert. Ihr Lippenstift sah für eine ansonsten so gepflegte Frau allerdings verwischt aus.

»Haben Sie was von Danny gehört?«, fragte Crowley.

»Noch nicht«, antwortete Justine.

Sie stellte Christian Scott vor, dann folgten sie und Scotty ihr den Flur entlang, dessen Wände mit großen gerahmten Fotos von Filmstars samt persönlicher Widmung – »mit Dank und in Liebe« – überzogen waren.

Als Justine und Scotty vor Crowleys Schreibtisch Platz nahmen, schloss sie die Bürotür. »Ich mache mir Sorgen um Piper. Oder nein: Ich bin verzweifelt.«

»Glauben Sie, Danny könnte ihr was antun?«, fragte Justine.

»Könnte er? Würde er? Ist er ein ganz normaler Junge, der zum Filmstar wurde, oder ist er etwas viel Schlimmeres? Danny war vor einer Weile im Krankenhaus. Hat man Ihnen das gesagt?«

»Nein, das wussten wir nicht«, gestand Justine ein.

»Na, dann wissen Sie es jetzt. Danny hat sich selbst zu einer ›Inspektion‹ ins Blue Skies eingewiesen und war zwei Monate von der Bildfläche verschwunden.«

Justine kannte das Blue Skies. Tommy Morgan, Jacks Zwillingsbruder, hatte dort einige Zeit wegen seiner Spielsucht verbracht.

»Eine Reha, oder?«, vergewisserte sich Scotty. »Exklusive Einrichtung für Süchtige.«

»Nicht nur für Süchtige. Prominente und andere, die es sich leisten können, gehen dorthin, um sich zu erholen«, erklärte Crowley. »Mir wurde gesagt, Dannys Probleme seien stressbedingt gewesen, und als er zwei Monate später das Krankenhaus verließ, ging es ihm wieder wirklich gut, wie mir Merv Koulos versicherte. Er habe nur eine Pause gebraucht. So habe ich Danny kennengelernt«, fuhr Crowley fort. »Er wirkte abgeklärt und gesund, sonst hätte ich Piper den Auftrag nicht annehmen lassen. Als Katie Blackwell behauptete, sie sei belästigt worden, sagte ich Piper, ich werde den Vertrag auflösen, aber sie wollte mit Danny zusammenarbeiten. Unbedingt. Auch ihre Eltern wollten, dass sie den Film macht.«

»Wissen Sie noch, wann Danny im Blue Skies war?«, wollte Justine wissen.

»Vor etwa sechs Monaten, glaube ich.«

Als das Telefon klingelte, schnappte Crowley nach dem Hörer und wandte sich von ihren Besuchern ab. »Ja, ja, sehr gerne. Jetzt wird alles gut.«

Sie legte den Hörer auf. »Die Polizei ist da«, sagte sie. »Pipers Eltern haben sie verständigt. Es tut mir leid, aber Danny hat Piper nun mal entführt. Ich werde erst wieder ruhig schlafen können, wenn Pipers Familie ihre Tochter zurückhat.«

68

Justine hatte Scotty im Lagerviertel abgeliefert, wo er seine Überwachung durchführen musste, und sich dann gezwungen, Tommy Morgan anzurufen. Sie hatte sich gefühlt, als marschierte sie über Glasscherben. Nachts. In einem Hagelschauer. Und mit einem Stock im Auge.

Er war noch in seinem Büro gewesen.

»Tommy, ich muss dich was fragen.«

»Klar, schieß los.«

»Warst du im Blue Skies, als Danny Whitman auch dort war?«

»Oh, im Moment kann ich nicht sprechen«, hatte er gesagt. »Wie wär's mit einem Abendessen?«

Sie hatte zustimmen müssen und hinzugefügt, dass Private ihn natürlich einladen würde.

Jetzt saßen sie im Providence, einem der besten Restaurants im Land, modern und elegant, aber nicht sexy. Genau der Grund, warum Justine diesen Ort gewählt hatte. Sie wollte, dass Tommy sich geschmeichelt und gut behandelt fühlte, ohne ihm falsche Signale zu senden. Er hatte sie früher mal angemacht.

Sie saßen an einem Tisch in der Ecke, eine Kerze flackerte, und sie hielten ihre Weingläser in der Hand. Das Providence war berühmt für seinen leckeren Fisch. Selbst Fleischliebhabern schmeckte der Wildlachs mit hauchdünn gehobelten Pilzen besser als ein Steak.

Tommy hatte sich ein Lendensteak bestellt, das ihm augenscheinlich sehr mundete.

Er lehnte sich zurück und sah Justine lächelnd an, während er kaute.

Justine nahm einen Schluck Wein, aufs Neue erstaunt darüber, dass Tommy genauso aussah wie Jack. Er hatte dasselbe dunkelblonde Haar, denselben Körperbau, dieselbe Körperhaltung – doch in allen entscheidenden Dingen war Tommy das genaue Gegenteil von Jack.

Jack war altruistisch, Tommy feige. Jack schenkte seinem Gegenüber die volle Aufmerksamkeit und hörte auch wirklich zu, Tommy fixierte sein Gegenüber und versuchte zu manipulieren und Schwächen zu finden, die er ausnutzen konnte.

»Ich weiß nicht, wie viel ich dir von Danny Whitman erzählen kann«, sagte er. »Er ist ein komischer kleiner Kauz. Und wir waren nicht befreundet. Warum willst du das wissen?«

»Er ist unser Mandant.«

»Weiß Jack, dass wir hier zu Abend essen?«

»Das wird er, wenn ich ihm meine Spesenquittung vorlege.« Justine wartete, bis Tommy fertig gelacht hatte. »Warum war Danny Whitman im Blue Skies?«, fragte sie weiter.

»Depressionen, glaube ich. Er sah deprimiert aus, aber er könnte auch aus anderen Gründen dort gewesen sein. Er ging immer zu seinem Psychologen, ansonsten sonderte er sich ab.«

»Aber du hast mit ihm gesprochen?«

»Meine Güte, Justine. Wir haben einander nicht das Herz ausgeschüttet«, antwortete er. »Prominente, du weißt schon. Sie bleiben unter sich, wenn sie genügend Erfahrung mit Menschen gemacht haben, die ihre Geschichten an die Boulevardpresse verkaufen. Und jetzt bin ich dran.

Wie geht's Jack? Hab nichts mehr von ihm gehört, seit er in den Knast gewandert ist.«

»Er ist wieder draußen.«

»Warum hat er deiner Meinung nach Colleen getötet?«

»Ach, hör auf, Tommy. Du weißt, dass er sie nicht getötet hat.«

»Nein, Justine, hör du auf. Ich glaube, er hat's getan.«

»Er hatte überhaupt keinen Grund dazu.«

»Vielleicht ist er nur durchgedreht. Weißt du nicht, dass Jack ein reizbarer Mensch ist? Ich kann dir aus erster Hand sagen, dass er dir mit einem Hieb den Kiefer an drei Stellen gleichzeitig brechen kann.«

Tommy zog seine Jacke aus und machte eine Schau daraus, seinen Ärmel hochzukrempeln und Justine eine alte, etwa acht Zentimeter lange Narbe gleich über dem Ellbogen zu zeigen. »Die stammt von damals, als er mir den Arm gebrochen hat«, erklärte Tommy. »Weil wir uns gestritten haben, wer im Auto vorne sitzen darf.«

Tommy war fies. Justine hasste ihn. Sie konnte ihre Gedanken für sich behalten, doch er hatte ihr den Köder hingeworfen, nach dem sie jetzt schnappte.

»Ich hoffe, es hat ordentlich wehgetan«, sagte sie lächelnd.

»Mann, du liebst ihn ja immer noch.«

Justine winkte dem Kellner wegen der Rechnung.

Tommy grinste blöd. »Kann ich sonst noch irgendwie helfen?«

»Klar, lass Jacks Kunden in Ruhe. Und leg der Polizei gegenüber ein Geständnis ab, dass du Colleen umgebracht oder den Mord in Auftrag gegeben hast.«

»Das kann ich nicht. Ich kann nichts gestehen, was ich nicht getan habe, nur damit du glücklich bist. Aber ich würde viele andere Dinge tun, um dich glücklich zu machen. Wie wär's, wenn ich dich zu einer echten Verabredung ausführen darf?«

»Das war unsere Verabredung, Tommy. Die erste und letzte.«

69

Ich wartete an der Bar auf der Poolterrasse auf Jinx mit einem leckeren Mineralwasser auf Eis und bewunderte den Sonnenuntergang, der rosa Licht aufs Wasser malte.

»Hallo, Jack«, begrüßte sie mich und setzte sich auf den Stuhl neben mich. »Tut mir leid, dass ich so spät dran bin. Ich hatte noch im Büro zu tun.«

»Schon in Ordnung. Mir gefällt es hier.«

Jinx lächelte. »Ich habe gehört, Ihnen ging's in den letzten Tagen nicht so gut.«

Sie roch süßlich nach Jasmin, und das Licht fing sich in ihrem Diamanthalsband. Zu ihrer dunkelblauen Seidentunika trug sie eine passende enge Hose, ihre anbetungswürdigen Füße steckten in goldfarbenen Sandalen.

»Gefängnis bereichert den Erfahrungsschatz«, erwiderte ich. »Ich musste mal die andere Seite der Mauer kennenlernen. Sie können mir glauben, das Gras war nicht grüner.«

»Sie sehen aus, als wären Sie in eine Schlägerei geraten.«

»Gehörte zum Bereicherungsprogramm.«

Ich wollte sie zum Lachen bringen, doch sie streckte ihre Hand aus und berührte meinen verwundeten Kiefer. Ich ließ sie gewähren.

»Ich bin gestolpert«, sagte ich.

»Aber ganz übel, wie es aussieht.«

Ich lächelte sie an. Sie stützte sich mit dem Ellbogen auf der Theke ab und bestellte beim Kellner einen Gin Tonic. Ich hatte ihr wahres Ich hinter dieser unbedachten Geste gesehen. Hier saß die Frau vor mir, die mich um Hilfe gebeten hatte, weil sie mit den Morden nicht zurechtkam – und weil sie Gefahr lief, alles zu verlieren, was sie besaß.

»Wir arbeiten an Ihrem Fall«, versicherte ich ihr. »Aber wenn Sie jemand anderen beauftragen wollen, verstehe ich das. Und wir berechnen Ihnen die bisher aufgewendete Zeit nicht.«

»Mit der Polizei ist es hoffnungslos«, sagte sie.

»Sie meinen, *auch* mit der Polizei ist es hoffnungslos.«

»Heute vor einem Monat war es hier an dieser Bar brechend voll.«

»Wir arbeiten weiter daran, wenn das in Ordnung ist, Jinx. Wenn wir keine Ergebnisse liefern, schulden Sie uns nichts.«

»Sie machen ein Angebot, das ich nicht ablehnen kann.« Endlich lächelte sie. »Ich sollte Ihnen ein Geständnis ablegen – ich mag Sie, Jack.«

Einen seltsamen Moment lang wusste ich nicht, was ich antworten sollte. An was auch immer sie dachte, ob an Freundschaft oder mehr, dachte sie zu einem für mich ungünstigen Zeitpunkt. Zu dem schlechtesten überhaupt.

»Jinx, hören Sie, ich werde morgen früh wieder aus dem Hotel ausziehen.«

Jinx erstarrte bei dem, was sie als Abweisung auffasste. »War alles zu Ihrer Zufriedenheit?«

»Ja. Ich muss nur wieder zu mir nach Hause. In mein eigenes Leben.«

»Selbstverständlich.«

Sie rutschte von ihrem Hocker. »Iggy, Mr Morgans Getränke gehen aufs Haus. Jack, ich muss noch ein paar Anrufe erledigen. Wir bleiben in Kontakt. Und passen Sie auf sich auf.«

Als sie aus meinem Blickfeld verschwunden war, ging auch ich in mein Zimmer.

Ich konnte spontan vier oder fünf Gründe nennen, warum ich genau jetzt keine Affäre brauchte, auch wenn ich die starke Anziehungskraft, die Jinx auf mich ausübte, nicht wegdiskutieren konnte. Ich wollte ihr genauso dringend helfen wie mir selbst.

Wäre sie noch eine Minute länger an der Bar geblieben, hätte ich ihr gesagt, dass auch ich sie mag.

70

Cruz parkte den Mercedes unter der einzigen Laterne auf der North Western Street, einem schäbigen Viertel im Herzen von Hollywood. Die Eingänge zu den Geschäften waren wegen der späten Stunde mit Metallgittern verrammelt, und selbst die Iglesia Cristiana Fuente de Salvación, eine Kirche, die in einem ehemaligen Haushaltswarenladen untergebracht war, hatte geschlossen.

Auf der anderen Straßenseite zeigte ein gelbes Neonschild ein zur Seite geneigtes Cocktailglas, und der Name »Havanna« schmückte ein Schlackensteingebäude, das genauso nichtssagend aussah wie die anderen. Cruz löste seinen Pferdeschwanz, fuhr sich mit den Fingern durch das Haar und band es wieder zusammen, bevor er die Autodiebstahlsicherung einschaltete und seine Jacke glatt strich.

Das Muskelpaket an der Tür zum Klub war etwas über dreißig, seine kleine Brille mit Metallrahmen saß oben auf seinem rasierten Kopf. *»Buenas noches«,* grüßte Cruz ihn.

»Haben Sie eine Reservierung?«, fragte der Typ.

»Ich bin Emilio Cruz und mit Karen Ricci hier verabredet. Sie hat gesagt, sie würde meinen Namen am Eingang hinterlassen.«

Der Türsteher sah Cruz eine halbe Minute lang von oben bis unten an. »Bewaffnet?«

»Ich habe einen Waffenschein.«

»Egal. Keine Waffen.«

Seufzend zog Cruz seine Pistole aus dem Schulterhalfter, schüttelte die Munition heraus und reichte die Waffe dem

Türsteher. Der legte sie in eine Kiste, die auf einem Podest stand, gab Cruz eine nummerierte Eintrittskarte und öffnete die Tür.

Cruz vermisste seine Waffe schon, noch bevor er von dem kleinen Vorraum aus eine schmale Treppe nach oben ging. Diese mündete in einen anderen kleinen Raum mit einem einzigen Möbelstück, einem als Garderobe dienenden Schrank, der handgeschnitzt zu sein schien.

Neben dem Schrank stand eine Latina, Ende zwanzig mit großen braunen Augen und sehr durchtrainiert. Sie trug ein enges pinkfarbenes Satinkleid. Sie war eindeutig sein Typ, auch wenn sie ihn kaum eines Blickes würdigte. Die meisten Frauen sahen ihn zumindest an.

Sie öffnete die Schranktür. »Sie gehen hier durch und dann die Treppe runter.«

»Durch den Schrank?«, vergewisserte sich Cruz.

Die Frau nickte. *»Si.«*

Als Vorhang dienten, an einer Kleiderstange aufgereiht, kubanische Hemden, die Cruz beiseiteschob. Dahinter verbarg sich ein Eingang, von dem aus eine Wendeltreppe nach unten führte. Von der Bar drangen Latinomusik und laute Stimmen nach oben.

Cruz ließ, während er hinunterging, den Blick über den dunklen, in Rot und Gold gehaltenen Raum gleiten. Er hatte das Gefühl, auf eine Zeitreise in eine kubanische Rumbar aus den zwanziger Jahren geschickt worden zu sein.

Kronleuchter warfen ein sanftes, schmeichelndes Licht über den Raum, die kleinen Tische entlang der Wände waren fast alle besetzt, um die halbrunde Theke mit einer Platte aus weißem Marmor drängten sich die Gäste. Das Regal hinter der Theke quoll über von Rumflaschen. Es mussten siebzig verschiedene Sorten sein.

Unten angekommen bemerkte Cruz hinter der Theke einen wie eine Gasse in Havanna aussehenden Gang, der zu einer Zigarrenbar führte. Im gleichen Moment wurde wild applaudiert.

Eine Tänzerin betrat eine kleine Bühne, die Scheinwerfer direkt auf sie gerichtet. Goldpailletten glitzerten im Licht, als sie ihr Haar zurückwarf und sich geschmeidig zum karibischen Rhythmus bewegte.

Cruz hielt sich am Rand und suchte die Menge ab, bis er eine Frau erkannte, die allein an einem Tisch in der Nähe des Notausgangs saß. Er zwängte sich zwischen den Gästen hindurch. »Karen Ricci?«, fragte er, als er den Tisch erreicht hatte. »Ich bin Emilio Cruz.«

»Nehmen Sie Platz«, forderte sie ihn auf.

Cruz zog einen Stuhl vom Tisch und setzte sich. Karen Ricci war eine ungeschminkte Naturschönheit mit dunklem Haar. Cruz brauchte einen Moment, bis er merkte, dass sie im Rollstuhl saß.

»Haben Sie mein Paket?«, fragte sie.

Cruz öffnete seine Jacke, damit sie die Kante des Umschlags sehen konnte, der aus seiner Brusttasche herausragte. »Darf ich Sie noch zu einem Getränk einladen?«, fragte er, als er die Jacke wieder schloss.

71

Ein Kellner trat an den Tisch. »Papas Daiquiri, wie üblich?«, fragte er.

Karen nickte. »Mögen Sie Rum-Cocktails?«, fragte er Cruz. »Ich kann Ihnen den Bad Spaniard empfehlen.«

Cruz nickte ebenfalls. Als der Kellner wieder gegangen war, erklärte Karen: »Wundern Sie sich nicht über ein ganzes Ei im Glas.«

Cruz zuckte mit den Schultern und lächelte schüchtern. »Ich mag Eier. Warum haben Sie diesen Ort als Treffpunkt gewählt?«

»Wegen des Typen an der Tür.«

»Dem Rausschmeißer?«

»Er ist mein Mann«, antwortete sie.

Er wusste über Karen Ricci nur das, was ihm seine Quelle erzählt hatte.

Sie hatte in den vergangenen zwei Jahren in einem Begleitservice, dem Sensational Dates, gearbeitet und dort die Termine mit den Freiern gemacht und ihre Kreditkarten belastet.

Ein Freier namens Arthur Valentine war 2010 im Seaview Hotel mit einem Draht erwürgt worden, das zweite Opfer aus einer Serie von fünf Morden an Hotelgästen in kalifornischen Städten. Karen Ricci war wegen des Mordes an Valentine von der Polizei vernommen worden, weil sie die Frau gebucht hatte, mit der Valentine als Letztes zusammen gewesen war.

Als Cruz zwei Stunden zuvor mit Ricci telefoniert hatte, hatte sie sich bereit erklärt, ihm für zweitausend Dollar in bar alles zu erzählen, was sie über die Hotelmorde wusste.

Cruz probierte den Cocktail und stellte das Glas auf die Serviette zurück. »Also gut, Karen, was haben Sie für mich?«

»Etwas, was die Polizei nicht weiß. Die Info ist Ihr Geld wert, keine Sorge, und Sie ersparen sich eine Menge Zeit und Schwierigkeiten. Die Dame vom Begleitservice hat den Freier nicht umgebracht.«

»Stand sie im Verdacht?«

»Eine Zeit lang, ja. Sie war einer der letzten Menschen, die das Opfer lebend gesehen hatten. Sie sagte, sie habe einfach nur mit dem Typen geschlafen, und man hat sie nicht verhaftet. Sie hatten keine Beweise, außer dass sie bei ihm war, aber man hat sie schikaniert. Sie konnte nicht arbeiten gehen, ohne von Polizisten beschattet zu werden. Äußerst geschäftsschädigend.«

»Sie wissen also, wer den Freier umgebracht hat? Wenn ja, kommen Sie zum Punkt.«

»Oh, glauben Sie etwa, ich kassiere das Geld, nur um Ihnen zu sagen, dass die Nutte es nicht getan hat?« Sie lachte, nahm einen Schluck von ihrem Daiquiri und füllte ihr Glas aus dem Krug nach. »Die Sache sieht so aus, Mr Emilio Cruz. Sie müssen mit der Dame vom Begleitservice sprechen, weil sie etwas weiß, das Ihnen weiterhilft. Deswegen bezahlen Sie mich. Sie heißt Carmelita Gomez. Sagen Sie ihr, Sie kennen mich.«

Cruz zog den Umschlag aus der Tasche und reichte ihr unter dem Tisch zwei Hundertdollarscheine, als die exotische Tänzerin auf der kleinen Bühne ihr Oberteil abnahm und den Inhalt vor dem Publikum schaukeln ließ. Cruz beugte sich zu Karen Ricci vor. »Den Rest bekommen Sie, wenn ich die Frau getroffen habe.«

Ricci deutete mit dem Kinn zur Treppe. »Das haben Sie schon.«

»Oben? An der Schranktür?«

»Genau die«, bestätigte Karen. »Um vier hat sie Feierabend.«

72

Cruz kippte den Bad Spaniard mitsamt dem Ei. »Ich werde zurückkommen«, sagte er, schob einen Zwanziger unter das leere Glas und ging die Treppe hinauf.

Carmelita Gomez stand noch immer neben dem Schrank jenseits des Vorhangs aus Hemden. Sie hörte schweigend zu, während Cruz ihr sagte, Karen Ricci habe ihn geschickt, weil er Informationen von ihr brauche, für die er bar bezahle, und um vier Uhr draußen vor dem Klub auf sie warte. Er gab ihr seine Mobilnummer. *»No llegues tarde«,* bat er sie. Verspäten Sie sich nicht.

Cruz erhielt vom Türsteher seine Waffe zurück, stieg in den Wagen und fuhr Richtung Süden.

Del Rio und Scotty saßen im Überwachungswagen auf der South Anderson Street in der Nähe der Artemus Street. Cruz stellte seinen Wagen ab, klopfte hinten an die Tür des Transporters und stieg ein.

Cruz informierte seine Kollegen über Carmelita Gomez, sie wiederum erzählten ihm, dass den Medikamenten im Wert von dreißig Millionen Dollar, die der Mafia gestohlen worden waren, bisher nichts passiert war. Und dass der Westküstenboss, Carmine Noccia, die Überwachung zwar bezahle, aber am Rande des Wahnsinns mit seinen Knöcheln knacke und mit den Zähnen knirsche, während er ständig Jack anrufe.

»Ich glaube, dieses Lager ist ein sicheres Haus«, sagte Del Rio. »Sie fahren den Lieferwagen erst weg, wenn die Abnahme gesichert ist. Oder das Lager wurde zu einer Apotheke umfunktioniert, und die Pillen werden immer nur in kleinen Mengen fortgeschafft.«

Cruz gönnte Del Rio und Scotty eine Runde Schlaf und übernahm die Beobachtung des Lagers. Er, Scotty, Del Rio und Justine arbeiteten an ihren Hauptfällen, während Jack Tag und Nacht damit zubrachte, seinen Arsch aus dem Fall zu retten, der ihn zu vernichten drohte.

Cruz wäre glücklicher gewesen, wenn Jack wieder Zeit dafür hätte, mit ihnen zusammenzuarbeiten. Ansonsten drohten Privates Spitzenkräfte wegen Überarbeitung bald auf dem Zahnfleisch zu kriechen.

Cruz weckte Del Rio um drei Uhr fünfunddreißig und stieg in seinen Wagen. Punkt vier Uhr hielt er wieder unter der Straßenlaterne auf der North Western Street gegenüber dem Havanna-Schild.

Die Straße war verlassener als sechs Stunden zuvor. Nur ein paar Rowdys standen an einer Imbissbude, um den genossenen Alkohol nachträglich etwas erträglicher zu machen.

Cruz überlegte, im Imbiss schnell auf die Toilette zu gehen, als die Tür geöffnet wurde und eine Frau in Jeans, schwarzem Cardigan und schwarzen Schnürstiefeln herauskam. Cruz ließ die Scheinwerfer aufleuchten. Carmelita Gomez überquerte die Straße, blickte, als sie einstieg, einmal nach rechts und links und schloss die Beifahrertür.

73

Carmelita Gomez roch nach Blumen und Zigarrenrauch. Ihre dunklen Augen waren wunderschön, doch Cruz hatte den Eindruck, in zwei Pistolenmündungen zu blicken.

»Karen hat gesagt, Sie wollten über diesen toten Freier von letztem Jahr reden. Sie quatscht zu viel.«

»Sie haben ihr doch selbst davon erzählt, oder?«

»Der Typ war tot. Ich bin die Letzte, die mit ihm zusammen war. Die Polizei hat mich ausgefragt. Alle haben mich ausgefragt.«

»Und jetzt frage ich Sie, aber ich bezahle für die Information. Ich halte Sie aus der Sache raus.«

»Geben Sie mir zuerst das Geld.«

»So läuft das nicht«, entgegnete Cruz.

Carmelita Gomez öffnete die Tür und hatte bereits einen ihrer Schnürstiefel auf die Straße gesetzt, als Cruz sie aufforderte zu warten. Sie schloss die Tür wieder, sagte aber kein Wort.

»Hier sind dreihundert.« Cruz reichte ihr die Scheine. »Mit den beiden, die ich Ihrer Freundin gegeben habe, sind das fünfhundert. Die Hälfte. Jetzt müssen Sie mit mir reden, Carmelita, wenn Sie den Rest wollen.«

Sie schob das Geld in ihren Ausschnitt. »Der Mörder fährt eine Limousine. Er bringt die Mädchen zu ihren Terminen und holt sie wieder ab. Dann kommt er zurück und tötet die Freier.«

»Glauben Sie oder wissen Sie das?«

»Als ich für Sensational Dates gearbeitet habe, war ich mit einem der Fahrer befreundet.«

»Name?«

»Joe Blow.«

Cruz' Hand schnellte wie der Kopf einer Schlange zum Ausschnitt des Mädchens. Als er das Geld zwischen den Fingern hielt, umklammerte sie sein Handgelenk. »Es ist egal, wie er heißt«, sagte sie. »Er ist nämlich tot. Überdosis.«

Cruz zog den Rest des Geldes aus seiner Tasche und hielt es Carmelita vor die Augen.

Carmelita seufzte. »Diese Fahrer sind eine üble Truppe. Ehemalige Sträflinge. Illegale. Sie entscheiden selbst, wann sie arbeiten. Oft nehmen sie ihre eigenen Autos. Wenn ein Fahrer gerufen wird, weil er ein Mädchen fahren soll, hören sie über Funk mit und suchen sich ihre Aufträge selbst aus.«

»Ich brauche einen Namen.«

»Der Fahrer, der mich an dem Abend ins Seaview fuhr, als Arthur Valentine umgebracht wurde, hieß Billy Moufan. Er und ich haben uns immer unsere Geheimnisse erzählt.«

»Zum Beispiel?«

»Billy hat gesagt, einer unserer Fahrer hätte den Freier im Moon getötet. Den Namen hat er nicht gesagt. Nur dass ich vorsichtig sein soll. Dann wurde mein Freier tot aufgefunden. Später starb Billy an einer Überdosis. Ich habe der Polizei nichts davon erzählt. Sie schützen nämlich keine Partymädchen. Vielleicht hat sich Billy die Überdosis selbst verpasst, vielleicht war es jemand anders. Ich weiß nur, was Billy mir erzählt hat. Der Mörder war ein Fahrer, der im Sommer 2010 für Sensational Dates gearbeitet hat.

Wussten Sie das? Nein. Wenn Sie ein guter Detektiv sind, finden Sie diesen Fahrer vielleicht.«

»Ich werd's versuchen.«

»*Bueno*. Und jetzt geben Sie mir das restliche Geld.«

74

Justine tastete nach dem klingelnden Telefon auf ihrem Nachttisch, doch es rutschte ihr aus den Fingern und unters Bett. Als sie es wieder in der Hand hielt, blickte sie auf die angezeigte Nummer, die sie nicht kannte. Sie sah auf die Uhr. Kurz nach vier. »Hallo?«, meldete sie sich, hörte aber nur jemanden schluchzen. »Hallo? Wer ist da?«

»Hier ist Danny.«

»Danny. Wo sind Sie? Was ist los?«

Danny Whitman hörte nicht auf zu weinen, konnte aber eine Adresse in Topanga Canyon nennen. »Kommen Sie schnell her«, flehte er.

Justine versprach, in zwanzig Minuten dort zu sein. Sie drückte die Austaste und rief Del Rio an, der nach dem ersten Klingeln abnahm. Er wollte sich mit ihr in Topanga Canyon treffen, brauchte aber vorher dringend einen Kaffee.

»Nimm zwei«, sagte Justine. »Für mich schwarz.«

Sie zog sich rasch an, stieg in ihren Jaguar und trat aufs Gas.

Sie fuhr die Old Topanga Canyon Road entlang und von dort nach links auf eine kleine Straße, die in noch kleinere Straßen mündete. Ihre Scheinwerfer bohrten sich durch die Dunkelheit der fast mondlosen Nacht.

Als sie den Portage Circle Drive erreicht hatte, fuhr sie langsamer, bis sie auf einem Briefkasten die Nummer 98 erkannte. Dort bog sie in die zerfurchte Einfahrt, die bis zu einer großen Lichtung von Bäumen gesäumt wurde und an deren Ende eine Holzhütte stand, davor ein blauer Ferrari.

Justine hielt an und ließ die Fenster nach unten. Nur das Zirpen der Zikaden war zu hören, aus einem der vorderen Fenster drang Licht, das im hinteren Teil des Hauses brannte.

Justine nahm die Taschenlampe aus dem Türfach und stieg aus. Sie berührte die Motorhaube des Ferraris – kalt – und ging über den Kiesweg zur Haustür, die in blutroter Farbe gestrichen war. Unter dem Spion hing ein Türklopfer aus Messing.

Justine klopfte und rief Dannys Namen.

Keine Antwort.

Sie klopfte lauter und rief Danny noch einmal, erhielt aber immer noch keine Reaktion. Sie wollte gerade zur Rückseite des Hauses gehen, als sich ein Wagen näherte und neben ihrem stehen blieb. Del Rio stieg aus.

Die Sache hier war mehr als unheimlich, und sie war froh, ihn zu sehen. Und seine Waffe.

»Was ist los?«, fragte er.

»Wenn ich das wüsste«, antwortete Justine. »Der Wagen ist hier, aber ich glaube nicht, dass jemand zu Hause ist.«

75

»Geh nach hinten«, sagte Del Rio zu Justine. »Wir treffen uns dort in einer Minute.«

Del Rio umfasste den Türknauf, der sich leicht drehen ließ. Er drückte die Tür auf und trat ein, ließ den Lichtkegel seiner Taschenlampe über den Hauptraum gleiten und machte eine Bestandsaufnahme: eine dieser »Schöner wohnen«-Hütten mit Indianerteppichen auf Terrakottaböden und hellen Decken und Kissen auf Ledersofas vor dem Kamin.

Holz glimmte im Kamin. Auf dem Boden standen leere Weinflaschen, auf den Fensterbänken Vasen mit wilden Blumen.

»Ist hier jemand?«, rief Del Rio.

Keine Antwort.

In der im Hacienda-Designerstil eingerichteten Küche brannte Licht. An den Deckenbalken hingen Eisenhaken mit Töpfen und Pfannen, im Spülbecken stand schmutziges Geschirr, auf der Arbeitsplatte ein Teller mit den Resten eines Schokoladenkuchens.

Fast schon sah er Danny und Piper vor sich, wie sie den Kuchen anschnitten.

Am Ende eines kurzen Flurs befand sich das Schlafzimmer. Das Doppelbett aus Birkenholz nahm fast den gesamten Raum ein. Das Laken war zerwühlt, Kissen waren zwischen Bett und Wand gerutscht, und die Baumwolldecke lag auf dem Boden.

Pipers Sommerkleid, das sie an diesem Tag am Drehort getragen hatte, hing über einer Stuhllehne. Auf der Sitzfläche lag Damenunterwäsche, unter dem Stuhl stand ein Paar flacher Schuhe.

Man brauchte kein Genie zu sein, um zu sehen, dass das Ganze hier mit Sex zu tun hatte. Eigentlich sah die gesamte Hütte nach einer Endlosparty aus. Schade nur, dass Piper erst sechzehn und Danny schon vierundzwanzig war.

Del Rio beendete seine rasche Tour durchs Haus. Das Badezimmer war leer, über der Stange vom Duschvorhang hingen feuchte Handtücher. Er öffnete die Schränke, die Freizeitkleidung und Herrenschuhe enthielten.

Erleichtert, keine Blutspuren oder andere Anzeichen von Gewalt gefunden zu haben, kehrte Del Rio in die Küche zurück und trat durch die Hintertür auf die Terrasse, die mit einem Grill und bequemen Stühlen ausgestattet war und über den Canyon hinausragte. Hinter der Terrasse hüpfte ein Lichtschein einen Weg entlang, bis er hinter Bäumen verschwunden und nicht mehr zu sehen war.

Del Rio ging die Stufen hinunter zu dem durch Gestrüpp führenden Weg. Er beeilte sich, huschte unter Zweigen hindurch, bis er Justine eingeholt hatte.

Erschrocken über seine Berührung an ihrer Schulter wirbelte sie herum. »Was gefunden, Rick?«

»Sieht aus, als hätten die beiden einen Riesenspaß gehabt. Mehr nicht.«

»Wie konnte Danny nur so dumm sein?«

»Ruf ihn. Los«, drängte Del Rio.

»Danny! Danny! Wo sind Sie? Ich bin's, Justine.«

Ihre Stimme hallte über den Canyon. »Horch«, sagte Del Rio.

»Ich bin hier«, rief eine männliche Stimme weiter vorn den Weg entlang zurück. Dann wurden hinter ihnen, bei der Hütte, Autotüren zugeschlagen.

76

Del Rio sah absolut nichts. Er befürchtete, dass selbst das Morgengrauen nicht gegen den bedeckten Himmel ankommen würde.

Während Justine zur Hütte zurückkehrte, ging Del Rio weiter den Weg entlang, wo ihm das Gestrüpp bis zur Brust reichte, vorbei an Eichen und Platanen in die Richtung, aus der immer wieder Dannys Rufe zu hören waren. Der Weg mündete schließlich in eine Lichtung.

Den Schein seiner Lampe hin und her schwenkend entdeckte er Danny direkt vor sich. Der Junge trug nur Boxershorts und lag in einem hysterischen Anfall auf dem Bauch im Dreck. Del Rio ging zu ihm, beugte sich hinunter und schüttelte ihn an der Schulter. »Was ist los? Sind Sie verletzt?«

»Nein«, weinte Danny.

Er nuschelte und stank nach Alkohol. Del Rio sah, dass er einen Schuh umklammerte, eine Art Ballerina. Dannys Taschenlampe, die eine Armlänge entfernt auf dem Boden lag, war ausgeschaltet, oder die Batterie war leer.

»Wo ist Piper?«

Danny drehte sich auf die Seite und zeigte dorthin, wo der Weg vor der steilen Klippe am Rand des Canyons endete.

»Was? Sie ist da unten?« Del Rio ging ein paar Meter bis zur Kante und richtete seine Taschenlampe direkt nach unten, wo er hundert Meter tiefer etwas Weißes entdeckte. Dies konnte nur Piper Winnick sein, die dort mit ausgebreiteten Armen und gebrochenen Knochen lag.

Einen Moment lang hoffte Del Rio, er hätte unrecht. Das Mädchen schien tot zu sein, war vielleicht aber auch nur ohnmächtig. Die Chancen dafür standen nicht gut, aber er musste trotzdem nachsehen.

Er ging zu Danny zurück und zerrte seinen Kopf an den Haaren nach oben. »Was ist passiert, Danny?«, fragte er ihn und blickte ihm in die Augen. »Was haben Sie ihr angetan?«

»Ich kann sie … nicht da rausholen«, jammerte er. »Ich will sterben.«

»Was haben Sie mit ihr gemacht?«, rief Del Rio.

Der junge Mann hörte nicht auf zu weinen. Del Rio erhob sich und ging zurück zum Canyon, der im 45-Grad-Winkel nach unten abfiel. Del Rio suchte Stellen, die ihm Halt bieten würden. Einige Felsbrocken und Vorsprünge verliefen horizontal, flache Stellen, an denen er sich abstützen könnte. Mit etwas Vorsicht würde er es schaffen.

Seine linke Hand gegen den Felsen drückend hielt er mit der anderen seine Taschenlampe, während er wie eine tapfere Bergziege den Abstieg begann, auch wenn sein Herz raste. Er hatte es fast bis zur Hälfte geschafft, als er auf einem glatten Felsbrocken abrutschte.

Er drehte seinen Oberkörper und griff mit beiden Händen nach herausstehenden Zweigen. Seine Taschenlampe hüpfte über die Felsen hinunter, dann verlor auch er seinen dürftigen Halt und schlitterte über Felsen, Dreck und Gras, bis er fünfzig Meter weiter unten hart mit dem Hintern aufschlug.

77

Del Rio hatte sich Schürfwunden, aber keine Prellungen zugezogen. Einen Moment blieb er liegen, bevor er aufstand und zu seiner Taschenlampe ging, die auf wundersame Weise noch immer leuchtete. Keuchend stapfte er durch das unwegsame Gelände auf Piper Winnick zu.

Sie lag auf dem Rücken, die Arme ausgebreitet wie gebrochene Flügel. Ihr weißes Baumwollnachthemd, zerrissen und schmutzig, war nach oben gerutscht und gab ihr Höschen und ihre Brüste frei. Sie trug nur einen Schuh, das Gegenstück zu dem, den Danny in der Hand gehalten hatte.

Del Rio wusste, dass Piper tot war, dennoch ging er neben ihr in die Hocke und fühlte am Hals nach ihrem Puls.

Da er keinen Puls fand, legte er ein Ohr auf ihren Brustkorb. Kein Herzschlag, doch ihr Körper war noch warm. Sie war tot, auch wenn er diese Tatsache nicht akzeptieren wollte. Was für eine Sünde! Ein anderes Wort fiel ihm nicht ein.

Del Rio hätte gern ihre Gliedmaßen gerade gerichtet, ihren Körper bedeckt, ihre Augen geschlossen – Dinge, die den Tatort verunreinigen würden. Denn mit Sicherheit handelte es sich hier um einen Tatort.

Er beleuchtete Pipers Gesicht. Das Blut, mittlerweile getrocknet, stammte aus einer Wunde an der Schläfe, wo der Schädel zerschmettert war.

Mit seiner Handykamera nahm er die Verletzungen am

Schädel und an ihrem Arm, die Schürfwunden an ihrer Hüfte und das Blut auf ihrer blassen Haut auf, Hinweise, dass Piper noch gelebt hatte, als sie die Klippe hinuntergestürzt war.

Er leuchtete mit der Taschenlampe die Felswand hinauf und sah Dutzende von großen Vorsprüngen, an denen Piper sich hatte den Schädel aufschlagen können.

Danny. Dieses verdammte Arschloch.

Es mit jungen Mädchen zu treiben reichte ihm noch nicht. Er war auf der Aggressionsskala ein paar Punkte nach oben geklettert. Hatte Piper versucht, vor ihm abzuhauen, und war dann gestolpert und die Klippe hinabgestürzt? Oder hatte Danny sie mit Absicht gestoßen?

Del Rio erinnerte sich, wie Piper am Tag zuvor ausgesehen hatte – wie das blühende, übermütige Leben. Er sah sie immer noch in diesem gelben Kleid vor sich, wie sie ihren Hut festhielt und mit mädchenhafter Stimme und italienischem Akzent ihren Text aufsagte, sah ihr freudestrahlendes Gesicht, als sie mit Danny in den Sportwagen stieg.

Er versuchte sich zu erinnern, wie Danny ausgesehen hatte, als er das Gaspedal durchgedrückt hatte, doch es zeigte sich kein Bild. Del Rio hatte nur nach dem Mädchen gesehen.

Er stellte sich vor, wie es wäre, Danny die Zähne auszuschlagen, ihm die Knochen in diesem viel zu hübschen Gesicht zu brechen. Er war zwanzig Jahre älter als Danny, doch einem feigen Stück Dreck wie diesem war er noch immer überlegen.

Mit Tränen in den Augen erhob er sich, den Blick auf dieses hübsche junge Mädchen gerichtet, dessen letzte Minuten von Angst und Schmerz erfüllt gewesen waren. »Du hast einen schönen Tag gehabt, Piper. Ein schönes Leben.

Es tut mir leid, dass dir das hier passiert ist«, flüsterte Del Rio, klappte sein Mobiltelefon auf und wählte Justines Nummer.

78

Mücken schwärmten um den Schein der schwächer werdenden Taschenlampe. Justine schlug mit der Hand dagegen, die Lampe leuchtete kurz auf, bevor sie wieder schwächer wurde.

Verdammt!

Justine war sauer auf sich selbst, weil sie Dannys Notruf ernst genommen hatte. Er hatte sie und Rick um vier Uhr morgens aus dem Bett gezerrt, und wo steckte er jetzt? Wieder war er mit Piper abgehauen.

Justine trug Espadrillos, die falschen Schuhe für diesen Hindernislauf über einen Pfad, der hinter der Hütte begonnen hatte und wer weiß wo endete.

Und dann war da noch Dannys »Leitungsteam«: Schuster, Barstow und Koulos, die ihr im Gänsemarsch folgten, sprachen viel zu leise, so dass sie nicht mithören konnte. Nur ihren eigenen Namen hatte sie mehrmals gehört, was hieß, die drei sprachen über sie.

Und gaben ihr die Schuld an Danny Whitmans Eskapaden. Echt unglaublich. Private wurde für den Auftrag nicht angemessen bezahlt, auch nicht annähernd, und dagegen würde sie etwas unternehmen, sobald sie Jack zu fassen bekäme.

Ihr Telefon gab eine widersinnige Abfolge von Tönen von sich. Es musste Rick sein, der anrief, um zu sagen, er habe Danny gefunden. Was auch immer das Problem sein mochte, sie hoffte, es wäre kaum der Rede wert oder bereits gelöst oder beides.

Sie zog ihr Telefon in dem Moment aus der Tasche, als sie die Lichtung erreichte. Der schwache Schein ihrer Lampe erfasste eine auf dem Boden liegende Gestalt.

Es war Danny.

Halb nackt und barfuß umklammerte er mit den Armen seine Knie und schaukelte vor und zurück.

Was war das denn schon wieder? War Danny einfach nur durchgedreht, oder hatte er tatsächlich Probleme?

»Danny!«, rief Schuster und stürmte an ihr vorbei. »Kann ich die mal haben?«, bellte Barstow. Er riss ihr die Taschenlampe aus der Hand und rannte zu Schuster, der Danny in den Armen hielt und »Was ist los, Kleiner? Wo tut's dir weh?« säuselte.

Wieder klingelte Justines Telefon. Sie wandte sich von den anderen ab und nahm das Gespräch an.

»Das Mädchen ist tot«, keuchte Del Rio mit abgehackter Stimme. »Ich klettere gerade den Canyon wieder hoch. Lass Danny nicht weg.«

»Welches Mädchen? Du meinst Piper? Rick? Bist du noch dran?« Del Rio hatte aufgelegt.

79

Justine wirbelte herum, weil sich hinter ihr etwas bewegt hatte. Merv Koulos, der Produzent, stand so dicht vor ihr, dass sie sogar sein Pfefferminzbonbon riechen konnte.

Koulos' freundliches Gesicht war zerknittert wie eine Papiertüte. »Jetzt sehen Sie sich das hier an, Dr. Smith!«, schrie er. »Danny hat einen Nervenzusammenbruch. Wir haben Ihre Firma engagiert, damit Sie auf ihn aufpassen, und jetzt liegt hier ein Verrückter. Meine Mannschaft erscheint morgen vollständig am Set. Und meinen Sie wirklich, dass Danny dann wieder auf dem Damm sein wird? Jeder verlorene Drehtag kostet mich dreitausend Dollar …«

»Wir haben noch ein Problem, Mr Koulos. Ein viel größeres.«

»Was Sie nicht sagen. Ich werde Sie wegen strafbarer Fahrlässigkeit verklagen. Ich werde Sie persönlich verklagen.«

Der Schein von Ricks Taschenlampe hüpfte über den Klippenrand hinweg. Justine ließ Koulos einfach stehen und rannte zu Rick.

Er krümmte sich, rang nach Atem. »Sieht aus, als wurde Piper durch einen Schlag gegen den Kopf getötet. Könnte beim Absturz passiert sein. Ich weiß aber nicht, ob sie gestoßen wurde oder von allein gefallen ist.«

Auch Danny ließ seinen Agenten stehen und torkelte zu Del Rio. »Gestoßen? Sie wurde nicht gestoßen«, jammerte er. »Wir haben geschlafen. Als ich aufgewacht bin, war sie weg. Ich bin aufgestanden, um sie zu suchen. Sie hätte doch neben mir im Bett liegen müssen …«

Barstow war schockiert. »Ich weiß, Danny, ich weiß«, sagte er mit an Hysterie grenzender Stimme. »Komm ins Haus. Dort ziehst du dich erst einmal an. Und nimmst ein Beruhigungsmittel. Wir kümmern uns um die Sache. Lass uns mal machen, Danny.«

Justine blieb wie erstarrt stehen und versuchte, die schrecklichen Informationen zu verarbeiten: Piper Winnick war an diesem einsamen Ort tot aufgefunden worden, und nur Danny war bei ihr gewesen.

Justine kannte Piper nicht, hatte sie nie vorher gesehen, doch sie kannte Danny. Und sie hatte für Private die Aufgabe übernommen, ihn im Auge zu behalten.

Er war abgehauen. Das war Vertragsbruch, was vor Gericht ein Punkt für Private wäre. Was sie jetzt allerdings schockierte, war Dannys mögliche Gewaltbereitschaft, mit der sie nicht gerechnet hatte.

War sie von ihrem Ego reingelegt worden? Hatte sie ein Signal übersehen, das einem Mädchen das Leben gekostet hatte?

Schuster und Barstow versuchten, Danny zum Haus zurückzubringen, doch Danny widersetzte sich. Er wolle Piper nicht alleine lassen, rief er.

Koulos baute sich wieder vor Justine auf. »Und jetzt ist Piper tot, weil er Ihnen entwischt ist«, wütete er. »Jetzt ist auch mein Film gestorben. Ich bin ruiniert. Ruiniert!«

Justine hielt ihr Telefon in ihrer zitternden Hand.

»Rufst du an?«, fragte Rick sie.

Sie nickte und wählte die Notrufnummer.

80

Kaum hatte Justine ihre Haustür aufgeschlossen, klingelte ihr Telefon. Als sie das Licht im Flur einschaltete, kam Rocky bellend auf sie zugerannt und warf sich gegen sie.

Sie kraulte seine Ohren, warf die Schlüssel auf die Ablage und sah nach der angezeigten Nummer auf ihrem Telefon. Es war Larry Schuster, Dannys Manager.

Was wollte er jetzt von ihr? Ihr ebenfalls drohen, sie zu verklagen?

Sie zitterte noch immer von den unerträglichen Ereignissen der letzten Stunden: das tote Mädchen, die Drohungen von Mervin Koulos und die erbarmungswürdige Verhaftung von Danny Whitman, der um sich getreten und geschrien hatte, bis drei Polizisten ihn schließlich in den Streifenwagen verfrachten konnten.

Justine nahm das Gespräch an.

»Arbeiten Sie noch für uns?«, fragte Schuster.

»Soll das ein Witz sein, Larry? Danny hat den Vertrag gebrochen, als er sich vom Set entfernt hat …«

»Er hat sich vom Set entfernt, aber in allem anderen ist er unschuldig.«

»Larry, es tut mir leid wegen Danny, und ich fühle mit Ihnen, aber wir geben den Fall zurück. Es wird Zeit, dass Sie das Ihre Anwälte regeln lassen.«

»Reden Sie doch einfach mit ihm. Lassen Sie sich von ihm erzählen, was hier passiert.«

»Larry, er hat es mir erzählt. Er hat das Gefühl, als würde jemand anders sein Leben führen, aber soweit ich weiß, hat ihm niemand gesagt, dass er heute Morgen mit Piper Winnick abhauen soll – und jetzt ist sie tot.«

»Die beiden waren zusammen, sie hatten was miteinander. Sie haben sich schlafen gelegt, und als er wieder aufgewacht ist, war sie weg. Er hat sie nicht die Klippe hinuntergestoßen. Er hat sie gesucht und dann da unten gefunden.«

»Vielleicht sind Ihre Filmstudioanwälte gut genug, um den Vorwurf der Vergewaltigung zu entkräften, aber wenn Danny mein Mandant wäre, würde ich mir die besten Strafverteidiger in Kalifornien suchen. Es gibt bestimmt ein Dutzend Fünfsterneanwälte, die Danny Whitman liebend gerne vertreten würden. Geragos, Tacopina …«

»Ich bin gerade beim medizinischen Dienst in den Twin Towers«, unterbrach Schuster sie. »Die Polizei hat Danny im Verhörraum eine Minute allein gelassen, da ist er gleich mit dem Kopf gegen die Wand gerannt.«

»Echt? Wie schlimm ist er verletzt?«

»Ziemlich heftige Gehirnerschütterung. Er ist zutiefst verzweifelt. Er war in Piper verliebt. Verstehen Sie?«

»Ich verstehe nicht, Larry. Was wollen Sie von mir?«

»Sie sind Psychologin. Und Danny vertraut Ihnen. Er hat mich gebeten, Sie zu engagieren, und ich habe gesagt, ich würde es versuchen.«

»Ich bin Psychologin, aber nicht die von Danny.«

»Aber ich habe der Polizei erzählt, dass Sie genau das sind, damit ich Sie da reinbringen kann. Reden Sie doch einfach nur mit ihm. Vielleicht ergibt sich für Sie ein Sinn in der ganzen Sache, Dr. Smith. Ich kenne Danny sehr gut. Ich habe ihn in den vergangenen vier Jahren jeden Tag gesehen, und ich sage Ihnen, Danny hat niemanden getötet.«

Justine war erschöpft, gestresst und übermüdet, und jetzt steckte sie noch in einem Konflikt. Sollte sie Danny besuchen, weil er immer noch ihr Mandant war und um einen Besuch gebeten hatte? Oder sollte sie warten, bis sie mit Jack und Eric Caine, dem Anwalt von Private, gesprochen hatte?

Nofretete, ihre Katze, rieb sich an ihrem Bein. Justine bückte sich, um sie zu streicheln.

Alles an Danny Whitman beunruhigte sie. War er ein Psychopath? War dies der Grund, warum weder Larry Schuster noch sie sein Gewaltpotenzial erkannt hatten? Oder war er das unschuldige Lamm, das Schuster in ihm sah?

Um ihres eigenen Friedens willen musste sie dies herausfinden.

»Dr. Smith?«, fragte Schuster.

»Ich bin noch dran.«

Die Fahrt zu den Twin Towers würde in dem dichten Verkehr eine Stunde dauern. An den Bürokratenhengsten im TTCF vorbeizukommen vielleicht den ganzen Tag. Wenn sie überhaupt die Chance erhielte, Danny zu sehen.

»Ich bekomme gerade eine Nachricht rein«, sagte Schuster. »Ich habe Ihren Namen am Haupteingang hinterlassen.«

81

Seit Justine vier Stunden zuvor Danny gesehen hatte, war er von Lost Hills, dem besten Gefängnis in Kalifornien, ins TTCF verlegt worden. Dort lag er derzeit im medizinischen Zentrum, das vollgepfercht war mit Gefangenen. Viele von ihnen waren psychisch labil. Früher hatte Justine an solchen Orten gearbeitet. Sie taten niemandem gut.

Nachdem sie noch einmal von oben bis unten abgetastet und durch einen Metalldetektor geschickt worden war, sah sie sich von der Tür aus um. In dem rechteckigen Raum stand beiderseits des Eingangs je ein bewaffneter Wachmann, die hohen Fenster waren vergittert, und in der Luft hing ein aufdringlicher, stechender Geruch nach Desinfektionsmitteln.

Danny lag in dem zweiten Bett hinter dem verglasten Pflegerzimmer. Er hatte zwei Veilchen, trug ein Papiernachthemd und einen Gaze-Turban und war mit Handschellen ans Bett gefesselt.

Justine war gesagt worden, sie habe eine Viertelstunde Zeit mit Danny, körperlicher Kontakt sei verboten. Bei Nichteinhaltung dieser Regel werde das Treffen mit ihm sofort abgebrochen.

Danny blickte auf, als sie auf ihn zuging. Er schien glücklicher über ihr Kommen zu sein, als sie gedacht hatte. Sie kannte ihn kaum. Was erwartete er von ihr?

Justine zog einen Plastikstuhl an die Seite seines Bettes. »Wir haben nicht viel Zeit, Danny. Können Sie mir sagen, was passiert ist?«

»Piper und ich waren ineinander verliebt, aber das konnten wir niemandem sagen, weil sie noch zu jung war, und dann, na ja, die Paparazzi …«

»Tut mir leid, Danny. Die Kurzversion, ja?«

Justine versuchte ihn einzuschätzen. Verstand er sie? War er klar im Kopf? War er zuverlässig? Lebte er im Hier und Jetzt oder in seiner eigenen Welt?

»Gestern Morgen, als wir uns in den Ferrari gesetzt haben, hat Piper gesagt: ›Schade, dass wir nicht einfach abhauen können.‹ Ich war überwältigt. Wir hatten noch nie eine Nacht zusammen verbracht … Es war eine tolle Gelegenheit … Wir sind zu der Hütte gefahren, die ich letztes Jahr unter anderem Namen gekauft habe. Oh Gott, hätte ich mein Hirn benutzt, wäre sie noch am Leben.«

Wieder weinte er.

»Danny, in zwölf Minuten werde ich hier rausgeworfen, also sprechen Sie bitte mit mir. Haben Sie mit Piper gestritten?«

»Nein. Wir hatten einen wunderbaren Tag. Wir haben gefeiert, bis wir beide im Bett ohnmächtig geworden sind. Ich bin aufgewacht – vielleicht, weil ich was gehört hatte. Aber Piper war nicht da.«

»Was ist dann passiert?«

Danny trocknete sein Gesicht mit dem Ärmel. »Ich bin rausgegangen, um nach Piper zu suchen. Es war total dunkel draußen, aber ich sah, dass neben dem Ferrari ein Wagen stand. Direkt im Blumenbeet. Der Wagen gehörte dort nicht hin. Dann habe ich das Licht einer Taschenlampe zwischen den Bäumen gesehen, und ich bin den Weg entlanggegangen und habe nach Piper gerufen.

Plötzlich war das Licht verschwunden. Hinter mir wurde ein Motor gestartet, und ich dachte, Piper hätte vielleicht ein schlechtes Gewissen bekommen und jemanden angerufen, um sich abholen zu lassen. Aber dann … fand ich ihren Schuh am Rand der Klippe. Ich dachte, nein, sie kann doch nicht da unten sein, aber dann habe ich über die Kante gesehen … Ich wusste, ich konnte nichts mehr für sie tun. Und habe Sie angerufen. Und alle anderen.«

Der Wachmann trat an Dannys Bett. »Die Zeit ist um.«

Danny blickte Justine direkt in die Augen. »Ich schwöre Ihnen, Dr. Smith, ich habe Piper das nicht angetan. Sie müssen mir glauben. Jemand tut mir das an. Ich weiß weder wer noch warum. Aber es muss derjenige gewesen sein, dessen Wagen vor meiner Hütte stand. Er muss Piper umgebracht haben.«

82

Carmine Noccias Vater war ein Gangster gewesen, ebenso wie meiner. Sowohl Carmine als auch ich hatten erstklassige Schulen besucht, wir waren beide beim Militär gewesen, und unsere beiden Väter hatten uns die Schlüssel zum Familienunternehmen überreicht.

Darüber hinaus hatten Carmine Noccia und ich nichts gemeinsam.

Carmine war in dritter Generation Mörder, war nie überführt, nicht einmal angeklagt worden. Er stand auf der Beobachtungsliste des FBI, doch es gab keinen Beweis für ihre feste Überzeugung, dass er drei Menschen umgebracht hatte.

Keine Fingerabdrücke, keine Waffe, kein Überwachungsfilm. Verräter waren umgebracht worden, bevor sie hatten aussagen können.

Carmines Vater, der Don, wollte in Rente gehen, und Carmine, so das Gerücht, sollte seinen Job übernehmen – aber nicht nur das. Wie man sich erzählte, würden die Noccias im kommenden Jahr von ihrem Zentrum in Las Vegas Richtung Osten nach Chicago expandieren.

Bisher war in der Geschichte der Mafia noch kein kleines Mafiaunternehmen zu seinen Wurzeln zurückgekehrt, doch Noccia war abgebrüht, und sein Vater hatte ihn dazu erzogen, große Dinge zu vollbringen.

Der Lieferwagen voll mit Medikamenten im Wert von dreißig Millionen Dollar war der erste größere Schritt, mit dem Carmine seinen Expansionsplan umsetzen wollte, und jetzt, durch die Entführung, stand ihm dieser Lieferwagen im Weg. Und da ich vor sechs Monaten auf Carmine zugegangen war, weil ich meinen Bruder vor einer Lektion schützen wollte, die zu verinnerlichen er nicht lange genug gelebt hätte, war ich sozusagen mit einem Mafioso ins Bett gegangen.

Noccia rief mich gegen drei Uhr morgens an. Er sagte nicht Hallo. Er sagte, seine Verteiler seien sehr unglücklich, da sie die Medikamente bereits bezahlt hatten. Darauf hatte er mich allerdings bereits hingewiesen.

»Wir sind an der Sache dran, Carmine«, sagte ich. »Ich brauche keinen Weckruf.«

»Wir haben hier keine Uhren«, erwiderte er.

Eine andere Art zu sagen, dass meine Zeit ihm gehörte.

Ich brachte Noccia über den Fortschritt unseres Plans auf den neusten Stand, dann verabschiedeten wir uns. Ich legte auf und schlief sogar wieder ein.

In meinem Traum rannte ich hinter Colleen her und versuchte ihr zu sagen, dass es mir leidtue, aber sie blieb nicht stehen. Wieder klingelte das Telefon. Diesmal meldete sich mein Freund Lieutenant Mitchell Tandy.

»Ich bin ganz in der Nähe, Jack. Ich würde gerne vorbeikommen, wenn es etwas gibt, das Sie mir sagen wollen.«

»Ich hab's Ihnen doch schon gesagt, Mitch: Ich war's nicht.«

Tandy lachte freundlich und legte auf.

Als Justine anrief und berichtete, Danny Whitman sei wegen Mordverdachts verhaftet worden, war ich hellwach.

83

Ich räumte mein Zimmer im Sun und fuhr zur Arbeit, blieb aber mit dem Wagen zwanzig Stundenkilometer unter der zulässigen Höchstgeschwindigkeit. Tandy folgte mir bis zur Figueroa Street und hupte zweimal, als ich in die Tiefgarage einbog.

Mitchell Tandy war eine Hyäne.

Ich betrat mein Büro um halb acht. Justine erwischte mich an diesem Morgen schon das zweite Mal am Telefon. Sie erzählte, Danny Whitman liege im TTCF auf der Krankenstation.

Allein bei dem Gedanken an diesen Ort zuckte ich zusammen. Mich überkam ein Gefühl, das ich nicht wieder abschütteln konnte – als hätte sich eine kalte Hand in meinen Nacken gekrallt.

»Was meinst du?«, fragte Justine. »Sollen wir Danny abschreiben? Oder soll ich mit ihm und seinen Helfern zusammenarbeiten, bis ich weiß, ob er Piper Winnick getötet hat oder nicht?«

»Hört sich an, als hieltest du ihn für unschuldig.«

»Ich tendiere in diese Richtung. Er glaubt, jemand will ihn in den Wahnsinn treiben. Wer sollte so was tun? Was könnte er damit erreichen wollen?«

Justine war die Heldin der verlorenen Fälle. Die gute Fee. Lag sie daneben, verbuchte sie es als Erfahrung. Doch meistens lag sie mit ihrem Instinkt richtig. Man konnte ihr höchstens nachsagen, dass sie zu viel Zeit in ihre Fälle investierte und sich emotional zu stark engagierte.

Könnte sie unter diesen Umständen Whitmans Unschuld beweisen, wäre dies ein Punkt für Private. Ein Punkt, den wir dringend brauchten.

»Die Entscheidung liegt bei dir«, sagte ich.

Ich vertiefte mich in Cruz' Bericht über seine Gespräche in einem kubanischen Klub in Hollywood. Als Val Kenney um acht Uhr ins Büro kam, bat ich sie, den Bericht zusammenzufassen und Punkte zur weiteren Bearbeitung zu markieren.

Während Cody und Val im Vorzimmer arbeiteten, investierte ich einen Moment in den Fall »Kalifornien gegen Jack Morgan« und erfuhr ein paar Dinge über Colleen Molloy, die sie mir nicht erzählt hatte, wurde aber von Val unterbrochen.

»Ich habe was über die Frau herausgefunden, mit der Cruz gestern Abend gesprochen hat«, sagte sie.

»Carmelita Gomez?«

»Karen Ricci. Die Frau im Rollstuhl.«

»Schießen Sie los.«

»Bevor sie Karen Ricci wurde, hieß sie Karen Keyes. Sie saß fünf Jahre im Frauengefängnis wegen Erpressung. Dort gab es einen Aufstand, bei dem sie niedergeknüppelt wurde. Deswegen sitzt sie jetzt im Rollstuhl. Und sie wurde wegen guter Führung vorzeitig entlassen.«

Val hatte während ihrer Zeit bei der Polizei von Miami viel gelernt. Ich wollte ihr schon sagen, sie solle die Sache mit Ricci weiterverfolgen, doch sie war noch nicht fertig.

»Ich habe da noch was, Jack. Die Geschichte, die Carmelita Gomez erzählt hat, entspricht nicht der Wahrheit. Sie sagte, ein Fahrer namens Billy Moufan hätte ihr den Tipp gegeben.«

»Das war Gomez' Fahrer, richtig?«

»Zumindest sagt sie das: Dieser Billy Moufan – ihr Fahrer – habe ihr nach dem Mord an dem Freier im Seaview erzählt, dass ein anderer Fahrer diesen Mord begangen haben könnte, und zwar derselbe, der den Freier im Moon umgebracht habe. Aber es steht nirgendwo, dass ein gewisser Billy oder William Moufan jemals eine Zulassung als Chauffeur in Kalifornien erhalten hat. Ich finde diesen Namen in keiner Datenbank, egal wie ich ihn schreibe.«

»Sie meinen also, sie hat Cruz angelogen.«

»Bestenfalls verschleiert sie den Namen des Fahrers, der ihr den Tipp gegeben hat«, erwiderte sie.

Ich bat Val, Cruz darüber zu informieren, dann meldete sich Cody über die Sprechanlage. Jinx Poole sei auf Leitung eins. Ich hob den Hörer ab.

»Können Sie heute mit mir zu Abend essen?«, fragte Jinx. »Es ist wichtig.«

84

Am frühen Nachmittag, um Viertel nach eins, saßen Del Rio und Cruz in ihrem Wagen auf dem Parkplatz im Schatten der Brücke über der 96th Street. Der Parkplatz war fast drei Kilometer vom Flughafen entfernt und wurde vom achtspurigen Sepulveda Boulevard und einer Schleife aus Limousinen, Taxis und anderen Transportfahrzeugen gesäumt, die unaufhörlich heranströmten und unter alphabetisch angeordneten Schildern Schlange standen, bis sie zum Flughafen weiterfahren durften.

Del Rio und Cruz beobachteten insbesondere einen Typen, Paul Ricci, den Rausschmeißer aus Havanna, der mit der Informantin im Rollstuhl verheiratet war.

Ricci unterhielt sich mit drei anderen Fahrern, schielte aber zum Private-Wagen hinüber, bevor er die Tür seines Wagens öffnete und sich ein belegtes Brot aus einer Kühlbox nahm. »Baxter!«, rief er einem der anderen Fahrer zu. »Hast du zufällig Senf dabei?«

»Das ist er«, sagte Cruz zu Del Rio. »Ricci ist der in dem billigen Anzug mit der Chauffeurskappe.«

Del Rio zog seine Jacke an. »Kann man meine Waffe erkennen?«

»Du siehst immer bewaffnet aus, selbst wenn du schläfst«, erwiderte Cruz.

Del Rio war zufrieden. »Das ist gut, weil ich will, dass Ricci stocksteif stehen bleibt. Ich will ihm nicht hinterjagen müssen. Irgendwie habe ich mir beim Bergsteigen den Fuß verknackst.«

»Sieh's doch endlich ein, Rick, du wirst alt.«

Er sei nicht zu alt und könne immer noch jeden von seiner Statur zu Brei schlagen, verteidigte er sich.

»Das ist nicht nötig«, foppte Cruz ihn weiter. »Ich beschütze dich.«

Del Rio warf Cruz einen bösen Blick zu. Cruz lachte und zog das Haarband um seinen Pferdeschwanz fester. »Fertig, Partner?«, fragte er schließlich.

Gemeinsam gingen Cruz und Del Rio zu den vier Männern hinüber, die unter dem D-Schild standen.

Paul Ricci und ein weiterer Typ fuhren Limousinen, die anderen beiden trugen Uniformen von »The Air Shuttle Guys«. Die Shuttle-Typen waren fett, also kein Problem. Doch der Limousinenfahrer neben Ricci war muskulös und jung. Sah aus, als hätte er schon mal gesessen.

»Paul Ricci?«, fragte Cruz.

Die Gespräche endeten abrupt.

Ricci blähte sich auf. »Ich bin Ricci. Was willst du?«

»Erinnerst du dich nicht an mich?«, fragte Cruz zurück.

Er öffnete seine Jacke und zeigte ihm seine Waffe, dieselbe, die er in dem kubanischen Klub hatte abgeben müssen.

Als Ricci die Waffe erkannte, wirbelte er herum. Seine Schirmmütze flog von seinem rasierten Schädel, als er in einem Affenzahn Richtung Ausgang rannte.

»Wir wollen doch nur mit dir reden«, rief Cruz ihm hinterher.

Der Kerl rannte ziemlich schnell.

»Mist«, schimpfte Del Rio.

85

Paul Ricci, Limousinenfahrer am Tag und Rausschmeißer in der Nacht, wog hundert Kilo, das meiste davon waren Muskeln. Er stürmte an dem kleinen Verwaltungsgebäude am Eingang zum Parkplatz vorbei und bog scharf nach links auf den Bürgersteig der Seitenstraße, wo er noch einen Zahn zulegte.

Cruz jagte ihm hinterher. Er war kleiner, aber schneller und holte Ricci ein, der entlang eines mit Efeu bewachsenen Zauns Richtung Norden zum Sepulveda Boulevard rannte.

Cruz wollte ihn nicht bis zum Boulevard kommen lassen. Bei einer Jagd zu Fuß über die verkehrsreiche achtspurige Straße war eine Massenkarambolage vorprogrammiert.

»Ricci, bleib stehen!«, rief Cruz, doch Ricci ließ sich vom Verkehr nicht aufhalten. Er erwischte ein paar Lücken, durch die er sich hindurchwinden konnte.

Hupen ertönten, zuerst wegen Ricci, dann, weil der Verkehr langsamer wurde. Kurz darauf hatte Cruz ihn aus den Augen verloren.

Cruz blieb einfach stehen, atmete den Benzingestank tief in seine Lungen ein und versuchte, alles auf einmal zu erfassen. Fahrzeuge in allen Größen und Formen behinderten seine Sicht. Langsam wurde er wütend.

Was stimmte mit diesem Kerl nicht, dass er einfach abhaute?

Endlich entdeckte er Riccis glänzenden Kopf auf der anderen Straßenseite am Fuß einer Treppe, die vom Sepulveda Boulevard zur 96th Street hinaufführte. Dort oben würde Ricci nicht weit kommen, doch der Trottel lief trotzdem weiter.

Cruz stapfte durch den dröhnenden Verkehr, seine Dienstmarke wie ein Polizist nach oben haltend, um die Autos auszubremsen. »Ricci, verdammt!«, rief er. »Ich bin kein Polizist.«

Cruz hatte die andere Straßenseite erreicht, als Ricci bereits die halbe Treppe hinaufgeklettert war. Ricci sah nur kurz nach hinten – und stolperte. Er griff zu spät nach dem Geländer und stürzte, was Cruz eine willkommene Gelegenheit bot.

Er rannte die Treppe hinauf wie Rocky Balboa. »Und?«, fragte er, als er Ricci erreicht hatte. »Genug gerannt für heute?«

Ricci ergriff Cruz' Hand und ließ sich aufhelfen, doch sobald er wieder auf den Beinen war, holte er mit der Faust aus, ohne allerdings sein Gleichgewicht wiedergefunden zu haben. Cruz konnte sich locker unter dem Schwinger hinwegducken und erwiderte die freundliche Geste mit einem eigenen Fausthieb.

Und seine Faust landete perfekt auf Riccis Kinn, so dass Ricci wieder zu Boden ging, aber diesmal, um ausgezählt zu werden.

»Du hast es hier mit dem kalifornischen Champion 2005 im Leicht-Mittelgewicht zu tun!«, rief Cruz.

In dem Moment hielt Del Rio mit dem Mercedes auf dem Gehsteig am Fuß der Treppe, stieg aus und strich seine Jacke glatt. »Hier kommt deine Verstärkung«, rief er Cruz zu und stieg die Treppe hinauf. Die Passanten, die ihm entgegenkamen, mieden den Blickkontakt.

»Hör mal, du Trottel«, sagte Del Rio zu Ricci, »deine Lebensgeschichte ist uns völlig egal. Sag uns einfach, was wir wissen wollen, dann sind wir gleich wieder weg.«

Ricci rieb sein Kinn. »Ihr seid keine Bullen?«

»Glaubst du ihm?«, fragte Cruz Del Rio und reichte Ricci ein zweites Mal die Hand, um ihm aufzuhelfen. »Also hör zu, Paul. Wir sind keine Bullen. Wir wollen weder dir noch sonst jemandem was tun. Wir haben Karen und Carmelita für Informationen über fünf ermordete Freier im Gebiet von L. A. bezahlt. Die Infos haben wir aber nicht erhalten.«

»Was für Infos?«, fragte Ricci panisch.

Cruz befürchtete, dass jemand die Polizei gerufen haben könnte, und sprach schneller. »Carmelita hat erzählt, sie wüsste von einem Fahrer, einem gewissen Billy Moufan, dass einer der Fahrer, der die Hostessen kutschierte, der Mörder wäre«, sagte Cruz. »Billy sei an einer Überdosis gestorben. Einen Billy Moufan gibt es allerdings nicht und gab es nie. Außerdem hat sie nicht gesagt, dass du auch eine Limousine fährst. Das scheint sie vergessen zu haben. Bist du ›Billy Moufan‹? Weißt du, wer die Freier umgebracht hat?«

»Nein, nein, das war nicht ich. Ich habe meine Chauffeurslizenz erst seit sechs Monaten. Ich zeig sie euch. Hier.«

Del Rio sah sich die Lizenz an.

»Wenn ich euch den Namen des Typen sage, dann sind wir quitt, ja?«, sagte Ricci. »Und ihr müsst uns aus der Sache raushalten. Ich möchte nicht, dass Karen oder Carmelita was passiert.«

»Abgemacht. Du hast uns weder den Namen des Typen noch den Ort gesagt, wo wir ihn finden.«

»Okay«, stimmte Ricci zu. »Also, es ist Karens erster Ehemann, Tyson Keyes. Er ist der Fahrer, der Carmelita von den Morden erzählt hat. Ich weiß nicht, wo er wohnt, und ich will es auch nicht wissen.«

Paul Ricci lehnte die Rückfahrgelegenheit zum Parkplatz ab, so dass Del Rio und Cruz auf direktem Weg Private ansteuern konnten.

»Tyson Keyes. Weiß er, wer die Morde begangen hat? Oder ist er selbst der Mörder?«, überlegte Cruz.

86

Ich wollte mit niemandem zu Abend essen, sondern meinem Bruder von seinem Büro aus folgen und sehen, wohin er mit wem ging und was er vorhatte.

Doch Jinx war meine Kundin, ein netter Mensch, und wenn ich schon mit jemandem essen gehen sollte, stand sie auf der Liste meiner Lieblingskandidaten ganz oben. »Wäre Ihnen ein früherer Zeitpunkt recht?«, fragte ich sie.

Früh essen zu gehen passte ihr, und ich rechnete aus, dass ich ab acht Uhr Tommys Haus beobachten könnte, wenn ich mich mit ihr um sechs verabreden würde.

Wir trafen uns im Red O, das der preisgekrönte Chefkoch Rick Bayless 2010 eröffnet hatte. Das Restaurant war von der Aufmachung her eine Sehenswürdigkeit. Die riesige Eingangstür aus Holz an der Melrose Avenue führte in einen mit Glas überdachten Hof, der vom Design und von der Architektur her an South Beach und einen schicken mexikanischen Badeort erinnerte. Gleich vorne stand ein großer Tisch, an der Decke hingen handgeschmiedete Kronleuchter, die Tequila-Flaschen wurden in einem halbrunden Gestell aus Glas präsentiert, und überall waren riesige Kübelpalmen verteilt.

Ich hatte gelesen, die mexikanische Nouvelle Cuisine in diesem Haus sei unglaublich, selbst in einer Stadt, die für ihr mexikanisches Essen bekannt war. Ein würzig-schokoladiger Duft nach einer köstlichen Sauce lag über dem Raum. Ich merkte, dass ich einen ziemlichen Appetit auf ein richtig gutes Essen hatte.

Jinx wartete in einer der kleinen Nischen abseits des Hauptraums auf mich. Die Ottomanen, Sofas und Sessel waren mit schwarzem Leder überzogen. Sosehr mir die Einrichtung auch gefiel, die Attraktion war Jinx.

Wir küssten uns auf die Wange und bestellten Tequila-Cocktails. »Erzählen Sie mir was Gutes, Jack«, bat Jinx, sobald der Kellner uns die Getränke gebracht hatte. »Ich zähle nachts Schafe, und heute Nacht waren es mehrere Hunderttausend.«

Ich lächelte.

»Das meine ich ernst«, beteuerte sie. »Zweihunderttausend.«

Wir mussten beide lachen.

Vor fast einer Woche hatte ich Jinx Poole als Kundin angenommen, und seitdem hatten Cruz und Del Rio eine Menge Zeit auf ihre Kosten verbraten.

»Ich glaube, wir machen Fortschritte«, begann ich.

Der Kellner nahm unsere Essensbestellung auf, danach erzählte ich von Cruz' Abend im Havanna und über Del Rios und Cruz' Begegnung mit dem Limousinenfahrer. »Wir haben schon eine Idee, wie wir diesen Tyson Keyes finden können. Wenn er weiß, wer die Freier getötet hat, werden wir es aus ihm herauskriegen.«

»Warum haben Karen Ricci und Carmelita Gomez seinen Namen geheim gehalten?«

»Ricci schien Angst vor ihm zu haben«, antwortete ich. »Offenbar ist Keyes gewalttätig. Ich weiß nicht, warum eine Frau jemanden wie ihn heiratet. Und ich verstehe nicht, warum sie bei ihm bleibt.«

»Mein Ehemann war auch gewalttätig«, gab Jinx zu. »Es ist kompliziert. Ich wollte Ihnen schon die ganze Zeit davon erzählen.«

»Dann erzählen Sie«, forderte ich sie auf.

Jinx nippte an ihrem Cocktail. Sie hatte zwar gesagt, dass sie es mir erzählen wollte, doch ihr Ausdruck verriet mir, dass die Geschichte nicht einfach war. Also wartete ich.

»Ich habe ihn umgebracht«, sagte sie nach einem Moment des Schweigens. »Ich möchte, dass Sie wissen, dass ich meinen Mann umgebracht habe.«

87

Nichts an Jinx Poole verriet mir, dass sie eine Mörderin war. Sie war klug, gewitzt und eine angesehene Geschäftsfrau. Ihr Geständnis klang sprichwörtlich und vom sachlichen Standpunkt aus unglaublich.

Doch ich glaubte ihr. Trotzdem war ich wie von den Socken – und ließ es mir auch anmerken. »Jinx, Sie sollten mir nicht verraten, dass Sie ein Verbrechen begangen haben. Ich bin weder Anwalt noch Priester. Ich kann vorgeladen und zu einer Aussage gezwungen werden.«

»Ich verstehe ja selbst nicht, warum ich Ihnen das erzählen will«, erwiderte Jinx. »Ich habe das Gefühl, dass ich es tun muss. Ich möchte, dass Sie über den Tod meines Mannes Bescheid wissen.«

Mir gefiel das nicht. Ich kannte Jinx Poole kaum – warum also vertraute sie mir? Zum ersten Mal tauchte die Frage in mir auf, ob sie selbst etwas mit den Hotelmorden zu tun haben könnte.

»Mein Ehemann war Clark Langston. Haben Sie von ihm gehört?«

»Hat er in den Neunzigern ein paar Fernsehsender besessen?«

»Ja, genau der.«

Trotz meiner Warnung begann Jinx, mir ihre Geschichte zu erzählen. Sie hatte Clark Langston zwanzig Jahre zuvor in den Ferien nach ihrem ersten Studienjahr in Berkeley kennengelernt, als sie als Kellnerin in Pebble Beach gearbeitet hatte.

»Clark hatte ein Boot, ein Flugzeug, Ferienhäuser in Napa, Austin und Chamonix. Er war so charmant, vielleicht wie George Clooney. Reich und gut aussehend und lustig – und immer war er von Freunden umgeben. Wie ein Magnet. Ich war noch jung und verliebte mich in ihn, Jack. Richtig heftig.«

Jinx blühte förmlich auf, als sie das beschrieb, was sie für eine wunderbare Sommerromanze gehalten hatte. Dann hatte Langston ihr erzählt, seine Scheidung sei durch. Er machte ihr einen Antrag, überreichte ihr einen großen Diamantring und bot ihr als Beiwerk ein Leben in großem Stil.

»Ich habe ihn gleich im September geheiratet«, fuhr Jinx fort. »Meine Eltern sagten, ich solle noch warten, aber ich war neunzehn. Ich hielt mich natürlich schon für erfahren. Ich verließ das College, wurde Mrs Clark Langston und bekam alles, was dazugehörte.« Sie legte eine Pause ein und schluckte, während sie ein paar Neuanläufe versuchte.

»Nachdem wir ein paar Monate verheiratet waren, putzte er mich in der Öffentlichkeit herunter, flirtete mit anderen Frauen und forderte mich ständig auf, ihm irgendwelche Sachen zu holen. Eigentlich war es schlimmer, wenn wir alleine waren. Er trank jeden Tag. Bis er total abgefüllt war. Ich hatte bis dahin keinen echten Alkoholiker gekannt. Clark wurde gewalttätig, wenn er getrunken hatte. Er drehte mir die Arme hinter dem Rücken nach oben, drückte mich gegen die Wand und vergewaltigte mich. Es dauerte nicht lange, da war unser Sex gleichbedeutend mit Vergewaltigung. So mochte er es.

Einmal legte er seine Hände um meinen Hals, drückte mich nach hinten übers Spülbecken und schrie mir ins Gesicht, wie wertlos ich wäre. Auf dem Abtropfbrett lag ein Messer, das plötzlich in meiner Hand war und auf seinen Rücken zielte – mir war nicht klar gewesen, dass ich danach gegriffen hatte. Es war das erste Mal, dass mir die Möglichkeit in den Sinn kam, ihn zu ermorden.«

»Haben Sie irgendjemandem von ihm erzählt? Von dem, was er Ihnen antat?«

»Nein. In seinen Kreisen machte man das nicht, und ich hatte keinen eigenen Kreis mehr. Mir hätte ohnehin niemand geglaubt. Und das Komische daran ist: Manchmal habe ich auch den Mann in ihm gesehen, den ich liebte – immer noch liebte. Stellen Sie sich das mal vor.«

»Es tut mir leid, was Ihnen passiert ist. Eine üble Geschichte.«

Der Kellner brachte unser Essen und fragte, ob wir noch etwas bräuchten. Ich sagte, es sei alles bestens, doch mir war der Appetit vergangen.

»Als wir etwa zwei Jahre verheiratet waren, fuhren wir zu einer Hochzeit, die weit ab in der Pampa, im Willow Creek Golf and Country Club, stattfand und nur über eine schmale Fahrspur zu erreichen war. Clark war in seinem Element. Er hielt für das Brautpaar eine Rede und schenkte ihnen einen Wagen. Als die Braut mit Clark tanzte, sah ich, wie verstört und verängstigt sie war. Genauso musste ich auch immer ausgesehen haben. Ach, und jetzt tue ich das gerade wieder. Mir war klar, dass die Braut ebenfalls von meinem Mann missbraucht worden war, doch sie hatte mehr Glück gehabt. Sie war ihm entkommen.

Auf dem Heimweg verfuhr Clark sich. Wir hatten ein GPS-Gerät, eins der ersten auf dem Markt, aber ich wusste nicht, wie es funktionierte, und Clark war völlig betrunken, legte sich bei hoher Geschwindigkeit heftig in die Kurven oder fuhr über den Seitenstreifen. Wir irrten abends irgendwo übers Land.

›Jetzt tu doch auch mal was, Fluffy‹, schimpfte Clark. ›Nimm die Landkarte.‹ Ich holte die Landkarte aus dem Handschuhfach und dirigierte ihn zurück zur Schnellstraße. Da hatte er eine tolle Idee: Ich sollte ihm den Weg mit der GPS-Stimme ansagen.«

Mit einem Nicken forderte ich Jinx auf weiterzusprechen.

»Ein Schild wies nach Whiskeytown Lake. Clark meinte, das klinge nach dem passenden Ort für ihn. Ich begann wie die GPS-Stimme zu sprechen. ›Nach einem Kilometer rechts abbiegen. Nach fünfhundert Metern links abbiegen.‹«

Jinx drehte sich zu mir. Sie wirkte klein, jung und verletzlich.

»Ich habe noch nie jemandem die ganze Geschichte erzählt. Tut mir leid, Jack. Ich glaube, ich hätte gar nicht damit anfangen sollen.«

Das glaubte ich auch, aber jetzt befand ich mich mit ihr zusammen auf dieser gewundenen Straße, ohne um die nächste Ecke sehen zu können.

Hatte Jinx ihren Mann erstochen? Hatte sie ihn mit einer Drahtschlinge erwürgt?

»Es ist in Ordnung«, beruhigte ich sie. »Bei mir sind Sie sicher.«

Mir wurde klar, dass sich mein Blickwinkel geändert hatte. Jetzt wollte ich Jinx' Geschichte hören. Und ich wollte, dass es ihr gutging.

88

Jinx sah verstört aus, als sie mir von Clark Langstons Leben und Sterben erzählte. Sie hatte noch immer Angst vor ihrem toten Mann. Vielleicht liebte sie ihn ja noch.

»Wir befanden uns auf einem nicht befestigten Weg, der um den See herumführte«, erzählte sie weiter. »Bootsbesitzer packten ihre Ausrüstung zusammen. Die Straße ging in einen mit Gras und Unkraut zugewucherten Weg über. Die Gegend war in jeder Hinsicht verlassen.«

Jinx lächelte nervös. »Ich sprach noch immer mit meiner GPS-Stimme. Diese lächerliche Überlegenheit über meinen Mann inspirierte mich. Wir steckten in einem fiesen Feiglingsspiel. Und er provozierte mich. ›Glaubst du, ich weiß nicht, was du vorhast?‹

Ich weiß nicht, woher er es wusste, aber mir war tatsächlich die Idee gekommen, dass ich ihn dazu bringen könnte, seinen Maserati zu Schrott zu fahren. Ich wollte ihm etwas antun. Ich wollte, dass er starb. Sollte ich mit ihm sterben, wäre das auch in Ordnung, dachte ich. ›Bitte links abbiegen‹, sagte ich. Das war die Straße zu dem Erholungsgebiet.«

Ich lehnte mich zurück und blickte ihr ins Gesicht, stellte mir den zwanzig Jahre zurückliegenden Kampf vor, den tyrannischen älteren Mann und seine junge Frau, die mit ihm abrechnen wollte. In diesem Moment steckte Jinx voll in den Gefühlen von damals.

»Es war immer noch hell genug draußen«, fuhr sie fort. »Ich sagte ihm, er soll die Nächste rechts abbiegen. Dort befand sich eine Bootsrampe. Er bog also ab, und wir fuhren die Rampe mit siebzig Sachen entlang. Mir gingen die Nerven durch. Ich schrie, aber Clark hatte seinen Spaß daran, mir Angst einzujagen und ein schlechtes Gewissen zu machen, weil ich ihn herausgefordert hatte. Er lachte mich aus, Jack. Und trat das Gaspedal ganz durch.«

»Hat er gemerkt, wo er war?«

»Das werde ich nie erfahren. Vielleicht dachte er, er könnte rechtzeitig bremsen, schätzte aber den Abstand falsch ein. Oder er dachte, sein Zweihundertfünfzigtausend-Dollar-Auto könnte fliegen. Ich weiß nur, dass er nicht gebremst hat.« Jinx erzählte mit gesenktem Kopf, erzählte schneller, um die Geschichte hinter sich zu bringen. »Ich habe meinen Sicherheitsgurt gelöst und die Tür geöffnet und bin rausgesprungen, bevor der Wagen aufs Wasser aufschlug. Eine Zeitlang war ich taub, habe nichts mehr gehört, nichts mehr gesehen, dachte nur daran, das Ufer zu erreichen, das nicht weit entfernt war.

Ich habe nicht zurückgeschaut. Ich bin ein Stück gegangen, wurde von einem anderen Wagen bis zur Polizei mitgenommen, der ich erzählt habe, dass mein Mann die Kontrolle über seinen Wagen verloren hätte. Als der Wagen aus dem See gezogen wurde, war Clark noch immer angeschnallt. Er hatte dreimal so viel Promille im Blut wie zulässig, und die Sache wurde als Unfalltod eingestuft. Keine weiteren Fragen. Ich ging zur Beerdigung. Ich weinte. Dann zog ich nach L. A. Ich nahm meinen Mädchennamen wieder an und brachte mein Studium zu Ende.«

»Sie kauften ein Hotel.«

»Ja, gleich nach meinem Abschluss. Mit den zwei Millionen Dollar, die in meinem Ehevertrag festgelegt worden waren. Ich nahm ein Darlehen über eine noch weit größere Summe auf. Ich renovierte das Hotel, eröffnete es unter dem Namen Beverly Hills Sun und kaufte die anderen beiden dazu. Ich stand unter Strom. Ich musste arbeiten, mir beweisen, dass mein Leben etwas wert war. Dass ich Clarks Liebe nicht brauchte – ebenso wenig wie seine Verachtung. Jack, was ich am Whiskeytown Lake getan habe … Ich habe mir seinen Tod gewünscht, und mein Wunsch wurde wahr.«

Sie hatte angefangen zu weinen, ließ sich aber nicht vollständig gehen. »Ich habe das Gefühl, die Morde in meinen Hotels sind eine Art Rückforderung im Zusammenhang mit Clarks Tod, desjenigen Geldes, das ich von ihm erhalten habe.«

»Jinx, haben Sie Ihren Mann zum Trinker, Vergewaltiger und Gewaltmenschen gemacht? Haben Sie ihn gezwungen, diese Rampe runterzufahren?«

Ich setzte ihr weiterhin in dieser Weise zu, doch sie legte ihre Hand auf meine Brust. Sie strengte sich an, um die nächsten Worte über die Lippen zu bekommen.

»Ich habe Angst … dass ich mir selbst nicht mehr trauen kann … dass ich nicht mehr mit einem Mann zusammen sein kann.«

Sie lehnte sich an mich.

»Ich glaube, ich würde Sie gerne in den Arm nehmen«, sagte ich.

Sie sah zu mir auf, die Augen voller Tränen. »Ich brauche jemanden, der mich hält.«

Ich legte die Arme um sie. Und endlich weinte sie.

Ich hatte nicht erwartet, mich ihr so nahe zu fühlen. Mir war dieses Gefühl nicht recht, aber ich konnte nicht darüber hinweggehen. Dazu gefiel mir Jinx viel zu sehr.

89

Es war kurz nach Mitternacht. Außer einer Plastiktüte, die im Wind umherflog, und dem seltsamen Wagen, der sich hier ins falsche Viertel verirrt zu haben schien, passierte auf der Anderson und Artemus Street absolut nichts.

Das Fahrzeug, ein grauer Chevrolet von Private, stand auf der Anderson Street gleich südlich der Artemus, wo die Insassen einen guten Blick auf die Einfahrt der Red-Cat-Töpferei sowie auf die Ladebuchten an der Artemus Street hatten.

»Ruf Jack an«, sagte Cruz.

Del Rio wählte Jacks Nummer und erzählte ihm, wo sie waren. Gemeinsam überlegten sie, wie man für die Mafia von Las Vegas ohne Carmine Noccias Hilfe ein Vermögen in illegalen Medikamenten stehlen könnte, ohne erwischt zu werden und dafür zwanzig Jahre hinter Gitter zu kommen.

»Es wird Zeit, Jack«, stellte Del Rio fest. »Das Zeug wird das Lager in einzelnen Kartons verlassen. In ein paar Wochen wird ein leerer Lkw dort drin stehen, und Noccia wird ein paar Köpfe einschlagen. Deinen zuerst.«

Jack gab Del Rio grünes Licht.

Cruz startete den Wagen und fuhr auf die Boyd Street, eine Sackgasse, parallel zur Artemus, wo er eine Lücke zwischen den Lieferwagen fand. Beide Seiten der Straße waren mit Lagerhäusern aus Beton gesäumt, die farbenfroh mit Graffiti besprüht waren.

Del Rio rutschte auf seinem Sitz hin und her. »Scotty, du bist dran. Lass die Puppen tanzen.«

Scotty nahm einen Schluck aus seiner Wasserflasche. »Mir gefällt das Fenster unter der Treppe ganz gut.«

»Beeil dich«, sagte Del Rio.

Scotty streifte sich ein Paar Arbeitshandschuhe über, schaltete die Innenraumbeleuchtung aus und öffnete die Tür.

»Warte kurz«, forderte Del Rio ihn auf.

Als das Taxi auf der Anderson vorbeigefahren war, gab Del Rio das Startzeichen. Scotty war von Kopf bis Fuß schwarz gekleidet und, abgesehen von seinem schimmernden blonden Haar, kaum zu sehen. An der Gasse überquerte er die Straße und verschwand.

Eine halbe Minute später schrillte eine Alarmglocke, und nur wenige Sekunden danach wurde die hintere Wagentür aufgerissen. Scotty stieg ein. »Habt ihr die Zeit gestoppt?«

Cruz lachte. »Du warst schnell, ja. Wie in den Filmen, wo man die Zeit anhält und dieser Kerl zwischen den erstarrten Leuten rumrennt.«

»Schauen wir mal, wie schnell die Polizei reagiert«, sagte Del Rio.

Vier Minuten später näherten sich die ersten Sirenen auf der South Anderson. Den Geräuschen aus den Funkgeräten nach zu urteilen mussten sie vor den Rolltoren der Ladebuchten stehen, überlegte Del Rio.

Die drei Private-Ermittler duckten sich. Bis jetzt hatten sie noch kein Verbrechen begangen, redete sich Del Rio ein. Scotty hatte nur an einem Fenster gerüttelt, um den Alarm auszulösen. Sie warteten, ob noch mehr Fahrzeuge auftauchen würden, doch es blieb bei den beiden Streifenwagen.

Nachdem die Polizei wieder abgezogen war, wiederholten Del Rio und seine beiden Kollegen das Prozedere: Alarm auslösen und warten, bis die Polizei kam und wieder fuhr. Und dann das Ganze ein drittes Mal.

90

Justine wachte erschrocken auf und fuhr hoch. Rocky drehte am Rad *und* drehte durch. Er bellte, seine Krallen klapperten auf dem Weg zur Wohnungstür über den Boden.

Justine sah auf die Uhr. Kurz vor sieben.

Was, zum Teufel, sollte das? Über Rockys Bellen hinweg hörte sie, dass jemand beharrlich klingelte.

Sie zog einen Morgenmantel über ihren seidenen Schlafanzug und ging in den Flur. Es musste Jack sein, wer sonst würde es wagen? Sie spähte durch den Spion und öffnete die Tür. Larry Schuster stand vor ihr, Dannys Manager.

Seine Kleider waren zerknittert, sein Bart wirkte fleckig – alles in allem sah er aus, als hätte er im Wagen geschlafen. »Tut mir leid, dass ich schon so früh störe, Dr. Smith. Ich muss mit Ihnen reden.«

»Justine für Sie. Ist was mit Danny passiert?«

»Nein, er ist noch im Krankenhaus. Ich bin die ganze Nacht umhergefahren und habe schließlich eine Entscheidung getroffen.«

»Ich habe eine bessere Idee, Larry. Ich bin um neun Uhr im Büro. Wollen wir uns nicht dort treffen?«

»Es dauert nur ein paar Minuten. Bitte, es ist wichtig. Ich kann nicht riskieren, dass mich jemand sieht und denkt, ich hätte Ihnen erzählt, was ich weiß.«

»Sie werden in dieser Stadt nie wieder zu Mittag essen können?«

Schuster lächelte. »Genau.«

Justine ließ Schuster eintreten. Sie führte ihn in die Küche, bat ihn, Kaffee zu kochen und sich an die Theke zu setzen. Sie verschwand im Schlafzimmer, aus dem sie einige Minuten später angekleidet für die Arbeit wieder auftauchte.

Sie nahm eine Tüte Milch aus dem Kühlschrank und schenkte Kaffee ein. »Zucker?«

»Ja, bitte.«

Justine stellte die Zuckerdose neben die Milch. Nachdem sie Hund und Katze gefüttert hatte, forderte sie Schuster auf anzufangen.

»Es gab noch andere Mädchen.«

»Es gab noch andere Mädchen – und das heißt?«

»Außer Katie Blackwell haben drei weitere Mädchen gedroht, Danny wegen unerwünschtem, äh, sexuellen Kontakt zu verklagen.«

»Scheiße«, stöhnte Justine. »Das hätten Sie mir sagen müssen, bevor ich den Fall übernommen habe, Larry. Das ist ein Vertragsbruch – als hätten wir nicht schon genug Gründe, Ihnen und Danny viel Glück ohne uns zu wünschen.«

»Bitte tun Sie das nicht«, flehte Larry.

»Ich war Psychologin in einer psychiatrischen Klinik. Wussten Sie das?«

»Ja. In Santa Monica. Crossroads.«

»Stimmt. Daher kenne ich mich mit mentalen Störungen ein bisschen aus. Die Art, wie Danny mich an der Nase herumführt, lässt mich vermuten, dass er wahnhaft ist. Er glaubt seine eigenen Geschichten.«

»Nein, er sagt die Wahrheit. Er war Piper treu. Er hatte mit den anderen Mädchen keinen Sex.«

»Wer dann? Dieser Mist darüber, dass jemand anders sein Leben führt, könnte Danny in den Vorteil einer Geisteskrankheit versetzen, aber darauf würde ich nicht zählen. Sie sollten damit rechnen, dass Danny einer sehr langen Zeit im Gefängnis entgegensieht.«

»Er hat diese Mädchen nicht belästigt und Piper nicht umgebracht.«

»Larry, solange Sie nicht sagen: ›Ich weiß, dass er sie nicht umgebracht hat, weil ich es getan habe‹, werde ich Ihnen nicht glauben.«

Schuster blickte sie schweigend an.

»Haben Sie Piper getötet, Larry?«

»Nein. Nein. Tut mir leid, ich habe nur überlegt, ob es gut ist, Ihnen zu sagen, was ich denke ...«

»Sagen Sie es, verdammt! Oder verschwinden Sie von hier, und rufen Sie mich nie wieder an.«

»Alan Barstow.«

»Zwingen Sie mich nicht, Ihnen alles aus der Nase zu ziehen.«

»Alan Barstow hat diese anderen Mädchen bezahlt. Und er hat auch versucht, Katie Blackwell zu bezahlen. Er will eine Menge Geld an Danny verdienen und tut alles, um ihn als Kunden zu behalten.«

»Warum sollte er Piper getötet haben? Mit welchem Motiv?«

»Piper mochte Alan nicht. Sie versuchte, Danny zu überreden, die Agentur zu wechseln. Wenn Piper tatsächlich zwischen Alan und Danny geraten ist, könnte Alan gefährlich geworden sein. Er ist ein beängstigender Kerl. Sie sollten ihn wirklich unter die Lupe nehmen, Justine. Ich glaube, Sie sollten ihn auf einen Spieß schieben und grillen.«

91

Justine fuhr um den See in Century City herum, in dem sich eine Wasserfontäne vor dem riesigen, mit schwarzem Glas verkleideten Gebäude nach oben reckte. Der Monolith, wie es genannt wurde, beherbergte die Firma Creative Talent Management, eine der größten und einflussreichsten Talentagenturen in Hollywood. Ach nein, der ganzen Welt.

Neben Justine saß Nora Cronin.

Anfang des Jahres hatte Justine für die Staatsanwaltschaft gearbeitet, um dem Los Angeles Police Department bei der Suche nach einem Serienmörder zu helfen, der die Stadt in Angst und Schrecken versetzt und die Polizei zur Weißglut getrieben hatte.

Der Schulmädchenmörder war Lieutenant Nora Cronins Fall gewesen, doch trotz ihrer anfänglichen Wut, dass sie von der Staatsanwaltschaft gezwungen worden war, mit Private zusammenzuarbeiten, hatten sie und Justine so perfekt harmoniert, als wären sie bereits seit Jahren ein Team.

Nora zog sich die Lippen nach, während Justine in die Tiefgarage einbog, ein Ticket aus dem Automaten zog und durch ein Parkhaus fuhr, das größer war als ihre Geburtsstadt.

»Weißt du, was unheimlich ist? Durch dieses Gebäude geht mehr Geld, als wir jährlich für die nationale Verteidigung ausgeben.«

Nora war groß und breit wie ein Schrank, lachte gerne und aus vollem Herzen, was sie auch jetzt tat. »Du bist echt lustig, Justine. Ich kann's kaum erwarten, das Ding von innen zu sehen.«

»Wirklich? Ich glaube, uns steht ein wahrer Gladiatorenkampf mit einem egomanischen, geldgierigen Wichser bevor, der auch ein Mörder sein könnte.«

»Vielleicht kommen wir auch gar nicht so weit. Darauf will ich dich nur schon mal vorbereiten. Wenn er sagt, wir sollen gehen, müssen wir gehen.«

»Ach, keine Angst, Nora. Eine Polizistin und eine Psychologin werden ihn in die Mangel nehmen. Er wird reden. Er wird uns anflehen, ihm zuzuhören.«

Wieder lachte Nora. »Wir sind schon ein tolles Paar. Das hier mag ja das Kolosseum sein, aber wir müssen nur einen Löwen bezwingen. Nur einen einzigen. Hier, nimm das.«

Nora hob einen Ordner vom Boden auf und reichte ihn Justine, die ihn in ihre Aktentasche steckte.

»Ich übernehme das Reden«, sagte Justine.

»Gut«, stimmte Nora zu. »Ich werde deine Leibwächterin sein.«

Justine lachte. »Perfekt. So was wollte ich schon immer haben.«

92

Ein Fahrstuhl brachte Justine und Nora von der Tiefgarage in die riesige, mit Marmor ausgekleidete Eingangshalle von Creative Talent Management, die mit moderner Kunst vollgehängt war. Gläserne Treppen, die sich zehn Meter bis zum gläsernen Dach emporwanden, täuschten das Auge und säten Unglauben.

Hier sollte beeindruckt und eingeschüchtert werden, was in Justines Fall beides funktionierte. Sie hatte über CTM als schwarzes, gieriges Loch gelacht, doch jetzt spürte sie, welche Kraft von diesem Ort ausging. Die Macht des Geldes.

Und sie und Nora waren auf sich allein gestellt.

Justine nannte am Empfang ihre Namen, unterschrieb im Besucherbuch und setzte sich neben Nora an den Rand der Eingangshalle, um besser das Spektakel beobachten zu können.

Schauspieler übten in den Ecken gestikulierend ihren Text, Boten kamen und gingen, Gruppen gut gekleideter Menschen betraten die Agentur durch Türen, die sich kaum sichtbar in die Wände einfügten.

Durch eine dieser Türen betrat Tom Cruise samt Gefolge die Eingangshalle, Ethan Hawke verließ sie.

Nachdem Justine und Nora eine Viertelstunde gewartet hatten, schwebte ein junger Mann eine der unsichtbaren Treppen herab. Er trug ein weißes Leinenhemd, eine dunkle Hose und einen blasierten Gesichtsausdruck. »Ich bin Jay Davis, Mr Barstows Assistent«, stellte er sich vor, als er näher kam. »Alan wird Sie jetzt empfangen.«

Justine nahm ihre Aktentasche. Sie hatte das Gefühl, als enthielte sie eine radioaktive Bombe. Ob Alan darauf vorbereitet war? Sie bezweifelte es.

Als sie sein Büro betraten, stand Barstow mit dem Rücken zur Tür. »Ich habe Nein gesagt«, brüllte er ins Mikrofon seines Headsets. »Ich habe Nein gesagt, du blöder Wichser. Lily Padgett wird keine Probeaufnahmen machen. Du hast dem Vertrag zugestimmt, und wenn du es wagst, ihn zu brechen, verklagen wir dich. Wir werden dir alles nehmen, was du hast, einschließlich dem Schweiß auf deinen Eiern. Ja. Eine Networkproduktion. Jerry Bruckheimer. Sie hat ihm einen Korb gegeben. Hast du das jetzt kapiert?«

Barstow schaltete das Telefon aus, drehte sich um und blickte den beiden Frauen entgegen, die sein großes, an zwei Seiten verglastes Eckbüro betraten. Sein Lächeln war gleichzeitig strahlend und kalt wie die Wintersonne auf einem zugefrorenen See. »Wie geht es Danny?«, fragte er Justine und reichte ihr die Hand. »Ich hoffe, Sie bringen gute Nachrichten.«

Justine stellte Nora als ihre Partnerin vor. Sie setzten sich um Barstows Sofatisch, von wo aus sie einen Blick auf eine wandgroße Konstruktion von Frank Stella und durch das Fenster auf West Hollywood und Beverly Hills hatten.

Doch Justine hatte nur Augen für Alan Barstow, den sie aufmerksam musterte.

Er hatte Aknenarben, schütteres Haar und schmale Schultern. Das Ganze übertünchte er mit Angeberei. Die beruhte auf seiner Position als Topverdiener bei CTM, wo er jedes Jahr mehrere Millionen einsackte.

Justine beugte sich auf ihrem Fünftausend-Dollar-Sessel nach vorne und stellte den Kristallkelch, aus dem sie Wasser getrunken hatte, auf den Tisch aus brasilianischem

Kirschholz. »Alan, wir glauben zu wissen, wer für den Mord an Piper Winnick verantwortlich ist, aber wir brauchen Ihre Hilfe.«

Barstow drückte einen Knopf auf der Armlehne seines Stuhls. »Jay, keine Anrufe.« Und zu ihnen gewandt: »Ich stehe Ihnen zur Verfügung.«

»Wir glauben, Piper wurde von jemandem getötet, der eifersüchtig auf ihre Beziehung zu Danny war«, begann Justine.

»So ein Quatsch.«

»Ein paar Leute wussten von Danny und Piper. Sie, Merv Koulos, Larry Schuster, Dannys Freund Kovaks und seine Sekretärin, Randy Boone. Doch an die Öffentlichkeit war davon nichts gelangt. Genauso wenig wie von seiner Hütte in Topanga.«

»Dann ist der Täter jemand, der Danny nahesteht.«

»Ganz genau. Wir glauben, dieser Mann erwartete von Piper Dankbarkeit für ihre Rolle in dem Film. Sie fühlte sich zu ihm hingezogen, weil er ein mächtiger Mensch war. Er aber war wütend, weil sie mit Danny durchgebrannt ist. Es ist also logisch, dass er zu dieser Hütte fährt, Piper aufweckt und sie überredet, mit ihm ein Stück den Pfand entlang spazieren zu gehen. Wir mutmaßen, dass er mit ihr gestritten hat. Dass die Sache körperlich wurde.«

»Justine, schwingen Sie hier nur Reden, oder wollen Sie meine Hilfe?«, unterbrach Barstow sie. »Wer, zum Teufel, hat meinem Jungen das angetan?«

»Jemand, der junge Mädchen mag, Alan. Ein Mann, der eine wahre Leidenschaft für junge Mädchen hegt.«

Justine zog den Ordner aus ihrer Aktentasche, schlug ihn auf, drehte ihn zu Barstow um und breitete die Seiten vor ihm aus.

»Das hier werden wir der Polizei zeigen«, fuhr Justine fort. »Und ich habe das Gefühl, dass diese Verbrecherfotos den Weg ins Internet finden werden. Millionen von Menschen werden erfahren, dass Alan Barstow ein Sexualverbrecher ist. Das sind Sie, Alan. Jetzt spielen Sie die Hauptrolle.«

93

»He … oh … puh«, stammelte Barstow. »Wo haben Sie das denn her?«

Ein Schauer lief Justine den Rücken hinab. Sie beobachtete Alan Barstows Gesicht, während er die Verbrecherfotos und das Strafregister betrachtete, das zu seiner Verhaftung wegen sexueller Handlungen mit Minderjährigen geführt hatte. Seine Arroganz war wie weggeblasen, ersetzt durch etwas Primitiveres: Angst, Wut und Verwirrung, Gefühle, die einen Menschen gewalttätig werden lassen konnten.

»Es gibt heute Programme, Alan«, erklärte Justine. »Die können Gesichter mit Sexualverbrechern in allen Polizeidatenbanken abgleichen, auch wenn sich das Verbrechen zehn Jahre zuvor in New Jersey ereignete. Und auch wenn man seinen Namen geändert hat.«

»Ja und?«, fragte er und wischte den Ordner vom Tisch. »Wollen Sie damit andeuten, dass ich Piper umgebracht habe? Wollen Sie mich auf den Arm nehmen? Das einzige Interesse, das ich an Piper Winnick hatte, war finanzieller Art. Mehr nicht.«

Er schnappte sich eine Ausgabe der *Variety* vom Kaffeetisch und zeigte Justine die Überschrift, *Shades of Red*. »Der Film ist gestorben«, schrie Barstow. »Ein großer Sommerfilm ist gestorben. Wissen Sie, was ich für ein Jahr Arschaufreißen bekomme? Absolut nichts.«

Je wütender er wurde, desto entspannter wurde Justine. Solange es beim Schreien blieb.

»Beruhigen Sie sich, Alan. Ich sage ja gar nicht, dass Sie

vorhatten, Piper etwas anzutun. Ich sage nur, dass Sie beleidigt waren. Sie versuchten ihr zu sagen, wer Sie sind und wer sie war. Die Sache entglitt Ihnen. Piper entzog sich Ihnen …«

»Dr. Smith«, fiel ihr Barstow ins Wort, »Sie haben völlig, und das kann ich nicht stark genug betonen, völlig Ihren kleinen Verstand verloren. Diese Besprechung ist zu Ende. Wenn Sie ein Wort von diesem Scheiß außerhalb dieses Raums wiederholen, werde ich Sie wegen Verleumdung, Beleidigung und allem verklagen, was unsere Rechtsabteilung Ihnen vorwerfen kann.«

Er erhob sich und ging zur Tür. »Jay, bringen Sie diese Leute zum Ausgang. Nein, rufen Sie die Sicherheit.« Und an Justine und Nora gewandt: »Sie haben eine Minute, um das Gelände zu verlassen.«

»Tut mir leid, LAPD sticht Firmensicherheitsdienst.« Nora knöpfte ihre Jacke auf und zeigte Barstow die goldene Marke, die an einer Kette um ihren Hals hing. »Wir untersuchen gerade Piper Winnicks Kleider. Wenn wir Ihre DNS finden, sind Sie geliefert. In der Zwischenzeit können wir mit einem Zeugen aufwarten, der behauptet, Sie hätten Danny Whitman sowie die Mädchen, die Danny wegen sexuellen Missbrauchs verklagt haben, unter Drogen gesetzt. Unser Zeuge sagt, Sie hätten Sexpartys gefeiert, Alan. Ihre Gäste waren junge Mädchen, die Sie betrunken gemacht haben, Sie krankes Arschloch.«

Männer in Khakiuniformen kamen den Flur entlang. Barstow ging zur Tür und öffnete sie. »Tut mir leid, Roger«, sagte er zum Leiter des Sicherheitsdienstes. »War mein Fehler. Ich habe hier alles unter Kontrolle.«

Er schloss die Tür wieder, zog die Jalousie zu und kehrte in den Sitzbereich zurück, aber ohne sich zu setzen. »Sie sind von der Polizei? Das hätten Sie sagen müssen. Das ist eine Falle. Sie haben mir nicht meine Rechte vorgelesen. Ich sage kein Wort mehr ohne meinen Anwalt.«

Nora erhob sich und stand Nase an Nase vor dem innerlich kochenden Barstow. »Da liegen Sie völlig verkehrt, Mr Barstow. Ich brauchte mich nicht auszuweisen, und Ihnen werden Ihre Rechte nur vorgelesen, wenn wir Sie verhaften.«

Barstows Blick schoss von Nora zur Tür und zu Justine und wieder zur Tür. Er suchte eine Möglichkeit, seinen Kopf aus der Schlinge zu ziehen. »Ruinieren Sie nicht mein Leben wegen dieser Sache«, sagte er. »Ich habe Piper nicht umgebracht. Vielleicht habe ich für Danny Mädchen zu mir nach Hause eingeladen. Vielleicht habe ich Schnaps ausgeschenkt. Einige Mädchen sind vielleicht mit Danny in dessen Bett aufgewacht und dachten, sie hätten Sex mit ihm gehabt.«

»Das ist kein Geständnis, das ist ein ›Vielleicht‹.«

»Aber ich habe Piper von keiner Klippe gestürzt. Weder aus Versehen noch mit Absicht. Ich habe nichts mit ihrem Tod zu tun.«

»Mr Barstow«, sagte Nora, »Sie werden verhaftet wegen des Verdachts, einen Mord begangen zu haben, und wegen eines Dutzends anderer Anschuldigungen. Sie bleiben in Untersuchungshaft, während wir Ihre Geschichte überprüfen. Sie haben das Recht zu schweigen. Alles, was Sie sagen, kann vor Gericht gegen Sie verwendet werden. Es wird Zeit, dass Sie diesen Anwalt anrufen. Es würde mich nicht wundern, wenn Sie eine Moralklausel in Ihrem Vertrag finden, wo steht, für welche Fälle CTM Sie freistellt. Also starten Sie einen Versuch, und schauen Sie, was dabei herauskommt.«

»Warten Sie«, sagte er mit verzweifeltem Blick. »Wenn ich Ihnen helfe, Pipers Mörder zu schnappen, können wir dann nicht irgendwas vereinbaren?« Vereinbarungen waren Alan Barstows Hauptbeschäftigung. Er hoffte, in seiner Komfortzone würde er besser zurechtkommen.

»Wenn Sie Informationen haben, die zur Verhaftung und Verurteilung von Piper Winnicks Mörder führen, werde ich mein Bestes tun, um Ihnen zu helfen«, versprach Nora.

»Okay«, stimmte Barstow zu. »Ich kooperiere mit Ihnen. Ich werde es schriftlich festhalten. Vielleicht fangen wir ganz entspannt noch mal von vorne an. Ich glaube, ich weiß, wer Piper umgebracht hat. Ich war's nicht. Und Danny auch nicht.«

94

Justines zweiter Besuch bei der Hütte im Topanga Canyon erfolgte bei Tageslicht. Sie stand mit Dr. Sci und Nora Cronin ein paar Meter von dem Blumenbeet entfernt, in dem Autoreifen frische Spuren hinterlassen hatten.

Danny hatte recht gehabt: In der Mordnacht hatte ein Wagen im Beet gestanden. Außerdem hatte Danny vermutet, dass der Fahrer dieses Wagens und der Mörder ein und dieselbe Person waren.

Der Reifenspurenspezialist vom LAPD schoss ein paar Fotos, legte ein Metermaß neben die Spuren und drückte noch einmal ab.

»Danke, Stan. Für den Moment reicht das«, sagte Nora.

Dr. Sci war aufgeregt wie ein Kind an seinem Geburtstag. »Die Reifenspur sieht wunderbar aus, Justine. «

Dem LAPD standen in seinem Labor nur zwei große Leica-Scanner zur Verfügung, Sci hingegen benutzte einen tragbaren ZScanner 700 CX, das modernste selbstpositionierende Gerät, das dreidimensionale Farbbilder in Echtzeit aufnahm. Ein besseres Gerät gab es nicht.

»Mir persönlich ist es ja egal, ob Sie ein Angeber sind, Sci, aber Häme ist irgendwie voll Panne«, erwiderte Nora.

Sci lachte. »Ach, Sie sollten einfach dankbar sein, dass Jack die fünfzigtausend für das Ding ausgegeben hat.«

»Wenn wir den Drecksack wegen Ihres Scanners schnappen, werde ich Jack auf den Mund küssen, in Ordnung?«

Sci grinste. »Die Zustimmung müssten Sie wohl eher von Jack einholen.«

Der 3D-Scanner sah aus wie zwei Haartrocknerdüsen, die an einen gemeinsamen Griff geschweißt waren. Sci legte ein Netz aus kleinen Passmarken in die Reifenspur und ließ den Scanner in einer gleichmäßigen Bewegung darübergleiten. Währenddessen wurde das Bild bereits auf den Rechner übertragen, den Justine auf einem Baumstumpf in der Nähe aufgebaut hatte. Alles, jede Kammlinie und Welle, erschien auf ihrem Bildschirm.

Nora stellte sich neben Justine und beobachtete, wie das Bild durch das Programm gejagt und mit sechstausend unterschiedlichen Mustern in der Datenbank verglichen wurde.

Justine hielt den Atem an, als das Programm bei einer Reifenspur, die identisch mit dem von Sci eingescannten Bild war, das Wort »Treffer« auf dem Bildschirm aufblinken ließ. »Hier haben wir was«, sagte sie.

Sci stellte sich neben Nora und blickte mit ihr über Justines Schulter. »Ein N-spec«, stellte Sci fest. »Ein Porsche-Standardreifen. Justine, darf ich?« Sci tippte etwas in den Rechner ein. »Die N-spec-Reifen haben ein spezielles Profilmuster. Genau, eine dünne Furche um den äußeren Rand. Ich würde sagen, es ist der typische Reifen für einen 911er. Hey, und seht euch das hier an«, fuhr Sci fort und zeigte auf eine flache Markierung, die nicht zur Reifenspur gehörte. »Das ist der Teilabdruck eines Schuhs. Von der Schuhspitze. Der Typ ist beim Aussteigen in den Dreck getreten. Schade, dass er die restlichen Fußspuren vernichtet hat, als er wieder weggefahren ist.«

»Kannst du damit was anfangen?«, fragte Justine.

»Selbst wenn wir den Schuhtyp identifizieren könnten, reicht das nicht für die Größe oder das spezifische Abriebmuster.«

Justine dachte an den frühen Vormittag vom Vortag. Sie war den Weg hinter Dannys Hütte entlanggerannt, wo sie die Rufe gehört hatte. Del Rio hatte sie eingeholt, dann hatte sie gehört, wie hinter ihnen Autotüren zugeschlagen wurden.

Del Rio war weitergegangen, während Justine zur Hütte umgekehrt war. Dort hatte sie mit den Männern gesprochen, die gerade eingetroffen waren, um Danny zu helfen: Schuster, Barstow und Koulos.

Sie hatte nicht auf ihre Autos geachtet und konnte wegen der Dunkelheit bei keinem sagen, um welche Marke es sich gehandelt hatte. Dennoch … eines davon hätte ein Porsche sein können. Welches Modell? Und wer hatte ihn gefahren?

Sie wusste es nicht. Aber alle Autos hatten auf der Kieseinfahrt geparkt. Wenn einer dieser drei Männer schon zuvor da gewesen war und eilig seinen Porsche neben und nicht hinter dem Ferrari im Blumenbeet geparkt hatte, während Danny noch schlief …

»Wir können das auf altmodische Weise überprüfen«, sagte Justine.

»Justine, jetzt mach aber mal halblang!«, schrie Nora sie vor Sci und Stan und in Hörweite aller anderen von der Spurensicherung an. »Ich bekomme keinen Haftbefehl auf Grundlage einer Reifenspur, die auf weiß Gott wie viele Porsches in L. A. passen könnte.«

Justine war sprachlos, weil sie es nicht gewohnt war, nach Regeln zu arbeiten, geschweige denn angeschrien zu werden. Natürlich hatte Nora recht. Aber es gab noch andere Möglichkeiten. »Kannst du die Verkehrskameras überprüfen, Nora? Vielleicht geht das ja ohne Haftbefehl.«

95

Justine hatte zwei Minuten gebraucht, um über die Datenbank herauszufinden, welcher von Dannys Betreuern einen Porsche 911 besaß. Anschließend hatten sie und Del Rio sich auf den Weg gemacht, um an den naheliegenden Stellen nach diesem Wagen zu suchen, jedoch ohne Erfolg.

Jetzt parkte Del Rio seinen Wagen in Bel Air in der kreisförmigen Auffahrt eines sechs Millionen teuren, tausend Quadratmeter großen Hauses im mediterranen Stil. Er nahm seine Waffe aus dem Handschuhfach und ließ sie in sein Schulterhalfter gleiten. »Justine, es gibt keinen Grund, sich darüber aufzuregen. Wie mein alter Zellengenosse zu sagen pflegte: ›Wenn du das, was du suchst, nicht auf der Straße findest, geh in irgendein Haus und nimm es dir.‹«

»Na prima. Wir befolgen den Rat eines Sträflings.«

»Und nicht zu vergessen: Er war auch mein Zellengenosse.«

Justine lachte. »Ist nicht böse gemeint, Rick. Für mich bist du kein Knacki.«

»Ich fühle mich geehrt. Bist du bereit, dein Leben und deinen Ruf zu riskieren?«

»Vielleicht. Ich meine, dann mal los.«

Eine junge, freundlich lächelnde lateinamerikanische Haushälterin öffnete die Haustür unter dem Säulenvorbau. »Tut mir leid«, sagte sie. »Es ist niemand zu Hause.«

Del Rio hielt seine Dienstmarke hoch und öffnete die Jacke, um der Haushälterin seine Waffe zu zeigen. »Ist schon in Ordnung, Miss, wir sind befugt, eine kurze Durchsuchung und Beschlagnahmung durchzuführen.«

»Wir streichen gerade das große Zimmer«, jammerte sie.

»Keine Sorge«, beruhigte Justine sie. »Wir passen auf, dass wir in nichts reintreten. Wo ist das Schlafzimmer?«

An einem anderen Tag hätte Justine ihren Spaß an einer Besichtigung einer Fünf-Sterne-Gastronomieküche, der Loggia und des Pools, des Vorführraums und des Schlafzimmers gehabt, das wie aus einem James-Bond-Film aussah und mit mehr technischem Schnickschnack ausgestattet war als der Kontrollraum im Weißen Haus.

Justine erwartete einen aufgeräumten Schrank im Schlafzimmer, doch dieser hier war der reinste Saustall. Teure Kleider hingen wahllos an Haken, die Schuhe unter den Fächern standen kreuz und quer, ohne eine besondere Ordnung erkennen zu lassen.

Rick blieb an der Tür stehen, während Justine mit Handschuhen die Schuhe durchging. Sie suchte nach gummiähnlichen Sohlen, die zu den etwas mehr als fünf Zentimetern des verwertbaren Schuhabdrucks neben der Reifenspur passten.

Justine hielt kurz inne, um die Schuhe in Gedanken zu sortieren, bevor sie sich auf sie stürzen wollte, doch dann entdeckte sie bereits, wonach sie suchte – ein Paar ASICS GEL-Kayanos, der absolute Trend in auffälliger Freizeitkleidung für Männer.

Sie nahm den linken Schuh vom Haufen, drehte ihn um und zeigte Del Rio, den sie zu sich gerufen hatte, die Sohle.

»Das Gute an einer Übertragung ist, dass sie in beide Richtungen funktioniert. Die Schuhe hinterlassen einen Abdruck auf dem Boden. Und der Boden – siehst du?«

»Ich sehe einen dunklen Krümel von was weiß ich.«

»Ich sehe einen glücklichen Tag für Dr. Sci.«

Justine versiegelte den Schuh in einer Beweismitteltüte, als die Haushälterin hinter Rick auftauchte.

»Sie bringen mich in Schwierigkeiten«, sagte sie.

»Nein, nein«, beruhigte Rick sie mit der sehr geduldigen, väterlichen Version seiner Stimme. »Sagen Sie niemandem, dass wir hier waren. Das ist eine streng geheime Ermittlung, die unter dem kalifornischen Siegel der Verschwiegenheit steht. Haben Sie das verstanden?«

Sie bogen von der North Bentley Avenue ab, als Justines Telefon klingelte. Es war Nora. »Hast du was herausgefunden?«, fragte Justine und schaltete den Lautsprecher ein, damit Rick mithören konnte.

»Der Porsche wurde an diesem Morgen zwischen zwei und halb drei an sechs Ampeln erfasst. Er fuhr von Bel Air nach Topanga Canyon, und zwar schnell, mit übers Lenkrad gebeugtem Fahrer, so dass wir gute Aufnahmen von seiner Visage haben.«

»Das klingt hervorragend, Nora. Und ich glaube, wir haben noch ein Sahnehäubchen für deinen Leckerbissen.«

96

Ich hatte meine besten Sachen an, hatte das Aftershave aufgelegt, das Justine mir geschenkt hatte, und fuhr in meinem Lamborghini mit einem Affenzahn vom Büro nach Beverly Hills. Justine neben mir drängte mich, noch einen Zahn zuzulegen.

Sie war gereizt, und sie redete mit mir wie mit einer Aushilfskraft.

Auf der I 110 wurde die geforderte Geschwindigkeitsbegrenzung von einhundertzehn Stundenkilometern von allen geflissentlich übersehen. Ich trat das Gaspedal so weit durch, bis ich ganz knapp über einhundertzwanzig war. Trotzdem drohte mir Justine immer noch mit der Peitsche.

»Wenn wir angehalten werden, mach dir keine Sorgen«, sagte sie. »Ich habe eine Freundin beim LAPD.«

»Ich bin derjenige, der auf Kaution frei ist, Justine. Die Kaution kann widerrufen werden. Fordern wir mein Glück lieber nicht heraus.«

»M-hm«, stimmte Justine zu, sah auf ihre Uhr und dann nach vorn auf die Straße. Ich wusste, dass sie draußen nichts sah. Sie steckte in ihrem Kopf, dachte rückwärts, projizierte vorwärts.

»Justine. Hallo, ich bin's, Jack. Gleich hier neben dir.«

»Ich lasse die Sache noch einmal vor meinem inneren Auge Revue passieren«, wimmelte sie mich mit ungeduldiger Stimme ab.

»Okay.«

»Danny hätte den Film zu Ende drehen können, aber

weil er so durch den Wind ist, wäre der Film ein Reinfall geworden. Und wäre beim Publikum nicht angekommen. Ein Desaster an der Kinokasse würde mit Sicherheit einen Bankrott nach sich ziehen.«

»Pipers Tod hat dem Film ein Ende gesetzt.«

»Ja. Wer hätte gedacht, dass das von Vorteil sein könnte?«

Ich überließ Justine ihren Gedanken, während ich über andere Kämpfe nachdachte, die wir miteinander ausgefochten hatten. Wie gerne hätte ich die Sache zwischen uns wieder ins Lot gebracht. Ich vermisste Justine. Ich wünschte, mein Gefühl würde auf Gegenseitigkeit beruhen.

Nachdem wir die Schnellstraße verlassen hatten, nahm ich eine Abkürzung durch Beverly Hills, die uns noch einige Minuten einsparte. Auf dem North Crescent Drive hielt ich vor dem berühmten rosafarbenen Fünf-Sterne-Hotel.

Während ich dem Parkdienst den Schlüssel gab, zog Justine ihr Telefon aus der Tasche und rief Nora Cronin an, die aus ihrem eigenen Wagen stieg. Andere Zivilfahrzeuge der Polizei fuhren vor. Ich hörte, wie Nora den Parkdienst anwies, die Polizeiautos an Ort und Stelle stehen zu lassen.

Das lebensgroße Foto von Piper Winnick neben dem Eingang war mit schwarzem Krepp umrahmt, unter ihrem jungen, engelhaft-hübschen Gesicht standen ihre Geburts- und Todesdaten.

Justine und Nora unterhielten sich kurz unter der Markise, bevor Justine zu mir kam. »Wir sind spät, Jack, aber nicht zu spät«, sagte sie. Ich reichte ihr meinen Arm, und gemeinsam schritten wir den roten Teppich entlang, der zwischen rechteckigen Säulen drei Stufen hinauf in das pompöse Hotel führte.

97

Justine versuchte, alles auf einmal zu erfassen, als sie den Crystal Ballroom betrat, einen prächtig eingerichteten runden Jugendstilsaal, der mehr oder weniger noch genauso aussah wie zur Eröffnung des Hotels im Jahr 1931.

Justine kontrollierte mit einem Blick die Ausgänge und die Fenster mit den seidenen Vorhängen sowie die großen Glastüren, die zum Crystal Garden hinausführten. Und die Tische unter den prunkvollen Kronleuchtern vergaß sie natürlich auch nicht.

Hier waren nur Prominente anwesend: junge und alte Filmstars, Modedesigner und Talkshow-Moderatoren. Pipers Eltern saßen gleich vor der Bühne, Dannys Leute an einem Tisch in der Mitte des Raums: Larry Schuster und Alan Barstow sowie Dannys Gefolge samt Freundinnen und Ehefrauen.

Wenn sie und Nora die Sache nicht verpatzten, könnte Danny Whitman noch an diesem Abend aus dem Gefängnis entlassen werden.

Auf einer Leinwand hinter der Bühne wurden Fotos von Piper Winnick gezeigt, Standbilder aus ihren Filmen und Bilder aus ihrer Kindheit. Ein Meter fünfzig hohe Vasen mit weißen Rosen säumten die Bühne, überall flackerten Kerzen.

Hinter dem Rednerpult auf der Bühne stand Mervin Koulos. Der eins achtzig große, perfekt gekämmte Hollywood-Produzent eines für Hollywood auf unübliche Weise gescheiterten Films wirkte beeindruckend.

Einer seiner Stars war tot, der andere saß im Gefängnis. Koulos hatte sich ausgerechnet, dass genau dieses Chaos seine Rettung wäre.

Justine ging an der linken Wand entlang zur Bühne, Nora Cronin kam von der anderen Seite her.

Merv Koulos erzählte eine Geschichte über Piper, hatte aber Mühe, die Worte über die Lippen zu bekommen. »Ich werde nie vergessen, wie Piper für die Rolle der Gia in *Shades of Green* zum Casting kam. Sie sagte: ›Merv, ich habe schon mein ganzes Leben lang davon geträumt, mit Danny Whitman zusammenzuarbeiten.‹ Ein ganzes Leben lang.« Er schluckte schwer, seine Stimme schnappte über. »Stellen Sie sich das vor. Sie war erst sechzehn.«

Justine und Nora hatten die Bühne erreicht, doch Koulos sah nur Justine, die die Stufen hinaufgegangen war und jetzt seinen Arm berührte.

Koulos schreckte zusammen, machte ein verwirrtes Gesicht und legte seine Hand übers Mikrofon. »Dr. Smith, was soll das?«, fragte er.

»Merv, ich möchte, dass Sie den Anwesenden sagen, Sie müssten dringend fort. Zu einem Notfall.«

Koulos behielt seine Hand über dem Mikrofon. »Was auch immer Sie vorhaben, es kann warten. Falls Sie es noch nicht bemerkt haben, ich halte eine Laudatio.«

»Merv, sehen Sie dort links die Frau im blauen Blazer, die Ihnen zuwinkt? Das ist Lieutenant Cronin. Mordkommission. Sie ist es, die dringend mit Ihnen sprechen muss.«

Koulos machte ein finsteres Gesicht. Das Tuscheln an den Tischen wurde immer lauter. »Meine Damen und Herren«, sprach Koulos ins Mikrofon, »die Unterbrechung tut mir sehr leid. Uns wird hier ein ziemlich übler Streich gespielt. Würde bitte jemand die Sicherheit verständigen?«

Nora marschierte, gefolgt von drei uniformierten Polizisten und mit ihrer Dienstmarke in der Hand, über die Bühne zum Rednerpult. »Mr Koulos, bitte nehmen Sie Ihre Hände hinter den Rücken«, forderte sie ihn auf.

»Sind Sie wahnsinnig?« Koulos blickte zum Publikum hinunter. »Ich brauche Hilfe hier oben. Alan? Kannst du mal kommen?«

Stille legte sich über den Saal, dann packte Koulos die Panik. Er rannte los Richtung Bühnenausgang, stieß dabei das Mikrofon vom Rednerpult, doch die Polizisten waren schneller. Sie brachten ihn zu Fall und zogen seine Arme auf den Rücken, damit Nora ihm die Handschellen anlegen konnte.

Das auf den Boden gefallene Mikrofon verstärkte Koulos' verzweifelte Rufe nach Hilfe und Nora Cronins Erwiderung: »Mervin Koulos, ich verhafte Sie wegen des Mordes an Piper Winnick.«

Jetzt bekamen auch die Zuschauer Panik. Frauen schrien, Stühle kippten um.

»Die Hölle wird über Ihnen zusammenbrechen«, zeterte Koulos lautstark, während Nora ihn über seine Rechte informierte. »Wenn ich mit Ihnen fertig bin, werden Sie nur noch Parkuhren kontrollieren. Und das auch nur, wenn Sie Glück haben.«

Nachdem die Polizisten Koulos geholfen hatten aufzustehen, wandte sich Justine ab und ging die Stufen hinunter. Ihre Arbeit war erledigt. Auf dem Weg zum Ausgang dachte sie über Gier nach – wie Koulos auf viel zu großem Fuß gelebt, zu viel Geld geliehen und in diesen Film mit Danny Whitman gepumpt hatte, einem Typen, der viel zu kaputt war, um den Anforderungen gerecht zu werden.

Koulos allerdings hatte eine Versicherung auf den Film

in Form einer Fertigstellungsgarantie im Wert von hundert Millionen Dollar abgeschlossen. Dieses Geld stand ihm jetzt nicht mehr zu.

Jack wartete auf Justine an der Tür, legte einen Arm um ihre Taille und führte sie nach draußen. »Gute Vorstellung«, lobte er sie. »Gute Vorstellung mit einem hervorragenden Ergebnis.«

Dritter Teil

Sackgasse

98

Um acht Uhr abends stand ich am Eingang von Private Investigations und wünschte meinem Freund und Anwalt Eric Caine eine gute Nacht. Er hatte es nicht direkt gesagt, aber mich wissen lassen, dass meine Verteidigung im Fall des Staates Kalifornien gegen Jack Morgan ohne neue Beweise schlecht aussah.

Als ich die Tür schloss, zog wie aus dem Nichts ein Sturm auf. Regen peitschte gegen die Glasfront und ließ Leuchtkränze um die Scheinwerfer der vorbeiströmenden Autos auf der Figueroa Street erscheinen.

Caine rannte zu seinem Wagen, und ich ging die gewundene Treppe zu meinem Büro hinauf, wo ich vorhatte, weitere vier oder fünf Stunden zu meinem Nutzen zu arbeiten.

Zwischen dem zweiten und dritten Stock kam mir Justine entgegen. Sie trug noch immer das schwarze Kleid wie zu Piper Winnicks Trauerfeier. Mein Herz machte einen Satz wie jedes Mal, wenn ich sie sah. »Hey«, grüßte ich sie.

Justine grüßte mit einem »Hey« zurück und ging weiter. Ich blieb stehen. »Justine, hast du schon was gegessen? Lass uns doch unseren Koulos-Sieg feiern …«

»Nein danke, ich bin völlig erledigt. Ich muss nach Hause.«

»Bist du sicher, dass Linguini marinara und ein guter Wein nicht besser sind als ein Abend allein zu Hause? Ich muss mit dir reden.«

»Nicht heute Abend, Jack. Sag Cody, er soll mich morgen in deinen Zeitplan einbauen.«

Sie wollte an mir vorbeigehen, was mir aber nicht gefiel.

So müde konnte sie auch nicht sein, um nichts mehr mit mir zu tun haben zu wollen. Sie behandelte mich wie jemanden, der im Schnellrestaurant in der Schlange hinter ihr stand und ihr gegen den Hals pustete, während er in sein Telefon quasselte.

»Dann gib mir wenigstens jetzt ein paar Minuten«, verlangte ich. »Wirst du das Stellenangebot annehmen? Das muss ich wissen.«

Justine seufzte, trat von einem Bein aufs andere und schob ihre Umhängetasche zurecht. »Sie legen auf mein jetziges Gehalt noch fünfzehn Prozent drauf.«

»Dann ist deine Entscheidung gefallen?«

»Mir gefällt Private. Mir gefällt meine Arbeit.«

»Bleib, Justine. Ich ziehe mit ihrem Angebot mit und lege noch was drauf.«

»Danke. Lass mir bis morgen früh Zeit zum Nachdenken.«

»Du bist sauer auf mich, Justine. Das verstehe ich. Aber würdest du bitte mit mir reden? Ich möchte über … uns reden.«

Justines eiskalter Blick war mir noch sehr gut aus der Zeit vertraut, in der wir zusammengelebt hatten und öfter aneinandergeraten waren. »Es gibt kein ›uns‹, Jack«, schnauzte sie. »Und ich bin mir nicht sicher, ob es das jemals gab. Aber darauf pfeife ich. Als deine Freundin möchte ich dir jedoch sagen: Lass Tommy keinen Moment aus den Augen.«

Nach der Trauerfeier hatte ich Tommy von seinem Büro bis zu ihm nach Hause beschattet, ihn beobachtet, wie er mit einem Rasensprenger herumhantiert und sein Haus betreten hatte, um sich dort sein hausgemachtes Essen servieren zu lassen. Sein Telefon war angezapft, sein Wagen verwanzt, und genau in diesem Moment überwachte Mobot die Übertragungen der Minikameras, die ich auf sein Haus gerichtet hatte.

»Da ich keinen Sender in sein Hirn implantieren kann, gibt es nicht mehr viel, was ich noch tun kann«, erwiderte ich.

»Tommy hat mich wieder angemacht, Jack. Ich nehme ihn nicht ernst, aber du solltest es tun.«

Wieder? Tommy hatte Justine *wieder* angemacht?

Ich hatte das Gefühl, als würde mir jemand ganz langsam ein Messer in den Bauch schieben. Nicht weil Tommy immer noch zu mir in Konkurrenz ging, was Frauen betraf, sondern weil Justine die Klinge so geschärft hatte, dass sie ganz tief in mich eindringen konnte. »Bist du mit ihm ausgegangen?«, wollte ich wissen.

»Als du im Gefängnis warst. Rein geschäftlich. Zumindest für mich.«

»Sehr nett, Justine. Danke, dass du mich auf dem Laufenden hältst.«

»Wir sehen uns morgen«, verabschiedete sie sich und drückte sich am Geländer an mir vorbei.

Ich blieb auf der Treppe stehen, bis die Schritte ihrer hohen Absätze auf den Metallstufen verhallt waren.

Ich hab's kapiert, Justine.

Der letzte Stich saß.

99

Ich kippte im Aufenthaltsraum einen Energy-Drink, während ich darauf wartete, dass der Kaffee durchlief, und an ein paar Ausreden dachte, die ich Justine präsentieren könnte – vor allem, warum sie mir mein völlig unüberlegtes Abschiedstreffen mit Colleen vergeben sollte.

Ich bin auch nur ein Mensch. Es tut mir leid. Mehr als bereuen kann ich die Sache nicht.

Warum konnte sie mir nicht vergeben?

Ich ging in mein Büro, fuhr meinen Rechner hoch, öffnete die Dateien im »Colleen«-Ordner und sah mir die Fakten noch einmal durch, von denen Colleen mir nie erzählt hatte.

Erstens: Gleich nach der Highschool hatte Colleen einen Mann namens Kevin Molloy geheiratet. Sechs Monate später war die Hochzeit annulliert worden, doch Colleen hatte den Ehenamen behalten. In dem Jahr, in dem Colleen und ich zusammen gewesen waren, hatte sie keinen Exmann erwähnt, kein einziges Mal. War Molloy ihr nach L. A. gefolgt? Liebte er sie immer noch?

Zweitens: Ein Geschäftsmann namens Sean McGough hatte 2009 Colleens Reise in die USA bezahlt. McGough lebte in Dublin und hatte Irland seit drei Jahren nicht verlassen. In welcher Verbindung standen McGough und Colleen? Und warum hatte sie mir auch von ihm nichts erzählt?

Drittens: Mike Donahue. Colleen hatte gesagt, er sei für sie wie ein Onkel. Wie das Leben von Molloy und McGough hatte ich auch das von Donahue durch ein elektronisches Sieb gejagt. Seit 2002 war er amerikanischer Staatsbürger, hatte zwei Strafzettel in L. A. und einen in Seattle erhalten, wo er Unterhalt für einen siebenjährigen Jungen zahlte. Die Mutter des Kindes hatte er nicht geheiratet.

Für Donahue wäre es ein Leichtes gewesen, Colleen zu töten. Sie hatte ihm vertraut. Doch ich hatte nie das Gefühl gehabt, dass er auf mich eifersüchtig gewesen war oder für sie geschwärmt hatte. Für mich war er immer nur der onkelhafte Mann mit dem irischen Pub gewesen, Colleens Stammkneipe, als sie in Los Feliz gewohnt hatte. Eine Sackgasse.

Der nächste Ordner.

Ich hatte alle persönlichen E-Mails zwischen Colleen und mir ab dem Tag gesammelt, an dem wir uns das erste Mal geküsst hatten. Eine Weile gab ich mich der Zeitreise hin, verlor mich in ihren und meinen Worten, erinnerte mich an unsere zunehmende Verliebtheit im Büro, an die Nächte, die wir in ihrem von Rosen umgebenen Häuschen verbracht hatten.

Und ich erinnerte mich an Donahues Anruf. »Komm so schnell du kannst ins Krankenhaus.« Ich erinnerte mich an die blutigen Verbände um ihre Handgelenke, daran, was sie sich angetan hatte, nachdem ich mit ihr Schluss gemacht hatte.

Ich erhob mich, ging im Flur auf und ab, holte mir noch einen Kaffee und blickte auf die Figueroa Street hinunter. Der Regen war weitergezogen. Ich kehrte in mein Büro zurück und öffnete den Video-Ordner.

Ich hatte alle dort gespeicherten Aufnahmen bereits gesehen, nur die eine nicht, die Mo-bot gemacht hatte, als Tandy und Ziegler mich wie einen Verbrecher zu ihrem Wagen geführt hatten. Ich zwang mich, mir diesen Film aus Mobots Blickwinkel aus dem ersten Stock anzusehen.

Ich sah mich, wie ich, aus dem Treffen von Private Investigations Worldwide herausgerissen, zwischen Tandy und Ziegler ins Freie trat. Die Medien hatten mir Fragen zugerufen. Ich hielt den Kopf nicht nur wegen der blendenden Sonne gesenkt.

Ich sah mir jedes Bild einzeln an – und sah etwas, das mir an jenem Tag nicht aufgefallen war. Ich korrigiere mich: Ich sah jemanden. Clay Harris.

Clay Harris war ein entferntes Mitglied der Morgan-Familie, alles andere als harmlos, eher ein Familienfluch.

Das konnte kein Zufall sein.

Harris wohnte in Santa Clarita, fast vierzig Kilometer außerhalb von L. A., und trotzdem stand er dort, gut sichtbar für mich, hinter dem Medienpulk.

Warum lungerte Harris genau in dem Moment vor Private herum, als ich verhaftet wurde? Er lächelte, und ich glaubte zu wissen, warum.

100

Emilio Cruz gefiel dieser Auftrag überhaupt nicht. Es war ein »böser Auftrag«. Als würde ein Mittelgewichtler auf der Straße plötzlich in eine Rangelei mit einem Schwergewichtler verwickelt werden. Der Kleinere der beiden konnte nur hoffen, den Kampf zu überleben.

Cruz verstand, warum Jack diesen Auftrag für Noccia erledigen musste. Der Typ war die Pest. Er war rachsüchtig. Er tötete Menschen. Und er wurde nie erwischt.

Cruz erledigte diesen Auftrag nicht nur für Jack, sondern auch für seinen Partner.

Rick war über vierzig. Er war steif. Er war langsam. Er würde Wände hinaufklettern müssen. Im Dunkeln.

Scotty glich einige von Del Rios Handicaps aus. Er konnte mit einem Arm ein Rad schlagen und rennen wie ein Gepard. Doch er war ehemaliger Motorradpolizist. Er hatte sich nie außerhalb des Gesetzes bewegt wie jetzt, und einen Auftrag für die Mafia zu erledigen stand allem entgegen, was ihn zu einem guten Polizisten gemacht hatte.

Rick fuhr umher auf der Suche nach einem Parkplatz, Scotty saß hinter Cruz, zappelte mit dem Knie und stieß dabei gegen den Vordersitz.

»Rick, lass uns lieber hinten die Mauer durchbrechen«, wiederholte Cruz. »Das mit dem Dach gefällt mir nicht. Echt nicht.«

»Verlassen wir uns doch einfach auf das, was Scotty herausgefunden hat«, erwiderte Del Rio geduldig. »Wenn wir von hinten durch die Mauer eindringen, wissen wir nicht, was uns erwartet. Hinter der Mauer könnten schwere Sachen stehen. Oder an der Stelle sind Rohre verlegt.«

Del Rio fluchte, weil es auf der Boyd Street, wo sie zuvor geparkt hatten, keinen freien Platz mehr gab. Auf beiden Straßenseiten nicht.

»Ricky, ich sag's noch mal: Mir gefällt das nicht«, drängte Cruz.

»Da!« Del Rio stellte sich in das Parkverbot einer Einfahrt, die vielleicht nicht die Aufmerksamkeit eines zufällig vorbeifahrenden Streifenwagens auf sich ziehen würde. Wenn sie Glück hatten.

Noch bevor der Wagen hielt, war Scotty bereits ausgestiegen. Ganz in Schwarz gekleidet, die Skimaske in der Hand, überquerte er die Straße. Auf der Artemus Street duckte er sich in den Schatten der Außentreppe der Töpferei, und wieder rüttelte er an einem der Fenster, bis der Alarm ausgelöst wurde.

Dieser war mehrere Straßenzüge weit zu hören, aber auch die Mitarbeiter von Bosco Security Systems würden per Telefon über den Vorfall informiert werden.

Die gleichen Leute, die vierundzwanzig Stunden zuvor am Telefon gesessen hatten, verrichteten höchstwahrscheinlich auch jetzt ihren Dienst. Sie hatten von dieser Adresse drei Mal falschen Alarm erhalten, und das Team Del Rio zählte darauf, dass Bosco dem Besitzer des Gebäudes und der Polizei erzählen würde, der Alarm deute auf einen Systemfehler und nicht auf einen Einbruch hin.

Das Team Del Rio wartete auf das Team der Polizei, doch nichts passierte.

Eine Viertelstunde später überquerten Cruz, Scotty und Del Rio die Anderson Street und huschten in die enge Lücke zwischen der Töpferei und dem Autoteilezulieferer nebenan.

Nur von zwei vorbeifahrenden Fahrzeugen aufgeschreckt kletterten sie wie Bergsteiger in einer Felsspalte zwischen den Gebäuden hinauf zum Dach.

101

Scotty schwang ein Bein über die niedrige Mauer am Rand des Dachs, zog sich hoch und reichte Cruz und Del Rio nacheinander die Hand, um ihnen nach oben zu helfen.

»Runter«, wies Del Rio seine Kollegen an. Hinter die Wand gekauert schnappten sie nach Luft.

Nachdem einige Minuten vergangen waren, erhob sich Del Rio und ging zu den elektrischen Leitungen, die vom Mast auf der Anderson Street zum Dach liefen. Diese kappte er mit einer Drahtschere und stellte damit dem Lager unter ihnen den Strom ab. Alle Leitungen – der Alarm, die Bewegungsmelder, die Telefone – müssten tot sein.

Doch fast im gleichen Augenblick schrillte die Sirene los.

Reflexartig und erschrocken ging Del Rio in Deckung. »Der Alarm ist mit einer Batterie gesichert. Und funktioniert offenbar drahtlos.«

»Lasst uns hier verschwinden«, verlangte Cruz.

Mitten in einem schrillen Ton erstarb die Sirene.

»Die hat der Sicherheitsdienst abgeschaltet«, behauptete Del Rio. »Wahrscheinlich haben sie heute Nacht genug Lärm gehabt. Emilio, es ist alles in Ordnung. Wir bleiben. Pass auf, dass niemand kommt.«

Del Rio ließ noch weitere zehn Minuten verstreichen, bevor er aufstand und ein paar Meter übers Dach ging, bis er ungefähr die Mitte zwischen der Anderson und der Artemus Street erreicht hatte. Dort nahm er seine akkubetriebene Säge heraus und schaltete sie ein. Sie war so leise, dass die Wachhunde in der Nachbarschaft nicht aufwachen würden und niemand vorbeikäme, um nachzusehen.

Scotty und Cruz standen neben Del Rio, der das Sägeblatt mühelos durch die alten und neuen Schichten aus Teer- und Bitumendachpappe und die darunterliegenden Sperrholz- und Rigipsplatten zog. Das Material fiel durch die Öffnung und landete scheppernd auf dem Boden. Sie lauschten in der nachfolgenden Stille, dann öffnete Scotty seine Trickkiste.

Er setzte seine Grubenlampe auf und zog ein fünfzehn Meter langes militärtaugliches, zweieinhalb Zentimeter dickes Seil aus der Tasche. Ein Ende band er um den Schornstein, in den Rest setzte er einige Knoten und trat ans Loch.

»Mach langsam«, sagte Del Rio, was dem vor nervöser Energie strotzenden Scotty nur ein Lächeln entlockte.

Er zog das geknotete Seil straff und glitt durchs Loch in den Trockenraum hinab, wo die Tontöpfe gebrannt wurden. Del Rio und Cruz folgten ihm.

Sobald Cruz wieder Boden unter den Füßen hatte, ging er ins Büro, wo er die Notfallalarmanlage suchte. Sie befand sich neben dem Schaltkasten. Er nahm die Batterien heraus und stellte einen Mobilfunkstörsender auf, falls das drahtlose Signal wieder aktiv werden sollte.

Del Rio ging in der Zwischenzeit vom Trockenraum in die hintere rechte Ecke des eigentlichen Lagers, wo Scotty den Transporter gesehen hatte. Doch Del Rio sah keinen Transporter, sondern nur Regale mit Blumentöpfen.

Das konnte doch nicht wahr sein!

Private-Ermittler hatten dieses Lager eine Woche lang jeden Tag in drei Schichten beobachtet. War der Transporter auseinandergebaut und in Einzelteilen weggeschafft oder im Ganzen in einem Sattelschlepper hinausgefahren worden?

Del Rio wollte schon Jack anrufen, als Scotty auf seinen Gummisohlen wie eine Katze vorbeischlich und ihm den Wagen zeigte – versteckt und fast vollständig verbarrikadiert hinter den Regalen.

»Warum nehmen wir nicht einfach den hier?«, fragte er.

»Von mir aus«, antwortete Del Rio, erleichtert, dass es Jack erspart blieb, Noccia anzurufen und zu sagen, der Transporter wäre verschwunden.

102

Der Transporter, ein alter weißer Ford, der, wie die Bilder an den Seiten verrieten, einem Gemüseladen gehört hatte, war mit zwei Schiebetüren an den Seiten, einer Ladeöffnung hinten und rundum mit dunklen Scheiben ausgestattet. Er stand fünfzehn Meter von den Rolltoren entfernt auf der anderen Seite der Lagerhalle und mit der Fahrer- und Rückseite dicht an der Wand. Von den anderen beiden Seiten war er, um ihn zu verstecken, mit fünfzig Zentimeter tiefen und zwei Meter hohen Metallregalen zugestellt.

Del Rio drückte sich an der Wand entlang zur Fahrertür, die allerdings verschlossen war. Auch alle anderen Türen ließen sich nicht öffnen.

Mist hoch drei.

Del Rio zog eine kurze Brechstange aus der Tasche, schlug damit die Scheibe auf der Beifahrerseite ein und entriegelte die Tür von innen. Mit dem Handschuh fegte er die Scherben vom Sitz, warf seine Tasche in den Fußraum und setzte sich hinters Steuer.

Nachdem er das Innenlicht eingeschaltet hatte, blickte er auf das Zündschloss. Wie gerne hätte er dort einen Schlüssel mit baumelndem Anhänger entdeckt. Leider Fehlanzeige. Was er auf dem Zündschloss allerdings sah, war Blut. Und das befand sich auch auf dem Lenkrad und auf der Windschutzscheibe, wo außerdem noch Knochensplitter und Hirnmasse klebten.

Die Überreste von Noccias Fahrer.

Del Rio suchte unter den Matten und über den Sonnenblenden nach dem Schlüssel. Nichts. Er rief Scotty zu, er solle nur für den Fall der Fälle auf den Autoreifen nachsehen, doch nachdem auch Scotty nicht fündig geworden war, gab Del Rio alle Türen über die Zentralverriegelung frei.

Er stieg aus und drückte sich an den Regalen vorbei. Eins begann, weil er mit der Schulter dagegenstieß, gefährlich zu schwanken. Auf den Adrenalinschub hätte er gerne verzichtet. Er stellte sich Cruz' Telefonat vor: »Hallo, Jack. Ricky hatte einen Herzinfarkt. Was soll ich jetzt tun?«

»Alles in Ordnung, Rick?«, rief Cruz.

»Alles bestens. Zeig mal, wie schnell du den Motor anbekommst.«

Cruz zwängte sich zwischen Transporter und Regal, stieg ein, löste mit dem Schraubendreher an seinem Taschenmesser die Abdeckung von der Zündung und hantierte an den Drähten herum.

Del Rio verschaffte sich in der Zwischenzeit Zugang zur Ladefläche des Transporters und prüfte den Inhalt.

Er zählte die Stapel mit Kartons, multiplizierte sie mit der Anzahl pro Stapel und kam auf vierhundert, von denen alle bis auf einen noch versiegelt waren. Auf jedem Karton war die Anzahl der Flaschen, die Anzahl der Pillen pro Flasche und die Wirkstoffmenge in Milligramm pro Pille vermerkt. Er nahm eine der Flaschen heraus, schüttelte sie und stellte sie zurück.

Eine Tonne Schmerzmittel im Wert von satten dreißig Millionen Dollar.

»Houston, wir haben Zündung«, rief Scotty von vorne.

Del Rio schloss die Ladetüren und stieg vorne ein, Scotty zwängte sich zwischen die Sitze. Cruz legte den Gang ein und schaltete die Scheinwerfer an. In diesem Moment war von draußen das laute Dröhnen eines sich nähernden Motors zu hören. Die Lampen im Lager flackerten kurz und tauchten die Lagerhalle dann in grelles Licht.

Mist hoch zehn.

103

Cruz riss die Drähte auseinander, im gleichen Moment verstummte der Motor. Auch die Scheinwerfer schaltete er aus. Das Lenkrad mit den Händen umklammernd starrte er durch die getönte Windschutzscheibe. Klar, es gibt einen Generator, dachte er. Für den Fall, dass der Strom ausfällt, solange sich in den Brennöfen noch Blumentöpfe befinden.

Cruz wandte sich zu Del Rio, der ihn gleichzeitig am Arm packte und »runter!« zischte.

Und jetzt?, dachte Cruz, als er nach unten gerutscht war. Auf dem Boden der Lagerhalle lag das Material von dem ausgesägten Stück Dach, vielleicht regnete es sogar bereits herein. Wenn das jemand entdeckte … Sie saßen in der Falle.

Ein klassischer Fall von »auf frischer Tat ertappt«. Im wahrsten Sinne des Wortes. An seinen Handflächen klebte das Blut eines toten Verbrechers. Er wusste, was er zu sagen hatte, wenn man ihn aus dem Transporter zerren und mit dem Gesicht nach unten auf den Betonboden stoßen würde.

Ihr habt uns erwischt. Wir ergeben uns.

»Hört ihr das?«, fragte Scotty leise.

Über den Lärm des Generators hinweg waren Männerstimmen zu hören. Sie wurden lauter – die Männer kamen aus dem Büro ins Lager. Cruz hoffte, dass sie nicht vorhatten, die Öfen oder den Transporter zu kontrollieren. Die Stimmen kamen immer näher.

»Siehst du ihn? Ich sehe ihn nämlich nicht«, schimpfte einer der beiden Männer. »Wo steht denn die blöde Karre?«

»Er ist da. Mach dir mal keine Sorgen, Victor. Er steht da hinter den Regalen.«

Es ging also doch um den Transporter. Derjenige, der den Wagen hier abgestellt hatte, wollte sich vergewissern, dass er noch da war. Die beiden waren keine Polizisten. Sie waren Ganoven.

Cruz und Del Rio zogen ihre Waffen aus dem Hosenbund.

»Okay, okay«, sagte die erste Stimme. »Sei froh, Sammy. Ich will das Ding gleich am Morgen wegschaffen.«

»Du bestimmst.«

»Ich bestimme. Sammy, du und Mark ...«

Die Männer kehrten ins Büro zurück. Auf dem Weg dorthin wurden ihre Stimmen immer leiser.

Cruz dachte über die Namen nach, die er gerade gehört hatte. Sammy ... Es machte Klick bei ihm. Sammy mit dem Ziegenbart und den Piercings, der Typ, den er seit Jahren als fast toten Junkie kannte, machte Karriere. Der gleiche Sammy, der zwanzig Dollar für eine SMS genommen hatte, in der stand, jeder wisse, dass der Medikamentenwagen in einem Lager versteckt wurde.

Jeder wusste das?

Nein, nur bestimmte Leute wussten das. Und Sammy gehörte dazu.

Sammys Hirn war reiner Matsch. Er würde alles tun, um an einen Schuss zu gelangen.

Und der Kerl, den Sammy »Victor« genannte hatte? Cruz glaubte auch den zu kennen.

Cruz spähte über das Armaturenbrett und sah gerade noch, wie die Köpfe der beiden Typen im Büro verschwanden. Sie schlossen die Tür, dann wurden die Lichter im Lager gelöscht. Cruz' Herz pochte, seine Handflächen und Achselhöhlen waren nass.

»Mannomann«, murmelte Scotty.

»Einer dieser Typen ist Sammy«, sagte Cruz zu Del Rio. »Erinnerst du dich an ihn?«

»Türkisfarbene Cowboystiefel? Metall in der Nase?«

»Genau. Hat sich für zwanzig Dollar freigekauft. Und der andere, der nach dem Transporter sehen wollte, ist, glaube ich, Victor Spano. Gehört der nicht zur Chicago-Mafia?«

»Ja, das könnte Spano gewesen sein«, überlegte Del Rio. »Wir warten hier lieber noch ein bisschen.«

Die Zeit schleppte sich dahin. Cruz zählte zu viele Minuten in der Dunkelheit, roch seinen eigenen Schweiß, dachte daran, dass er einmal in einen Messerkampf verwickelt gewesen war, der andere aber eine Pistole gehabt hatte. Oder dass er mal mit einer Frau im Bett gewesen und ihr Ehemann ins Zimmer gekommen war.

Er dachte an seinen letzten Profikampf gegen Michael Alvarez, an den Hieb, der seine Karriere beendet hatte, als Del Rio sagte: »Okay, dann mal los.«

Del Rio schaltete das Innenlicht an, Cruz ließ Funken aus den Drähten sprühen. Als der Motor zündete, drückte Cruz aufs Gaspedal, schaltete die Scheinwerfer an, legte den Gang ein und nahm den Fuß von der Bremse. Der Wagen rollte, stieß gegen die Regale, bis sie wie in Zeitlupe, aber mit tosendem Lärm zu Boden kippten.

Cruz fuhr vor und zurück und drehte das Lenkrad hin und her, bis er den Wagen aus den Regalen herausgeschält hatte.

Zur Artemus Street hin befanden sich zwei Rolltore. Eins führte zu einer befahrbaren Rampe, die auf die Straße hinausging, das andere zu einer Laderampe, die zwei Meter fünfzig senkrecht nach unten abfiel.

»Es war das linke, oder?«, vergewisserte sich Del Rio bei Cruz.

»Was?«, fragte Del Rio nach.

»Das linke Tor geht auf die Straße raus, oder?«

»Überleg doch mal«, erwiderte Del Rio.

Cruz war sich beinahe sicher, dass sich hinter dem linken Tor die sanft abfallende Rampe zur Straße befand. Er trat das Gaspedal durch, preschte auf das dünne Metall des Rolltors zu und riss den Rahmen aus der Wand.

»Mannomann«, war das Einzige, was Scotty immer wieder wie ein Mantra von sich gab. Cruz hoffte nur, dass er sich für das richtige Tor entschieden hatte.

104

Ich saß immer noch an meinem Schreibtisch, als mein Mobiltelefon summte. Es war Del Rio. »Wie ist es gelaufen?«, fragte ich ihn.

»Auftrag ausgeführt«, berichtete er. »Was heißt, dass unsere Probleme erst anfangen.«

»Wo ist der Transporter jetzt?«

»Auf der Straße. Wir sitzen drin.«

»Habt ihr den Spürsender dabei?«

»Unter dem Sitz. Gut versteckt.«

»Okay.« Ich bat Rick, in der Leitung zu bleiben, und rief Noccia übers Festnetz an. In einem Ohr hörte ich das Klingeln, im anderen den Verkehrslärm und das Gespräch zwischen Del Rio und Cruz.

Noccia meldete sich.

»Wir haben Ihre Lieferung«, sagte ich dem Mafiaboss. »Sie ist vollständig.«

Wir vereinbarten eine Stelle gleich nördlich eines Elektronikladens in Burbank.

»Del Rio hat ein paar Namen für Sie, Carmine«, verriet ich. »Die Typen, die Ihren Wagen entführt haben.«

»Das ist mehr, als ich erwartet hatte«, erwiderte er und legte auf.

Ich wollte, dass Del Rio und seine Mannschaft dieses Fahrzeug so schnell wie möglich stehen ließen. Ich blieb, vom Adrenalin aufgeputscht, eine halbe Stunde bei Rick in der Leitung, während Noccia zwei seiner Schlägertrupps aus dem Bett jagte und anwies, sich mit meinen Jungs am Rand einer Schnellstraße zu treffen.

»Unsere Verabredung ist da«, sagte Rick endlich, und ein paar Minuten später: »Sie sind weg. Auf der Fünf Richtung Norden.«

Ich sagte Rick, er solle Aldo anrufen, damit er sie abholte. Kaum hatte er aufgelegt, klingelte mein Telefon schon wieder. Eine Nummer aus Las Vegas.

»Carmine. Alles unter Kontrolle?«

»Total unter Kontrolle. Ich werde heute Nacht wie ein Murmeltier schlafen. Ich habe Ihr Geld auf Ihr Konto überwiesen. Genau sechs Millionen.«

»Danke.«

»Kein Problem. Gute Arbeit«, lobte Noccia und legte auf.

Meine Kehle war trocken. Mit zitternder Hand kippte ich einen Energy-Drink in einem Zug und wählte eine Nummer. Beim dritten Klingeln meldete sich Polizeichef Mickey Fescoe.

Ich erzählte ihm, ein Transporter, der Carmine Noccia gehöre, fahre mit einem Vermögen an illegalen Medikamenten auf der Fünf Richtung Norden. Vor meinem geistigen Auge sah ich Fescoe vor mir, meinen Nicht-immer-Freund, der sich schüttelte, um wach zu werden, aus dem Bett sprang und mich drängte, ihm alles lückenlos zu erzählen.

»Was hast du gesagt?«

Ich wiederholte meine Worte samt den Einzelheiten. Fescoe unterstrich jedes fünfte Wort mit »ach du Scheiße« oder »echt?«, während ich versuchte, die Punkte für ihn zu verbinden. Ich zog eine direkte Linie von den drei Mitgliedern der Noccia-Mannschaft, die erschossen auf einem Highway in Utah gefunden worden waren, zu dem Ford-Transporter, der Medikamente im Verkaufswert von dreißig Millionen Dollar enthielt.

»Im Transporter befindet sich ein GPS-Sender«, erklärte ich. »Der Empfänger liegt auf dem Parkplatz des Elektronikladens in Burbank. Ja. In einem Abfalleimer unter der Markise der fliegenden Untertasse, falls du einen Wagen hinschicken willst.«

»Werde ich gleich tun. Könnte ihn auch selbst abholen.«

»Wäre ich Polizeichef, würde ich der Drogenbehörde einen Tipp geben und mir die Typen über eine Verkehrskontrolle schnappen. Aber halte mich aus der Sache raus.«

»Genau das dachte ich mir auch«, versicherte mir Fescoe. »Hey, Jack, wie bist du denn an diese ganzen Informationen gelangt?«

»Kann ich nicht sagen.«

»Stimmt. Ist privat. Entschuldige, dass ich gefragt habe. Interessiert mich auch gar nicht.«

»Ich will ja nicht kleinlich sein, Mick, aber vergiss nicht, dass ich dir hierbei geholfen habe«, erinnerte ich ihn.

Eine andere Art zu sagen: Du schuldest mir einen großen Gefallen.

»Ich werde dir helfen, wenn ich kann«, erwiderte Fescoe.

Eine andere Art zu sagen: Ich werde dir helfen, wenn ich kann, aber zähle nicht auf mich, wenn du Colleen Molloy umgebracht hast.

105

Die Abschiedsparty für Cody war höllisch. Im Bazaar, einem Fünf-Sterne-Restaurant auf der La Cienega, wurde eine ausgelassene Fiesta gefeiert, wie man sie sonst nur in Filmen sieht.

Wir hatten den Verkostungsraum für unsere dreißigköpfige Party gebucht. Die Einrichtung war aus Leder und Muranoglas, das Essen exzentrisch und phantastisch: Tapas und Käsekonfekt und Gänseleberpastete am Stiel in Zuckerwatte.

Den Gästen stiegen die märchenhaften Mojitos schnell in den Kopf, und die Entspannung nach Feierabend tat ihr Übriges. Dumme Trinksprüche und betrunkenes Lachen wechselten sich ab, und ein paar Mädchen lachten und weinten gleichzeitig.

Wie gesagt, es war eine höllische Party.

Einige Kollegen fehlten: Del Rio, Scotty und Cruz arbeiteten an dem Fall mit den Hotelmorden, Justine hatte Cody einen Kaschmirpullover geschenkt und sich für ihr Fernbleiben entschuldigt.

Ich wollte überall sein, nur nicht hier. Doch ich schuldete Cody diesen Abschied, der zeigen sollte, wie sehr er uns allen ans Herz gewachsen war. Er hatte die Stelle sechs Monate zuvor, nach Colleens Kündigung, angenommen und sie so nahtlos ausgefüllt, als wäre er dafür geschaffen gewesen.

Dafür werde ich ihm immer dankbar sein.

Ich schlug mit der Gabel an mein Glas, woraufhin das

Gejohle eskalierte. »Cody«, sagte ich, »wir werden dich vermissen.«

Es wurde gepfiffen und Codys Name gerufen. Mo-bot strahlte, und selbst Sci erhob sich und applaudierte Cody.

»Wir werden deine Kommentare über unsere Kleidung vermissen«, fuhr ich fort, »und wie du uns täuschend echt nachgeahmt hast, besonders mich.« Ich imitierte Cody, wie er mich imitierte, wenn er, den ernsten Blick in den Spiegel gerichtet, mit einer Hand durch sein Haar fuhr und seine Krawatte zurechtrückte.

Die Gäste tobten.

Ich sagte, ich würde Ridley Scott die Hölle heißmachen, weil er uns Cody weggenommen hatte, sei Cody jedoch dankbar, dass er Val als seine Nachfolgerin gefunden hatte.

»Val, steh auf, meine Freundin«, unterbrach Cody mich.

Sie erhob sich. Ihr Lachen rührte mit Sicherheit nicht von den Mojitos her. Sie hatte einfach Spaß.

»Cody, du hast uns immer auf dem Laufenden gehalten und für eine große Portion Fröhlichkeit gesorgt. Wenn du von der Schauspielerei genug hast, das sage ich hier unter Zeugen, wird Private dir immer ein Zuhause bieten.«

Ich überreichte ihm die als Geschenk eingepackte Kamera und eine von allen Kollegen unterschriebene Karte. Nachdem der Applaus abgeebbt war, trocknete Cody seine Augen mit einer roten Serviette und hielt eine Gänseleberpastete am Stiel wie ein Mikrofon vor sich. »Jack, ich möchte dir danken«, begann er. »Dies war ehrlich die beste Arbeitsstelle, die ich je in meinem Leben hatte. Du hast mir mehr als das hier beigebracht.« Grinsend fuhr er mit der Hand durch sein Haar. »Du hast mir ehrenhafte Führungsqualitäten gezeigt. Die werden mir besonders im Gedächtnis bleiben.«

Ich hatte bis dahin nicht gewusst, dass Menschen mit ihren Händen so viel Lärm machen können.

106

Del Rio ließ einen prüfenden Blick über den King Eddy Saloon wandern, eine Bar in einem alten, gleichnamigen Alkoholschmugglerhotel an der Skid Row, der East Fifth und der Los Angeles Street. Obwohl das King Eddy in einem üblen Viertel lag, zog es alle Typen von Gästen an, von betrunkenen Obdachlosen bis zu jungen Menschen, die noch Träume hatten und um die Ecke eine Wohnung besaßen.

Das graue Gebäude mit schwarzem Fachwerk war mit Gittern vor den Fenstern und mit einem Gitter an der Tür gesichert und zeigte, was in diesem Viertel passieren konnte und oft auch passierte.

Del Rio und Cruz betraten die Kneipe wie einst Samuel Jackson und John Travolta in *Pulp Fiction*. Aus der Musikbox dröhnte »Cold, Cold Ground«, einige Gäste sangen mit. Um die halbrunde Theke drängten sich die Gäste aus dem Viertel. Auf einer billigen Holzkonsole standen die Fernsehgeräte, auf denen ein Basketball-Spiel lief. Die Lakers verloren gerade um einen Punkt.

Die Gäste stöhnten.

Entlang der gegenüberliegenden Theke stand eine Reihe Tische, darüber hing eine hübsche Neonleuchtreklame für Bier. An einem der Tische stritten zwei Transen lautstark miteinander.

Mit etwas Glück würden er und Cruz wieder draußen sein, bevor sich die beiden an die Gurgel gingen.

Del Rio hatte ein Bild von dem Typen gesehen, den sie suchten. Das Bild war schon etwas älteren Datums, und der

Kerl hatte darauf ein Schild mit einer Nummer vor seiner Brust gehalten, doch Del Rio war sich ziemlich sicher, dass er ihn in seiner Stammkneipe erkennen würde.

Er suchte die Hinterköpfe und Profile ab, bis er den Afroamerikaner mit dem kurz geschorenen Bart an der Theke entdeckte. Er aß einen kostenlosen Doughnut und unterhielt sich mit einem alten Säufer auf dem Nachbarhocker.

Del Rio wies mit dem Kinn auf den Typen. Cruz kniff die Augen zusammen und nickte, Del Rio zog seine Waffe.

Del Rio trat an die Bar. Der Typ mit dem Bier und dem Doughnut erstarrte, als Del Rio die Waffe in seinen Rücken drückte. Über den Spiegel blickte er in die Gesichter der beiden Männer, die es ernst zu meinen schienen, und nahm die Hände nach oben.

»Mr Keyes, kommen Sie bitte mit«, forderte Del Rio ihn auf.

»Ich möchte keine Schwierigkeiten«, sagte Keyes.

»Dann tun Sie nichts Dummes.«

Tyson Keyes war der fiese Limousinenfahrer und Karen Riccis erster Ehemann. Laut ihrem zweiten Ehemann, Paul Ricci, war Keyes derjenige, der Carmelita Gomez darüber informiert hatte, dass ihr Freier von einem Limousinenfahrer getötet worden war. Vielleicht hatte er mehr als das getan. Vielleicht hatte er selbst die fünf Männer getötet, die sich für ein paar Stunden Mädchen aufs Hotelzimmer bestellt hatten.

Keyes drehte sich um und rutschte vorsichtig von seinem Barhocker. »Ich bin nicht der, nach dem ihr sucht.«

»Bist du mit deinem Bier fertig?«, fragte der Säufer neben Keyes.

»Er ist fertig«, antwortete Del Rio für ihn. »Gehen wir.«

Ein paar Gäste blickten auf, wandten aber die Köpfe

ziemlich schnell wieder ab. Sie würden behaupten, nichts gesehen zu haben.

Mit noch erhobenen Händen ging der ehemalige Limousinenfahrer Tyson Keyes langsam durch die Schar der Gäste, begleitet von einem ehemaligen US-Soldaten und dem ehemaligen kalifornischen Champion 2005 im Leicht-Mittelgewicht.

Hinter ihnen tönte Tom Waits' berühmtes Lied aus der Musikbox.

107

Justine hatte eine Nachricht auf dem Anrufbeantworter hinterlassen. »Jack, ich möchte bei Private bleiben. Das ist ein definitives Ja. Also, falls ich gestern Abend etwas grob war, tut es mir leid. Ich fühle mich immer noch … verletzt. Wir sehen uns morgen.«

Ich hörte die Nachricht noch ein paarmal ab, lauschte auf Untertöne, auf verborgene Botschaften, erfuhr aber nur eines mit Sicherheit: Justine blieb bei Private.

Bestand noch die Chance auf eine Versöhnung? Oder war unsere Beziehung ein für alle Mal zu Ende?

Ich hatte noch ihre Worte im Ohr: »Es gibt kein ›uns‹, Jack. Ich bin mir nicht sicher, ob es das jemals gab.«

Ich hatte geduscht und eine Jeans und ein Polohemd angezogen, als jemand an der Tür klingelte. Ich ging zu meinem neuen Sicherheitssystem und warf einen Blick auf den Monitor für die Kamera am Tor. Jinx stand dort mit einem Tablett in der Hand, das Essen unter runden Servierglocken geschützt. Sie war pünktlich auf die Minute.

Ich drückte den Türöffner, nahm ihr das Tablett ab und stellte es auf den Tisch. Ihr schönes, von der Sonne gebräuntes Gesicht zierte eine Brille mit mädchenhaft rosa Gläsern. Sie trug Jeans und ein blaues Polohemd.

In der gleichen Farbe wie ihre Augen.

Und in der gleichen Farbe wie mein Hemd.

»Hey, jetzt schau dich mal an«, sagte sie.

»Wenn's dir nichts ausmacht, schaue ich lieber dich an«, erwiderte ich.

»Okay«, sagte sie.

Wir lachten. Ich nahm sie in die Arme, hielt sie lange fest. Währenddessen erzählte sie mir, was sie zum Essen mitgebracht hatte: Salat aus einer besonderen, alten Tomatensorte und Krabbenfladen mit Mangosoße. Sie war aufgeregt und sprach sehr schnell.

Ich hatte bereits bei Codys Abschiedsparty zu Abend gegessen, doch das wusste Jinx nicht und würde es von mir auch nicht erfahren.

»Die Soße habe ich selbst gemacht«, fuhr sie fort, ihre Arme noch immer um mich geschlungen. »Spezialität des Hauses.«

»Ich habe eine Flasche Pinot grigio auf Eis.«

»Das hatte ich gehofft.« Sie grinste zu mir hoch. Ein sehr hübsches Lächeln.

Nachdem ich den Wein geholt hatte, setzten wir uns auf die Terrasse zum Essen. Wir prosteten der Sonne zu, die mit einer Reihe fetter schwarzer Wolken einen Fächertanz aufführte. Alles war besonders: der Ausblick, die Soße, der Wein und Jinx, die sich als angenehme Gesellschaft erwies. Sie schleuderte ihre Sandalen von den Füßen, zog die Knie an und bat mich, ihr mehr von mir zu erzählen, etwas, das nicht in meinem Lebenslauf als Unternehmer stand.

Ich hätte anhand der Landkarte meiner Narben eine ziemlich gute Führung durch mein Leben geben können. Aber jetzt auf keinen Fall. Ich dachte an eine Football-Geschichte, an etwas Lustiges, als aus dem Wohnzimmer ein Musical-Thema als Klingelton zu hören war. Jinx' Telefon.

»Ich gehe nicht ran«, sagte sie.

»Gut.«

Als ihr Telefon das zweite Mal klingelte, war die Stimmung dahin. Ich schloss die Glasschiebetüren, doch das Telefon war immer noch zu hören.

»Es könnte … Ich gehe doch schnell ran«, entschuldigte sich Jinx. »Ich bin gleich wieder da.«

Ich blickte auf die Wellen hinaus, während Jinx die Tür aufschob. Ich mochte Jinx, genoss das, was auch immer wir gerade miteinander hatten – ein Rendezvous oder ein erstes Kennenlernen. Ich überlegte, ihr zu sagen, dass ich ihr meinen berühmten Vorwärtspass zeigen und das Telefon im Meer verschwinden lassen könnte.

Ich stellte mir vor, wie sie darüber lachen würde.

Doch ich hörte aus dem Wohnzimmer etwas anderes. »Bitte. Sag's doch einfach.« Und dann: »Oh nein. Nein. Ich bin gleich da. Fass nichts an.«

Mit panischem Gesichtsausdruck kam Jinx auf die Terrasse zurück. »Es wurde wieder jemand in meinem Hotel getötet, Jack. Wieder ist ein Mann tot.«

108

Ich stand mit Jinx vor dem Fellini Room im ersten Stock an der Vorderseite des Hotels. Es war nicht die beste Lage oder das teuerste Zimmer, aber über die Treppe von der Eingangshalle aus hatte man leichten Zugang.

Der junge Mann, der mit rotem Gesicht, zitternder Unterlippe und geschwollenen Augen neben uns im Flur stand, war der Hotelmanager, Mr Knowles.

Ich sah an ihm vorbei ins Zimmer. Der Tatort dahinter war so schrecklich, dass er einen jungen Menschen mit einem Abschluss in Hotelmanagement locker aus den Socken hauen konnte. Auch mich nahm der Anblick mit, und ich war im Krieg gewesen.

Ein Mann lag tot halb auf dem Bett, halb auf dem Boden. Eine selbst gemachte Drahtschlinge mit zwei Holzgriffen um seinen Hals hatte eine Arterie durchtrennt, so dass eine Menge Blut auf das ungemachte Bett gespritzt war.

»Das ist Mr Albert Singh«, erklärte Knowles. »Er hat sich um ein Uhr morgens angemeldet. Das ›Bitte nicht stören‹-Licht hat den ganzen Tag gebrannt. Er hat nichts auf seine Rechnung konsumiert.«

Mr Singh schien noch keine dreißig Jahre alt gewesen zu sein, trug eine Unterhose und ein weißes T-Shirt. Am Ringfinger seiner ausgestreckten Hand steckte ein Ehering.

»Ms Poole, ich habe versprochen, auf Sie zu warten«, sagte Knowles, »und jetzt sind Sie da. Ich habe genug, Ms Poole. Hier sind meine Schlüssel und mein Ausweis. Meine Uniform schicke ich Ihnen zu, aber ich muss jetzt nach Hause ...«

Ich unterbrach seine Abschiedsrede mit einer Berührung seines Arms. »Mr Knowles. Ich bin Jack Morgan, Private Investigations. Ich arbeite für Ms Poole. Erzählen Sie mir doch kurz, was passiert ist.«

»Woher soll ich das wissen?«, blaffte er mit quietschender Stimme. »Der Reinigungsdienst hat an die Tür geklopft, aber es hat niemand geantwortet. Dann kam die Leiterin und hat das hier vorgefunden.«

Alte Hotels, selbst wenn sie aufwendig renoviert waren, konnten den modernen Sicherheitsanforderungen nicht gerecht werden. Ein geübter Mörder würde sich unter die Kameras hinweggeduckt haben. Wahrscheinlich war es unmöglich, dieses Hotel vollständig abzusichern und gleichzeitig für den Publikumsverkehr geöffnet zu halten.

Wenn Mr Singh in die Serie der anderen fünf auf diese Weise getöteten Männer gehörte, hatte er eine Nutte bestellt. Irgendwann, nachdem sie gegangen war, hatte er den Mörder in sein Zimmer eintreten lassen. Vielleicht einen Limousinenfahrer, der vorgab, als Handwerker etwas reparieren zu müssen oder von der Hotelsicherheit zu sein. Die meisten Gäste hätten ihn hereingelassen.

Das LAPD arbeitete an dem Fall. Wir waren ihnen nicht in die Quere gekommen, hatten ihnen aber auch nicht geholfen. Wir verfolgten eine nicht bestätigte Theorie. Mehr hatten wir auch nicht zu bieten.

Wie Knowles hätte ich am liebsten alles hingeschmissen. Ich bereute, diesen Auftrag angenommen zu haben. Bedauerte, Jinx zu enttäuschen.

»Jinx, wir müssen die Polizei rufen«, sagte ich.

Sie drückte ihre Faust gegen den Mund. Hatte sie mich

überhaupt gehört? Ich zog mein Telefon aus der Tasche und meldete der Polizei den Mord. Dann rief ich Del Rio an.

»Hey, ich war gerade dabei, dich anzurufen«, wunderte er sich. »Wir haben einen Durchbruch im Fall der Hotelmorde. Komm schnell. Wir brauchen dich, damit du mit jemandem redest. Jemand, der überzeugt werden muss.«

109

Durch das Fenster des Zimmers des verstorbenen Albert Singh hatte ich einen guten Blick auf den Hoteleingang. Polizisten fuhren auf die Einfahrt, weitere Sirenen waren vom South Santa Monica Boulevard aus zu hören.

Ich legte meine Hände auf Jinx' Schultern und blickte ihr in die Augen. »Ich rufe dich an, sobald ich kann. Es wird alles wieder gut.«

Ich wollte sie nicht allein lassen, doch Del Rio hatte gesagt, er brauche mich dringend. Ich musste los.

Ich verließ das Hotel durch den Hinterausgang, holte meinen Wagen vom Parkplatz und fuhr auf die Fifth Street. Del Rio und Cruz erwarteten mich in einer vermüllten Gasse namens Werdin Place, die einen halben Block von King Eddy's entfernt als Parkplatz für die hier ansässigen Geschäftsleute diente. Die Geschäfte hatten um diese Uhrzeit bereits geschlossen, und der Werdin Place war verwaist.

Cruz begrüßte mich am Ende der Gasse. Hinter ihm hielt Del Rio seine Waffe auf einen Schwarzen gerichtet, der, die Hände hinter dem Kopf verschränkt, auf dem Boden saß. Er befand sich, wie wir es nannten, in »Private-Gewahrsam«.

»Jack, ich möchte dir Mr Tyson Keyes vorstellen«, sagte Del Rio.

Keyes hielt seinen Blick stur auf einen drei Meter entfernten Mülltütenhaufen gerichtet. Del Rio hatte mir Bericht erstattet, nachdem er mit dem Rausschmeißer aus dem Havanna gesprochen hatte. Der Rausschmeißer hatte Del Rio erzählt, Keyes sei ein Verbrecher der gewalttätigen Sorte und kenne den Namen des Hotelmörders.

»Mr Morgan, Mr Keyes möchte nicht mit uns sprechen«, erklärte Del Rio. »Ich habe ihm gesagt, wenn er nicht damit rausrückt, wer diese Freier getötet hat, würde ich ihm den Kopf wegpusten, aber dass ich gemäß unserer Unternehmenspolitik dazu erst Ihre Erlaubnis einholen müsste.«

Ich beugte mich zu Keyes hinunter. »Mr Keyes, niemand wird einen Schuss melden, der aus dieser Gegend kommt. Sie wissen das. Aber etwas gibt es, das Sie nicht wissen. Mr Del Rio hat nichts zu verlieren. Er hat Krebs. Er wird tot sein, noch bevor er ein Gefängnis von innen sieht.« Ich sah an dem verblüfften Cruz vorbei zu Rick hinüber. »Stimmt's Rick? Du bist voller Metastasen.«

»Kann man so sagen, Jack. Ich habe Frieden mit meinem Schöpfer geschlossen. Ich bin jederzeit bereit zu gehen.«

»Ach, Sie wollen den Namen der Person wissen, die die Morde begangen hat?«, vergewisserte sich Keyes. »Ich dachte, Sie wollten, dass ich sage, ich hätte sie begangen. Ja, klar will ich, dass diese wahnsinnige Nutte von der Straße verschwindet.«

»Moment mal, eine Frau hat diese Freier getötet?«, hakte ich nach.

»Sind Sie taub, Mann?«, blaffte Keyes. »Ja, es ist eine Sie, ganz genau. Ich hab mit ihr gevögelt, als meine Alte im Knast saß. Ich dachte, da wäre was zwischen uns, aber sie mag keine Männer. Sie hasst Männer. Einmal nachts, als ich geschlafen habe, legt sie mir einen Kleiderbügel um den Hals. Ich schiebe ihr meine Waffe ins Ohr. Hab ihr gesagt, ich zähle bis drei, dann soll sie aus meinem Leben verschwunden sein. Dann hörte ich, dass einer ihrer Freier mit einer Drahtschlinge umgebracht wurde. An dem Abend, als er starb, hab ich Candy vom Seaview abgeholt. Sie hat mich angerufen, ohne ihrem Fahrdienst davon was zu sagen. Sie hat mich als ihren Chauffeur benutzt. Das war nicht in Ordnung.«

»Wie heißt Candy mit richtigem Namen?«, wollte Del Rio wissen.

»Ihr lasst mich gehen, wenn ich es sage?«

Del Rio senkte seine Waffe.

»Carmelita Gomez. Sie arbeitet in diesem kubanischen Klub von zehn bis vier. Da kann sie immer noch ein paar Nummern nebenbei erledigen …«

Cruz beugte sich ganz dicht zu Keyes hinunter. »Wo finden wir Ms Gomez genau in diesem Moment?«

110

Cruz und Del Rio im Wagen vor mir zwangen mich, mit einer Wahnsinnsgeschwindigkeit Richtung Norden ins Valley zu fahren. Ich diktierte währenddessen Notizen in einen Rekorder, beschrieb die Szene im Sun und brachte die Akte Poole auf den neusten Stand. Die Fakten, soweit sie uns bekannt waren, ergaben langsam einen Sinn.

Karen Ricci, die Frau im Rollstuhl, die Cruz den Tipp gegeben hatte, war Vermittlerin bei einem Begleitservice gewesen. Sie hatte Cruz erzählt, der Limousinenfahrer Billy Moufan wisse, wer die Freier in den Hotels getötet hatte, und er habe diese Information von einer Freundin, Carmelita Gomez, die früher bei demselben Begleitservice gearbeitet hatte und gegenwärtig als Garderobiere angestellt sei. Cruz hatte mit Carmelita Gomez gesprochen, doch sie hatte ihm falsche Informationen gegeben.

Jetzt waren wir dank Riccis Exmann, Tyson Keyes, auf einer neuen Spur. Keyes hatte Gomez nach ihrem Termin mit Arthur Valentine abgeholt, dem Freier, der im Jahr zuvor im Seaview Hotel getötet worden war.

War Carmelita Gomez die Hotelmörderin, dann hatte sie die Hotels problemlos betreten können.

Zwanzig Minuten nach unserem Gespräch mit Keyes fanden wir Gomez' Namen auf einem Briefkasten an der Stagg Street vor einem beige verputzten Haus in einem auf dem Reißbrett entworfenen Mittelklasseviertel. Gomez' Haus stand etwas zurückgesetzt mitten auf einem kleinen Grundstück. Eine Auffahrt wand sich von der Stagg Street aus rechts am Zaun entlang bis zu einer Garage auf der Rückseite.

Cruz und Del Rio stellten sich in die Einfahrt, ich parkte auf der anderen Straßenseite, stieg aus und ging zu Cruz, der bereits an der Haustür stand, während Del Rio nach hinten schlich. Mit gezogenen Waffen postierten Cruz und ich uns beiderseits der Tür.

Cruz klingelte, im gleichen Moment schaltete sich das Verandalicht ein. »Carmelita, hier ist Emilio Cruz. Der von neulich Abend«, sagte Cruz.

Von innen meldete sich niemand. »Schauen Sie durch den Spion, Carmelita«, forderte er sie auf. »Sie wissen, ich bin kein Polizist. *No seas tonto*. Ich möchte nicht die Tür eintreten müssen.«

Ein Motor heulte auf der Rückseite des Hauses auf, Scheinwerfer wurden eingeschaltet. Dann ging alles viel zu schnell.

111

In Windeseile drückte sich Rick, der auf dem Weg zum Hintereingang war, gegen einen Palisadenzaun, um sich von dem alten roten Chevrolet Impala nicht umnieten zu lassen, der über den Rasen und an Cruz' Wagen vorbei durch die Einfahrt bretterte.

Cruz sprang von der Veranda und rannte mit Del Rio zu unserem Dienstwagen. Gomez schien in null Sekunden von null auf hundert beschleunigt zu haben, doch ich erkannte ihr Gesicht, als sie in ihrem Wagen an mir vorbeischoss und auf zwei Rädern scharf nach rechts abbog.

Gomez sah nicht verängstigt aus, sondern entschlossen.

»Soll ich die Polizei anrufen?«, rief mir Del Rio zu.

Ich rief ein »Ja« zurück, stieg in meinen Wagen und wendete, um Cruz und Del Rio auf der schmalen Stagg Street zu folgen, die eigentlich keine Rennstrecke war.

Gomez vergrößerte den Abstand. Sie fuhr, als wäre sie von einer Tarantel gestochen worden und gleichzeitig betrunken. Sie nietete einen Briefkasten um, streifte ein paar geparkte Fahrzeuge und überfuhr ein Stoppschild. Dann bog sie, wieder nur auf zwei Rädern, scharf nach links auf den Laurel Canyon Boulevard und schrammte seitlich an einem Geländewagen vorbei, der auf ihrer Spur Richtung Norden fuhr.

Als ich in den Boulevard einbog, konnte ich gerade noch sehen, wie der rote Impala auf die Innenspur wechselte. Hupen gellten. Der Impala schwenkte nach links, nach rechts und wieder zurück auf die Innenspur. Die anderen

Fahrzeuge wichen aus. Radkappen rollten über die Straße. Cruz und Del Rio hielten sich dicht hinter dem Impala, konnten aber nicht überholen.

Gomez fuhr nicht nur einfach schnell, sie floh, als würde sie von einem Buschfeuer bedroht.

Sirenen heulten auf, als sie über die Kreuzung Laurel Canyon und Strathern Street raste, eine Gegend, die mit kleinen Geschäften gespickt war – ein Schnapsladen, ein Blumenladen, eine Tankstelle, Schnellrestaurants. Dann streckte sich die Straße wie in eine Zielgerade, die von zweistöckigen Geschäftsgebäuden gesäumt wurde.

Del Rios Anruf bei der Notrufzentrale und Gomez' Flucht hatten die Streifenwagen aus ihren Verstecken gelockt. Als Gomez abbog, plärrten sechs Polizeiwagen hinter uns, aus der Ferne waren weitere zu hören.

Gomez blieb nicht stehen, fuhr nicht einmal langsamer und zögerte keinen Moment. Je mehr Wagen ihr folgten, desto schneller und wahnsinniger fuhr sie.

112

Der Rückspiegel in Cruz' Wagen war vollständig von Jacks blauem Lamborghini ausgefüllt. Vor ihnen jagte Carmelita Gomez die Tachonadel weit in den roten Bereich hinein. Cruz hielt sich, den Fuß fest auf dem Gaspedal, dicht hinter Gomez. Falls sie bremste oder einen anderen Wagen rammte, würde er nicht mehr rechtzeitig anhalten können.

Diese Frau hatte irgendeine Schuld auf sich geladen, das war schon mal sicher.

Cruz versuchte, sich auf das zu konzentrieren, was Tyson Keyes über sie erzählt hatte, und bekam von dieser attraktiven, wenn auch blasiert wirkenden Frau jetzt ein ganz anderes Bild.

Er stellte sie sich in ihrem engen pinkfarbenen Kleid neben der Garderobe im Havanna vor. Sie hatte ihn nicht so angesehen, wie es Frauen in der Regel taten. Überhaupt nicht. Er erinnerte sich daran, wie sie später neben ihm im Wagen gesessen und von jemandem gesprochen hatte, der ihr Fahrer gewesen sei, Billy Moufan, der den Mörder kenne.

Aber es gab keinen Billy Moufan. Nirgendwo.

Tyson Keyes war ihr Liebhaber und Fahrer gewesen. Und er hatte gesagt, Gomez sei eine Männerhasserin, die Sex mit Männern nur hatte, um ihren Lebensunterhalt zu bestreiten. Wie verkorkst war das denn?

Einer der Fahrer vor ihnen drückte lange auf die Hupe, als Carmelita Gomez einen Caddy an den Mittelstreifen drängte.

»Pass auf, Emilio«, warnte ihn Del Rio.

»Aufpassen? Ich fahre stur geradeaus. Ist dir das zu schnell? Soll ich anhalten und dich fahren lassen? Gerne, ja. Am liebsten würde ich mir eh in die Hose pinkeln!«

Gomez bog mit quietschenden Reifen nach rechts in die Neenach Street ab. Cruz und Jack folgten dicht hinter ihr.

Die Neenach Street war eine Wohnstraße ähnlich der, in der Gomez wohnte: beidseitig einstöckige Häuser hinter niedrigen Mauern und kleinen Vorgärten, ein paar Bäume zwischen den Häusern und dem Asphalt.

Cruz wollte den Blick nicht zum Tachometer senken, doch sein Gefühl sagte ihm, dass sie mit fast hundertfünfzig Sachen die Neenach Street entlang auf die Kreuzung mit der Haddon Avenue zuflogen. Gomez allerdings bog nicht auf die Haddon Avenue ab.

Am Ende wurde die Neenach Street durch eine dicke Mauer blockiert, hinter der die Schnellstraße verlief. Gomez drosselte ihr Tempo nicht, sondern raste in die Sackgasse, wo vielleicht sechs Häuser der Mauer im Halbkreis gegenüberstanden.

Cruz allerdings trat die Bremse bis zum Anschlag durch, ebenso wie es Jack und die vier Streifenwagen hinter ihm taten. Autos wirbelten herum, fuhren über Rasenflächen und in geparkte Wagen. Reifen qualmten, Metall knirschte und quietschte, wo Autos an Müllcontainern und Wänden landeten.

Cruz beobachtete, wie der Impala wie im Zeitraffer durch die Luft flog, dort einen Moment zu verharren schien und beim Aufprall gegen die Wand zusammengestaucht wurde. Cruz hatte bereits die Tür geöffnet, noch bevor sein Wagen stand, sprang hinaus und rannte los.

Auch Rick und Jack rannten zur Unfallstelle.

»Jack, bleib stehen«, rief Rick. »Der Wagen fliegt gleich in die Luft.«

»Vielleicht lebt sie noch!«, rief Jack zurück und rannte weiter zu dem Stück roten Metalls, das einmal Carmelita Gomez' Auto gewesen war.

113

Die Anwohner kamen in Schlafanzügen und Unterwäsche aus ihren Häusern, Kinder klammerten sich an ihre Eltern, Polizeiwagen stauten sich in der Sackgasse. Ich wusste sehr wohl, dass ich auf einen Unfallwagen in L. A. zurannte, doch die Erinnerungsblitze in meinem Kopf schickten mich in die schlimmste Nacht meines Lebens zurück.

Ich war in Afghanistan und brachte Truppenmitglieder zur Basis, als eine Raketengranate den Rumpf meiner CH-46 zerfetzte, die hintere Rotoreinheit zerstörte und unsere Maschine zum Absturz brachte.

Der Hubschrauber fiel einfach so vom schwarzen Nachthimmel. Ich zog den Steuerknüppel nach oben und betete, dass ich den Phrog aufrecht landen konnte – was ich wundersamerweise auch schaffte.

Als Del Rio und ich auf den Sand hinauskrabbelten, entzündete sich der Treibstoff, und die Munition explodierte. Eine Feuersäule stieg nach oben, die durch mein Nachtsichtgerät hindurch zu einer grünen Flammenwand mutierte.

Wir beide konnten mehr oder weniger unversehrt entkommen, doch vierzehn Soldaten waren noch im Frachtraum gefangen.

Es war die Hölle auf Erden.

Viele der Männer, die ich kannte, die mir ans Herz gewachsen waren und an deren Seite ich gekämpft hatte, waren mit Sicherheit tot, aber ich brauchte Gewissheit, dass niemand bei lebendigem Leibe verbrannte. Deshalb rannte ich zurück zum Hubschrauber, und genauso wie Del Rio es jetzt tat, rief er mir hinterher, ich solle stehen bleiben, weil das Ding gleich in die Luft fliegen würde.

»Jack!«

Ich drehte mich zu Del Rio und rief zurück: »Ich muss wissen, ob sie noch lebt.«

Der Impala war mit voller Wucht gegen die Mauer geknallt und wie ein Akkordeon zusammengefaltet worden. Die Fahrertür stand offen, der Airbag war aufgeblasen, Gomez hing schlaff im Sicherheitsgurt. Sie blutete, atmete aber noch.

Ich beugte mich zu ihr. »Carmelita. Hören Sie mich?«

Ihr Blick zuckte in meine Richtung. »Wer?«

»Ich bin Jack Morgan, ein Spezialermittler. Haben Sie es getan? Haben Sie Maurice Bingham umgebracht? Haben Sie Albert Singh umgebracht?«

Ihr Lachen war nur ein Pfeifen, vielleicht eine Antwort mit ihrem letzten Atem. Aber diese Antwort reichte mir nicht. »Sie sterben, Carmelita. Möchten Sie wirklich mit diesem Geheimnis gehen?«

Ich spürte eine Hand auf meiner Schulter. »Candy, *dime la verdad*«, sagte Cruz. »*Pides perdón*.«

Sie holte tief Luft. »Gott ist mein Zeuge: Ich habe sie getötet. *No me necesito maldito perdón*, Arschloch. Sie … haben gekriegt … was sie … verdient haben.« Nur mit Mühe konnte sie ihre Hand heben, sah mir direkt in die Augen und zeigte mir den Mittelfinger. Dann erstarrten ihr Gesicht, ihre Augen, und sie starb.

114

Krankenwagen strömten in das Rondell der Sackgasse, Polizisten errichteten Straßensperren, wiesen die benommenen und verängstigten Bewohner an, sich von der Straße fernzuhalten.

Sergeant Jane Campbell verhörte mich neben meinem Wagen. Sie war eine gute Polizistin und seit zwölf Jahren dabei. Ich hatte mit ihrem Bruder die Highschool besucht und vor langer Zeit ein paar belegte Brote an ihrem Küchentisch gegessen. »Sieht nach dreißigtausend Dollar Schaden aus«, sagte sie mit Blick auf meinen Wagen. »Und das nur für das Hinterteil.«

»Ein Streifenwagen hat mich gerammt, aber mir geht's gut. Außerdem bin ich versichert.«

Campbell lächelte. »Da bin ich aber froh. Dann erzähl mal, was passiert ist, Jack.«

»Die lange oder die kurze Version?«

»Fang mit der Zusammenfassung an, dann gehen wir ins Detail.«

»Gut. Wir bekamen Informationen zu einem Fall, an dem wir arbeiten. Männer, die in ihren Hotelzimmern mit Drahtschlingen erwürgt wurden. Meine Theorie war, dass sie getötet wurden, nachdem sie Sex mit einer Nutte hatten. Wir wollten mit Ms Gomez sprechen.«

»Das LAPD ist an dem Fall dran.«

»Wir arbeiten privat für Amelia Poole.«

»Sie ist die Inhaberin des Sun? Auf dem Santa Monica?«

»Genau. Heute wurde ein weiterer Gast ihres Hotels mit

einem Draht erwürgt. Sie macht sich Sorgen um die Sicherheit ihrer Gäste.«

»Du glaubst, Carmelita Gomez war die Mörderin ...«

»Wir bekamen vor einer Stunde einen Tipp. Wir fuhren zu ihr nach Hause, aber sie floh, und das mit Warp-Geschwindigkeit. Wir haben gleich die Polizei gerufen.«

»Warum bist du also hier?«

»Wir mussten ihr folgen, Jane. Ihre Flucht sehe ich als Schuldeingeständnis. Wir konnten nicht riskieren, dass sie uns entwischt. Ich habe gesehen, wie sie gegen die Wand gefahren ist. Sie hat nicht gebremst. Du siehst, es gibt keine Reifenspuren auf der Straße. Es war Selbstmord.«

»Du hast also einen Tipp bekommen und deine Verdächtige gejagt, und jetzt ist sie tot. Ist es das, was du mir erzählen willst?«

»Genau das. Eine andere Möglichkeit sehe ich nicht.«

»Emilio Cruz.« Sie deutete mit dem Kinn auf ihn. »Er hat gesagt, Ms Gomez hätte kurz vor ihrem Tod ein Geständnis abgelegt.«

»Hat sie.«

»Und du wirst ihr Geständnis vor Gericht bezeugen?«, fragte Jane Campbell.

»Ja.«

»Wir müssen den Fall untersuchen. Bitte verlasse die Stadt nicht, Jack.«

»Das sagt mir ständig jemand«, erwiderte ich. »Muss ich mir Sorgen wegen Verkehrsdelikten machen oder so?«

»Warum? Damit du Fescoe anrufen und die Sache bereinigen lassen kannst? Lass einfach dein Rücklicht reparieren. Und grüß Tommy von mir.«

Ich fuhr mit meinem Wagen zu dem Streifenwagen, in dem Del Rio und Cruz saßen.

»Ist der Tag jetzt um?«, fragte Del Rio.

»Alles erledigt. Gute Arbeit von euch beiden.«

Ich wünschte ihnen eine gute Nacht und fuhr mit meinem verletzten Wagen auf den Hollywood Freeway. Zu dieser nächtlichen Stunde brauchte ich nur zwanzig Minuten bis Hancock Park. Seit meiner Entlassung aus dem Gefängnis hatte ich jede freie Minute mit Analysieren, Nachforschen und Beobachten zugebracht. Und mit dem Durchkauen der vorläufigen Ergebnisse.

Janes Gruß an Tommy war die Erinnerungsstütze, die ich brauchte, um das zu tun, was mir mein Bauch von Anfang an gesagt hatte.

115

Ich parkte in der Einfahrt eines Hauses mit Giebel, dorischen Säulen und beleuchtetem Pool, in dem das Wasser wie ein dunkelblauer Ozean schimmerte. Es war der Inbegriff einer unübersehbar übertriebenen Konsumhaltung, wie sie nur in Kalifornien zu finden ist.

Im Haus brannte Licht. Ich zog die Handbremse, marschierte den Hügel hinauf und klingelte mehrmals. Als sich niemand meldete, öffnete ich selbst die Tür. Meine Schwägerin stand in der Fünfhunderttausend-Dollar-Küche, kochte, den Rücken mir zugewandt, Schokoladenpudding und sah sich im Fernsehen *Good Fellas – Drei Jahrzehnte in der Mafia* an.

»Annie, hey«, sagte ich nicht allzu laut.

Annie schrie auf und ließ den Löffel fallen. Sie drehte sich, immer noch schreiend, mit den Händen vorm Gesicht um.

»Ich bin's nur, ich bin's. Ich habe geklingelt.«

Sie holte tief Luft und umarmte mich. »Du bist echt 'ne Landplage, Jack«, sagte sie. »Spürst du, wie mein Herz rast?«

»Tut mir leid.« Vielleicht hatte sie gelogen, um meinem Bruder ein Alibi zu geben, doch ich mochte sie trotzdem.

»Alles in Ordnung mit dir?«, fragte sie.

Ich umarmte sie und klopfte ihr auf den Rücken. »Alles in Ordnung. Aber ich muss mit Tommy sprechen. Ob du's glaubst oder nicht, ich brauche seine Hilfe.«

»Er ist in der Garage. Geh und weck deinen Neffen. Er

macht sich Sorgen um dich.« Sie ging zum Kühlschrank und schenkte ein Glas Milch ein, das sie mir reichte. »Gib ihm das. Du weißt doch noch, wo sein Zimmer ist, oder?«

Ned schlief. Ich schaltete das Licht ein. Sein Zimmer hing voller Poster: Werbung fürs Militär, Dinosaurier, Actionfiguren. Ich setzte mich auf die Bettkante und schaute den achtjährigen Jungen an, der nicht mein Sohn war, aber die Hälfte meiner Gene in sich trug. Ich stellte die Milch ab und berührte seinen Arm. »Hey, Kumpel«, weckte ich ihn. »Hier ist dein alter Onkel Jack.«

Er riss die Augen auf, schnellte hoch und warf seine Arme um mich. Ich drückte ihn und küsste ihn aufs Haar. »Wie geht's dir, Kumpel? Wie geht's dem kleinen Ned?«

Er schob mich weg und grinste. »Ich habe gegraben. Guck mal, was ich gefunden habe. Dad sagt, die ist älter als er.«

Er zeigte auf eine alte Colaflasche aus Glas auf seinem Nachttisch. Ich nahm sie in die Hand und betrachtete sie voller Bewunderung. »Die sieht ja toll aus. Und ist echt antik.«

»Ich hab dich im Fernsehen gesehen«, erzählte Ned. Kaum hatte ich die Flasche wieder zurückgestellt, lag Ned wieder in meinen Armen. »Die haben gesagt, du hättest jemanden getötet. Colleen.«

»Das stimmt nicht, mein Schatz. Ich weiß, was die Leute sagen, aber ich habe sie nicht getötet. Man will mir das in die Schuhe schieben.«

Er sah mit tränennassem, fragendem Blick zu mir auf. »Jemand erzählt Lügen über dich? Aber warum?«

»Das weiß ich nicht.«

»Das ist nicht richtig. Das ist echt krank, Onkel Jack.«

»Damit kommt er auch nicht durch. Das meine ich ernst.«

»Gut. Schnapp ihn dir. Mach ihn fertig, den Drecksack.«

Ich stieß meine Faust gegen seine und umarmte ihn noch einmal, bevor ich das Haus mit den gewölbten Decken, den pompösen Möbeln, den Kaminen in jedem Zimmer verließ und an dem Schwimmbecken mit Olympiamaßen vorbei zur Garage ging, in der sechs Autos Platz hatten.

Tommy besaß eine Autosammlung mit amerikanischen Klassikern, eine Leidenschaft, die er von unserem Vater geerbt hatte. Er lag auf einem Rollbrett unter einem blaugrauen Buick Roadmaster Baujahr 1948, der aussah wie von einer Seifenblasenmaschine gemacht. Ein wunderschönes Ding.

Ich umfasste Tommys Fußgelenke und zog ihn auf dem Rollbrett unter dem Wagen hervor. Sein Blick wechselte von anfänglicher Angst zu spöttischem Zorn. »Was hast du denn für ein Problem, Jack?«, blaffte er.

»Ich weiß, wer mir den Mord anhängen will, Junior. Ich weiß, wer Colleen umgebracht hat.«

116

»Sieh dir das hier an.« Ich rief auf meinem Smartphone Mobots Film auf und reichte es meinem Bruder. Er drückte die Starttaste, woraufhin die blechernen Stimmen der Reporter ertönten, die mich an dem Tag, den ich nie vergessen werde, mit lauten Fragen bombardierten.

»Das bist du, als du in den Knast gebracht wirst«, stellte mein Bruder fest. »Die Leute sind aber mies drauf.«

»Guck weiter. Siehst du jemanden, den wir kennen?«

»Äh, Clay Harris. Was treibt der denn da?«

»Er arbeitet für dich, Tom.«

»Teilzeit. Mein Wohlfahrtsprojekt, glaub mir.«

»Dann hast du nichts damit zu tun, dass er da ist?«

»Quatsch, nein. Was willst du damit sagen? Dass ich wusste, dass du ins Gefängnis musst? Und ich Clay angerufen habe? Warum sollte ich so was tun?«

»Gehen wir und fragen ihn selbst«, forderte ich ihn auf.

»Jetzt?«

»Einen besseren Zeitpunkt gibt es nicht.«

»Wenn du meinst. Ich sag Annie Bescheid, dass ich eine Weile weg bin. Wir treffen uns am Wagen.«

Ein paar Minuten später kam Tommy – er hatte sich eine Jacke und andere Schuhe angezogen – zur Einfahrt, ging um meinen Wagen herum und fuhr mit der Hand über den rechten hinteren Kotflügel und das zerknitterte Metall bis zur Tür. Seine Jacke rutschte zur Seite und gab die Waffe in seinem Hosenbund frei. »Meine Güte«, stöhnte er. »Was ist denn mit deinem Wagen passiert?«

»Ich war im Supermarkt. Und als ich wieder rauskam …«

»Ich kenne einen guten Autoschlosser. Ich gebe dir seine Nummer. Aber so gut Wayne auch ist, das hier wird nie wieder so wie vorher aussehen. Echt eine Schande.«

»Steig bitte ein.«

»Darfst du damit noch fahren?«

»Steig ein. Und pass auf, dass du dir nicht den Schwanz abschießt.«

Tommy stieg ein. Ich fuhr auf die West Sixth Street und dann die I 5 Richtung Norden. Ich rechnete aus, dass wir um diese Zeit eine Dreiviertelstunde bis Santa Clarita brauchen würden.

»Warum willst du mit Clay reden?«, wollte Tommy wissen.

Clay Harris hatte für meinen Vater als Ermittler gearbeitet, und nach meiner Übernahme von Private hatte er bei mir auf der Gehaltsliste gestanden. Ich mochte ihn nicht, doch er war gut bei dem, was er tat. Er konnte tagelang jemanden beschatten oder in einem Auto sitzen. Er sah aus wie ein arbeitsloser Fabrikarbeiter, passte sich unauffällig den Menschen auf der Straße an. Und er kannte sich mit Elektronik aus. Doch er war ein Betrüger und Lügner.

Clay Harris hatte seinen Spesenbericht aufgebläht. Und nebenbei gearbeitet. Und eines Tages Fotos von einem Mandanten in einer kompromittierenden Position verkauft. Das hatte ich herausgefunden und ihn gefeuert. Am nächsten Tag hatte er bei Tommy vor der Tür gestanden und von ihm einen Job bekommen.

Wenn ich jetzt über Clay Harris nachdachte, der grinsend in der Menge stand, während ich verhaftet wurde, sah ich ihn in einem ganz anderen Licht. Er mochte mich nicht. Er war fähig, mir zu schaden. Und einen Mord hätte ich ihm durchaus zugetraut.

»Ich möchte mit Clay über Colleen sprechen«, erklärte ich Tommy.

117

Über die I 5 fuhr ich nach Norden Richtung Santa Clarita. Clay Harris wohnte an einer unbefestigten Straße in einer verlassenen land- und forstwirtschaftlich genutzten Gegend. Von Satellitenaufnahmen wusste ich, dass sein Haus am Rand eines hundertzwanzig Hektar großen Grundstücks lag, das für die Bebauung erschlossen, dann aber, als 2009 die Immobilienblase platzte, seinem Schicksal überlassen worden war. Harris wohnte drei Kilometer vom nächsten von Menschen bewohnten Haus entfernt.

In Santa Clarita fuhr ich den Copper Hill Drive entlang, vorbei an einem kleinen Einkaufszentrum und einem Wohngebiet für Wanderarbeiter. Danach war nichts mehr zu sehen außer trockenem Gestrüpp und niedrigen Hügeln, kleinen Wäldern mit einheimischen Bäumen und kilometerweit flachem, unberührtem Land.

»Hier müssen wir abbiegen«, sagte ich und fuhr nach links auf die San Francisquito Canyon Road.

Seit wir Hancock Park verlassen hatten, hatte Tommy über sich selbst geredet, hatte mit Geschichten über Leibwächterdienste für Prominente geprahlt und erzählt, was die A-Promis alles vom Stapel ließen. Doch als meine Scheinwerfer den Maschendrahtzaun und das »Harris. Betreten verboten«-Schild beleuchteten, verstummte er.

Ich fuhr langsamer, als das Haus in unserem Blickfeld erschien, hielt am Wegrand an und schaltete das Licht aus.

Am Ende der langen Auffahrt ganz am Ende des Geländes befand sich ein einstöckiges weißes Haus im Ranch-Stil mit dunklen Balken und einer einfachen Veranda davor. Im Garten und entlang des Zauns standen einheimische Eichenarten, doch was meine Aufmerksamkeit auf sich zog, war ein nagelneuer Lexus Geländewagen.

Ich wusste, wie viel Clay Harris bei mir verdient hatte, und nahm nicht an, dass er bei Tommy das Vierfache bekam. Der Lexus passte also nicht ins Bild, sofern ihm nicht jemand etwa fünfundsiebzigtausend Dollar zugesteckt hatte.

Ich griff über meinen Bruder hinweg ins Handschuhfach, wo sich meine Waffe befand.

»Ich glaube nicht, dass du dafür eine Genehmigung hast«, vermutete Tommy.

»Dann bleibt das eben unter uns, Junior.«

Wir stiegen aus und schlichen, von den Bäumen gedeckt, am Zaun entlang. Das Tor war nicht verriegelt, ein Versehen des Hausbesitzers, wie ich dachte. Wir waren immer noch zehn Meter von der Veranda entfernt, als uns der Bewegungsmelder erfasste.

Lichter blitzten auf, eine Sirene plärrte über das offene Land, gefolgt von einem Kugelhagel. Harris entlud eine Halbautomatik und ließ die Schüsse durch die Bäume pfeifen, bis er uns eine Pause gönnte.

Hatte Clay Harris uns gesehen? Oder schoss er nur als Reaktion auf den ausgelösten Alarm? Vielleicht hielt er uns für einen Kojoten. Oder einen Bären. Oder: Wer mein Land betritt, ist tot.

»Du gehst hintenrum, ich bleibe vorne«, flüsterte ich.

»Nein, Jack. Du gehst nach hinten.«

»Gut«, sagte ich.

Es war alles andere als gut.

Eine Schießerei hatte ich nicht eingeplant.

Eigentlich hatte ich, wenn ich mir das recht überlegte, überhaupt keinen Plan gehabt.

118

Wir betraten verbotenerweise ein Grundstück.

Harris' Namen zu rufen würde meine Position verraten, falls er auf mich schießen wollte.

Ich ließ mich auf den Boden fallen und zog mich mit den Ellbogen über den Boden, bis ich mich seitlich am Haus außerhalb der Schusslinie befand. Mit dem Rücken an der Wand drückte ich mich an Müllhaufen und Gestrüpp vorbei bis zum Hintereingang. Ich hielt die Waffe mit beiden Händen und schob die Tür mit dem Fuß auf. Scharniere quietschten, als ich einen Vorraum betrat. Ich erwartete, dass geschossen oder ich zumindest angegriffen wurde, doch ich hörte nichts.

Im Innern des Hauses brannte Licht. Dorthin ging ich. Die Wand als Schutz nutzend schlich ich an Kleidern vorbei, die an Haken hingen, an Stapeln mit Zeitungen und zahllosen Kisten mit leeren Bierflaschen. Clay Harris gehörte zu den Menschen, die nichts wegwarfen.

Der Vorraum führte zu einer kleinen, niedrigen Küche. Töpfe und Pfannen stapelten sich auf der Arbeitsplatte und im Spülbecken. Am anderen Ende der Küche befand sich seitlich eine Tür zum Esszimmer. Ich ging um den Tisch herum, der von Aktenkartons und anderem Kram überquoll, und von dort weiter Richtung Wohnzimmer, wo ich um die Ecke spähte.

Clay Harris stand mit dem Rücken zu mir, die Hände – in einer hielt er seine Waffe – über dem Kopf. Auf seine Brust allerdings war die Waffe meines Bruders Tommy gerichtet.

»Tom, was soll das?«, wunderte sich Harris. »Sei doch nicht dumm. Ich werde keinen Ton über dieses Mädchen sagen.«

Ich betrat den Raum, meine Pistole mit beiden Händen fest umklammernd. »Clay, lass deine Waffe fallen«, rief ich.

Harris drehte sich zu mir um. »Scheiße«, sagte er nur und warf seine Waffe in einen Lehnstuhl.

Im gleichen Moment, in dem sie auf dem Lehnstuhl landete, schoss Tommy zweimal schnell hintereinander. Harris riss seine Hände an die Brust, sagte noch einmal »oh Scheiße«, sank auf die Knie und knallte mit dem Gesicht auf den Boden.

Ich ging zu Harris und legte eine Hand an seinen Hals. Kein Puls zu spüren. »Um Himmels willen, Tom. Ich wollte doch nur mit ihm reden.«

Tommy schob seine Waffe in den Gürtel zurück. »Das tut mir leid, ehrlich«, erwiderte er. Er suchte die beiden Patronenhülsen und steckte sie in die Tasche seiner Jeans. »Manchmal laufen die Dinge anders, als man sich vorgestellt hat. Du wolltest mit Clay reden, und jetzt ist er tot.«

Ich stand wieder auf und drehte mich zu meinem Bruder um. »Bildest du dir ein, ich weiß nicht, was hier passiert ist?«

»Das war Notwehr, Jack. Das ist die Wahrheit. Aber vermutlich wird man das nie genau wissen. Habe ich dieses Arschloch erschossen, weil er mich erschießen wollte? Oder habe ich ihn erschossen, weil er mich verraten wollte?« Tommy verspottete mich. Er trat von einem Bein aufs andere, bewegte die Hände auf und ab wie zwei Waagschalen. »War Harris ein gefährlicher Spinner mit einer geladenen Waffe? Oder war er dabei, dir zu erzählen, dass ich ihn für den Mord an Colleen angeheuert hatte?«

Ich sah von Tommy zurück zur Leiche von Clay Harris. Zwischen Daumen und Zeigefinger seiner rechten Hand prangte eine kräftige Bisswunde, bei der sogar die Zahnabdrücke zu sehen waren.

Ich zog ein Taschentuch heraus, das Hauptwerkzeug eines Ermittlers. Meinen Blick auf Tommy gerichtet griff ich damit zu Clay Harris' Telefon und wählte den Notruf.

119

Tommys Gesicht war verzerrt vor Wut. »Was machst du da, verdammt?«, fragte er ungläubig.

Eine Stimme am anderen Ende meldete sich. »Um was für einen Notfall geht es, bitte?«, fragte sie.

Ich verstellte meine Stimme, sprach mit einem leichten spanischen Akzent. »Ich habe Schüsse in einem Haus auf der San Francisquito Canyon Road gehört.« Ich nannte ihr die Hausnummer und sagte, ich sei hineingegangen, um nachzusehen, ob jemand Hilfe brauche, und hätte einen Mann mit einer Schusswunde vorgefunden.

»Atmet er noch?«, fragte mich die Vermittlung.

»Nein, er ist tot.«

»Wie heißen Sie?«

»Tut mir leid, das kann ich nicht sagen.« Ich legte auf.

Wieder fragte mich Tommy, was ich denn vorhabe, und wiederholte, er habe Clay Harris aus Notwehr erschossen.

Um Harris tat es mir nicht leid, doch lebendig hätte er mir mehr genützt, um auszusagen, dass er gemeinsam mit Tommy den Mord an Colleen zu verantworten hatte.

Tommy war tierisch nervös und seine Blasiertheit völlig dahin. »Jack, lass uns von hier verschwinden. Ich muss meine Waffe loswerden.« Das schien seine einzige Sorge zu sein. Eine Sache über Tommy ließ sich mit Sicherheit sagen: Er war ein Arsch, genau wie mein Vater einer gewesen war.

Ich richtete meine Telefonkamera auf die Bisswunde an Clay Harris' Hand, machte drei oder vier Aufnahmen, um sicherzugehen, dass ich alles hatte, was ich brauchte, dass nämlich die Bisswunde an seiner Hand zusammen mit dem toten Gesicht zu sehen war. Schließlich verließ ich das Haus durch die offene Haustür und entriegelte den Wagen mit der Fernbedienung. Hundert Meter entfernt blinkten die Lichter auf. Tommy folgte mir den dunklen Weg entlang.

Auf dieser Straße fuhr kein anderes Fahrzeug. Keine Menschenseele weit und breit. Ich stieg in den Wagen, Tommy wollte die Beifahrertür öffnen. Doch ich hatte sie verriegelt. Er riss mehrmals am Griff, bevor er mit dem Handballen gegen die Scheibe schlug. Mit völlig verzweifelter Stimme verfluchte er mich und flehte mich an, ihn einsteigen zu lassen, als ich bereits den Motor startete.

»Jack, komm schon. Bitte mach die Tür auf. Du weißt, dass ich nur rumgealbert habe. Du weißt, dass er auf mich geschossen hätte. Du weißt, dass er nichts wert war.«

Ich ließ das Fenster drei Zentimeter weit nach unten. »Erzähl das der Polizei«, erwiderte ich. »Du klingst sehr überzeugend, Tommy. Sie wird in ein paar Minuten hier sein. Oder fang an zu laufen. Vielleicht entkommst du ja.«

»Jack, du lässt mich doch nicht einfach hier! Komm schon. Tu das nicht. Ich sag ihnen, du wärst hier gewesen und hättest geschossen.«

Ich schloss das Fenster wieder und fuhr auf die Straße, die sich in beide Richtungen drei Kilometer weit ins Nichts erstreckte. Als ich den Copper Hill Drive erreicht hatte, rief ich Eric Caine an und brachte ihn auf den neusten Stand der Dinge. Dann hörte ich nur noch zu, was mein in Harvard ausgebildeter, auf der Straße geschulter Anwalt zu sagen hatte.

120

Eric Caine saß im Verhörraum des Polizeireviers im Zentrum von Los Angeles neben mir. Er wirkte völlig gelassen, als hätte er gut zu Mittag gegessen, danach ein Schläfchen gehalten und anschließend die Abrechnung seiner Rentenkasse geprüft und für gut befunden.

Was mich anging, hatte ich das Gefühl, als würden sich Schlangen in meinem Magen tummeln. Man hatte mir noch nicht mitgeteilt, warum ich erscheinen sollte, aber mit Sicherheit hatte Mitch Tandy uns nicht in die North Los Angeles Street zitiert, um zu sagen, dass er mich für einen tollen Typen hielt.

Ich zwang mich, an bauschige Wolken und Regenbögen zu denken und nicht daran, dass Tandy mir geschworen hatte, er würde mich wegen des Mordes an Colleen lebenslänglich hinter Gitter bringen.

Tandy machte es sich auf einem der beiden Metallstühle uns gegenüber bequem, dann betrat Ziegler mit einem dicken Umschlag das Zimmer. Er machte viel Aufhebens darum, einen Stuhl vom Tisch zu ziehen, den Umschlag auf den Tisch zu legen und sich zu setzen, während er das Gummiband an seinem Handgelenk schnalzen ließ, als suchte er wie ein Schauspieler auf der Bühne die Aufmerksamkeit der Zuschauer.

Was war los?

Abgesehen von dem Gummibandtick ließ keiner der beiden Polizisten eine Gefühlsregung erkennen.

»Ich vermute, Sie wissen, worum es geht«, begann Tandy.

»Warum verraten Sie es uns nicht einfach?«, fragte Caine zurück. »Mein Mandant ist sehr beschäftigt. Ich vermute, Sie auch.«

»Sagt Ihnen der Name Clay Harris was?«, fragte Tandy mich.

Er wusste ganz genau, dass ich Harris gekannt hatte. Drei Tage waren vergangen, seit ich auf Harris' Leiche hinabgeblickt hatte. Seitdem hatte ich nichts über die Schießerei gehört. Und von meinem Bruder auch nichts.

»Wir kennen beide Clay Harris«, antwortete Caine für mich. »Er arbeitete für Private ... wie lange, Jack? Drei Jahre? Er wurde, nachdem er wegen Erpressung gesessen hatte, 2009 aus dem Gefängnis entlassen.«

»Er ist tot«, wusste Tandy zu berichten. »Er wurde vor drei Tagen in seinem Haus draußen in der Wildnis erschossen. Ein anonymer Anrufer hat den Vorfall gemeldet.«

»Es tut mir leid zu hören, dass Harris tot ist«, erwiderte Caine. »Was hat das mit Jack zu tun?«

Die Schlangen in meinem Bauch zuckten. Hatte ich einen Fingerabdruck in Harris' Haus hinterlassen? Hatte ein Passant meinen Wagen mit dem zusammengefalteten Heck gesehen? War Tommy zur Polizei gegangen, um zu behaupten, ich hätte Harris erschossen? Diese Möglichkeiten hatte ich mehrmals bedacht, doch ich war sicher, in Harris' Haus nichts berührt zu haben. Ich hatte keine Spur hinterlassen. Dessen war ich mir verdammt sicher.

Ziegler öffnete den Umschlag, kramte darin herum und nahm ein Blatt Papier heraus. Schon als Dreijähriger hatte ich gelernt, auf dem Kopf zu lesen. Ziegler hielt einen Bericht des forensischen Labors des LAPD in der Hand.

»Jemand hat Clay Harris kräftig in die Hand gebissen«, erklärte Ziegler. »Die Gerichtsmedizin hat die Bissspuren mit Colleen Molloys Gebiss verglichen. Sieht aus, als hätte sie sich auf ihm verewigt, wahrscheinlich das Letzte, was sie tat, bevor er sie erschoss.«

Ich wusste bereits, was das Labor des LAPD herausgefunden hatte. Sci hatte diesen Abdruck ebenfalls mit Colleens Gebissschema verglichen. Ich wartete darauf, dass Ziegler weitersprach. Wahrscheinlich hoffte er, ich würde etwas über mich verraten, was er noch nicht wusste. Das Schweigen schien eine Ewigkeit zu dauern.

»Wir sind hier in keiner Rateshow, Detective, und wir haben für solche Sachen auch keine Zeit. Sie haben den Biss an Harris' Hand mit Colleen Molloys Zähnen verglichen. Sie möchten wissen, ob wir interessiert sind? Ja, das sind wir.«

121

Ziegler wand sich auf seinem Stuhl. Er sah aus, als würde ihm dieser Akt – die Überbringung der Nachricht – körperliche Schmerzen bereiten.

»Wir sind alle interessiert, Caine«, sagte er. »Auch wir wollen den finden, der sie umgebracht hat.«

Ich stieß die Luft aus, egal ob Ziegler und Tandy meine Erleichterung bemerkten. Sie hatten einen Beweis, dass Colleen ihre Zähne in Clay Harris' Hand versenkt hatte. Ihr Beweis war jetzt auch unser Beweis.

Offenbar hatte Tandy das gleiche Gefühl. »Wir werden also einräumen, dass Harris von Colleen gebissen wurde. Aber bevor Sie und Ihr Anwalt mit Konfetti um sich werfen, möchte ich sagen, dass dieser Biss kein überzeugender Beweis ist. Es bedeutet nicht, dass Harris den Mord begangen hat, nur weil Colleen ihn gebissen hat. Das verstehen Sie sicher.«

Die Verbitterung lag eher in seiner Stimme als in seinen Worten. Tandy hatte, was mich betraf, falschgelegen, und mit Sicherheit wurmte ihn das. Ich wünschte, ich könnte ihm sagen, dass er mich in den vergangenen zwei Wochen durch einen Fleischwolf mit sehr scharfen Messern gedreht hatte, dass er ein schlechter Polizist war und eines Tages dafür die Rechnung präsentiert bekommen würde.

Ich unterdrückte meine Gefühlsregungen. »Colleen hat um ihr Leben gekämpft«, sagte ich. »Darum bin ich froh.«

Caine schlug mit der flachen Hand leicht auf den Tisch, zum einen als Signal, dass ich schweigen sollte, zum anderen, um den Detective zum Weiterreden zu animieren.

»Es wird Sie freuen zu hören, dass wir auch das hier haben«, fuhr Ziegler fort, öffnete den Umschlag ein zweites Mal und warf etwas Metallisches auf den Schreibtisch. Eine Festplatte. Sie sah aus wie diejenige, die an dem Abend von Colleens Ermordung aus meinem Sicherheitssystem gestohlen worden war.

Ich hörte einen Moment lang auf zu atmen.

»Was ist das?«, fragte Caine.

»Das ist Jacks Festplatte mit der Aufnahme aus seiner Überwachungskamera. Darauf ist zu sehen, wie Clay Harris die bewusstlose Colleen Molloy in Jacks Haus trägt. Der Zeitstempel zeigt Datum und Uhrzeit, die mit dem ungefähren Todeszeitpunkt von Molloy übereinstimmen. Wir haben sie in Clay Harris' vermüllter Hütte gefunden. Das lässt darauf schließen, dass er die Festplatte aus Morgans Haus mitgenommen hat. Dies und die Bisswunde …«

Clay Harris hatte Colleen getötet, aber sicherlich nicht den nötigen Einfallsreichtum besessen, es auf eigene Faust zu tun. Und er hatte kein Motiv gehabt.

Tommy hatte ein Motiv – mich für den Rest meines Lebens aus dem Verkehr zu ziehen. Doch er hatte den Mord nicht selbst begehen müssen. Harris war bereit gewesen, diese Aufgabe zu übernehmen – für ein Jahresgehalt, das er in ein Auto investiert hatte.

Jetzt wurde mir auch noch etwas anderes klar: Tommy hatte den Mord vom Strand vor meinem Schlafzimmerfenster aus dirigiert, und Harris hatte ihn angerufen, sobald Colleen tot war.

»Die Mordanklage gegen meinen Mandanten ist damit nichtig«, stellte Caine fest.

»Wir haben mit dem stellvertretenden Bezirksstaatsanwalt, Eddie Savino, gesprochen«, fuhr Tandy fort. »Er trifft sich heute Abend mit dem Bezirksstaatsanwalt. Ich glaube, die Mordanklage wird zurückgezogen, aber da ist noch etwas anderes, Mr Caine.« In Tandys Augen blitzte etwas auf, das mir nicht gefiel. Eine Warnung oder dergleichen. »Wir haben eine weitere Leiche. Clay Harris wurde erschossen, und wenn er Ihre Freundin erschossen hat, Jack, ist das ein klassisches Motiv für Sie, ihn ebenfalls umzubringen.«

»Ich habe es nicht getan«, erwiderte ich.

»Wollen Sie Jack jetzt als Verdächtigem wegen des Mords an Clay Harris seine Rechte vorlesen?«, schnauzte Caine.

»Noch nicht«, antwortete Tandy. »Aber wir behalten Sie im Auge, Morgan. Sie und Ihren Bruder.«

122

Tandy war anzumerken, dass er nur widerwillig mit den Informationen zu dem Mord an Clay Harris herausrückte. Wenn Tandy für den Mord Tommy im Visier hatte, durfte ich mir Hoffnungen machen, dass Tommy eine Spur hinterlassen hatte.

Es wurde mucksmäuschenstill im Verhörzimmer. Nur das weiche Schnalzen von Len Zieglers Gummiband um dessen Handgelenk war zu hören.

Tandy lehnte sich zurück und spielte den Gelassenen. »Ihr Bruder Tommy wurde am Abend des Mordes wegen überhöhter Geschwindigkeit angehalten«, begann er schließlich. »Er fuhr einen neuen Lexus LX 570, der dem Opfer gehörte. Er hatte getrunken und konnte den Streifenpolizisten nicht erklären, warum er in Harris' Wagen saß. Er konnte auch nicht erklären, wo er die Stunden davor gewesen war und was er in Canyon Country getrieben hatte.«

Zuletzt hatte ich Tommy vor Harris' Haus gesehen. Die Polizei war auf dem Weg gewesen. Er musste zurück ins Haus gegangen sein und den Schlüssel vom Lexus geholt haben. Wie dämlich von dir, Tommy. Echt dämlich.

»Tommy sitzt derzeit wegen Trunkenheit am Steuer und des Besitzes eines gestohlenen Fahrzeugs in Untersuchungshaft«, fuhr Tandy fort. »Aber wir sind noch nicht fertig.« Einen kurzen Moment lang ließ Tandy in seinem Gesicht erkennen, was in ihm tatsächlich vorging: Er ärgerte sich zu Tode, dass er nichts gegen mich in der Hand hatte.

Vielleicht konnte er in meinem Gesicht auch etwas lesen: Du hast nichts gegen mich in der Hand. Nichts.

In meinem Kopf wurde kräftig gefeiert. Ich grinste breit, weil ich einen Treffer nach dem anderen landete. Sektkorken knallten, das prickelnde Zeug lief über mein Gesicht. Die Fans sprangen von ihren Sitzen auf und johlten, und ich wurde von meinen Mitspielern in die Luft gehoben.

Caine wirkte völlig ernst, doch sein rechtes Augenlid zuckte leicht. Ein Zwinkern, nur für mich.

Ich erhob mich. »Es war mir eine Freude, Detectives. Ich muss jetzt dringend zu einer Besprechung.«

Gemeinsam mit meinem Anwalt verließ ich das Polizeirevier. Ich brauchte mir keine Sorgen mehr zu machen, dass ich in die Zwillingstürme zurückmüsste, um mich nach ein oder zwei Jahren Erniedrigung in Gerichtsverhandlungen fünfundzwanzig Jahre bis lebenslänglich wegsperren zu lassen.

Ich war wieder frei!

»Verdammt, jetzt sag doch was, Jack.«

Ich klopfte Caine auf die Schulter und grinste ihn an. »Mensch, Eric. Heut ist so ein schöner Tag.«

123

Colleens Freund Mike Donahue und ich waren am Santa Monica Airport, wo meine Cessna 172 Skyhawk stand. Ich hatte Donahue erzählt, ich sei mit Colleen ein paarmal geflogen und hätte ihr irgendwann das Steuer übergeben. Sie habe ein paar Loopings gedreht und jedes Mal vor Lachen gekreischt.

Jetzt wollte Donahue es auch versuchen.

Wir duckten uns unter dem Flügel hindurch. »Es ist nicht so, wie man das im Fernsehen sieht, als wäre Fliegen nur einen Tick schwieriger als Autofahren«, erklärte ich. »In einem Flugzeug regelt man selber die Mischung aus Treibstoff und Luft, die zum Motor geleitet wird, man überwacht die Auspufftemperatur, man stellt den Kompass ein. Eine kleine Pfuscherei hat in der Luft ganz andere Folgen als am Boden.«

»Welche zum Beispiel?«, wollte Donahue wissen. »Ach nein, Jack, sag's lieber nicht.«

»Zum Beispiel, wenn man vergisst, den Tank wieder zu verschließen. Der Treibstoff verdampft einfach. Das Flugzeug wird zu einem Segelflieger, was äußerst ungünstig ist.«

Donahue deutete mit dem Finger auf etwas. »Ist das der Tankdeckel?«

»Ja.« Ich lächelte ihn an. »Der ist aber fest draufgeschraubt.«

Am Ende unseres Rundgangs half ich Donahue beim Einsteigen. Ich selbst setzte mich auf den Pilotensitz, schnallte mich an und stellte Donahues Sprecheinheit ein, damit wir uns unterhalten konnten und er mein Gespräch mit dem Kontrollturm mithören konnte.

Ich bekam die Freigabe, zur Startbahn zu rollen. Donahue blickte starr geradeaus, ohne zu blinzeln. Am Ende der Rollbahn blieben wir stehen, und ich überprüfte alles Notwendige, erstattete dem Kontrollturm Bericht und leitete den Start ein. Wie immer zog das Flugzeug wegen der Propellerdrehung nach links, dementsprechend richtete ich das rechte Seitenruder aus, während ich die Geschwindigkeit erhöhte.

Den Blick auf den Eigengeschwindigkeitsanzeiger gerichtet bewegte ich, als wir sechzig Meilen erreicht hatten, leicht den Steuerknüppel. Die Nase richtete sich nach oben. Wir hoben ab – und ich stieß die Luft aus.

Es war ein wunderschöner Abend. Die untergehende Sonne malte rosafarbene Streifen an den blauen Horizont. Ich flog Richtung Westen zum Meer. Colleen hatte immer mit lauter Stimme die verschiedenen Blau- und Grüntöne benannt, die je nach Wassertiefe wechselten.

Ich sagte zu Donahue, dass Colleen genau hier, in dieser Höhe und in dieser Entfernung vom Land, gerne die Steuerung übernommen hatte.

»Ich kann mir gut vorstellen, wie sie geflogen ist, aber ich begnüge mich lieber mit der Rolle als Fluggast«, lehnte er ab.

»Vielleicht wenn wir das nächste Mal hier oben sind«, sagte ich.

Ich flog in die Wolken hinein. Einen Moment lang war vor uns nur noch kondensierte Luft zu sehen, bis wir die Luftschlösser unter uns ließen. Für einen Fluggast, aber auch für einen Piloten war es leicht, Motor, Magnetzünder und Tankdeckel ganz an den Rand des Bewusstseins zu schieben und nur den Zauber und das erhabene Gefühl beim Fliegen zu genießen.

Breit lächelnd beobachtete Donahue die pastellfarbenen Wattebäusche. »Ich habe meine Meinung geändert, mein Junge«, sagte er in meinem Kopfhörer. »Ich würde doch gerne mal das Steuer übernehmen.«

Ich erklärte Donahue, wie er einen Looping fliegen musste. Er zog leicht am Steuerknüppel, das Flugzeug hob die Spitze senkrecht nach oben und drehte sich, bis wir über Kopf weiterflogen. Donahue kreischte auf sehr männliche Weise ins Mikrofon. »Da hängt man buchstäblich mit dem Arsch in der Luft«, feixte er.

Sein Lachen brachte beinahe mein Trommelfell zum Platzen.

Donahue beendete den Looping, bis wir wieder Richtung Westen flogen. Er nahm die Hand vom Steuerknüppel und hielt mir seine Handfläche hin. Ich klatschte meine auf seine, und wir grinsten einander an wie zwei Verrückte.

Das war unsere Art, unserer geliebten Freundin adieu zu sagen.

124

Abends um neun Uhr war ich zu Hause, noch immer aufgekratzt von zu viel Adrenalin und zu wenig Schlaf. Ich verriegelte die Tür hinter mir, ging durchs Haus, um die Fenster zu überprüfen, und sah mir an meinem neuen, verbesserten Sicherheitssystem im Schnelldurchlauf die Aufnahmen vom Vorder- und Hintereingang an. Niemand hatte sich meinem Haus über die Einfahrt oder vom Strand aus genähert, und die Eintragungen zeigten, dass kein Alarm ausgelöst worden war.

Ich nahm mir kurz das Telefon und die Einrichtung vor, und soweit ich sehen konnte, war mein Haus nicht verwanzt.

Im Kühlschrank befand sich außer einem Sechserpack Bier kaum etwas anderes. Ich öffnete eine Flasche und leerte sie halb, nach einer kurzen Pause den Rest.

Zu wissen, dass Tommy im Gefängnis saß, hätte mir genügend Erleichterung bieten müssen, doch ich überprüfte die Fensterschlösser, die Schiebetüren und die Haustür ein zweites Mal. Dann zog ich mich aus und ließ meine Kleider dort liegen, wohin sie fielen.

Die Dusche mit den vielen Düsen befand sich neben dem Schlafzimmer. So muss sich eine Wiederauferstehung anfühlen, dachte ich unter dem heißen Wasser und kam zu dem Schluss, dass ich jetzt bereit war, mein Schlafzimmer wieder in Beschlag zu nehmen, in meinem neuen Bett mit der neuen Bettwäsche zu schlafen.

Sollte ich dort nicht schlafen können, würde ich mein Haus verkaufen. So einfach wäre das.

Also probierte ich es aus.

Ich betrat mein Schlafzimmer und ließ den Blick einmal rundherum gleiten, bis er schließlich auf dem Bett landete. Ich betrachtete es lange, sah aber immer nur das Bett, kein Bild von der toten Colleen. Zumindest in meiner Vorstellung hatte Colleen Ruhe gefunden.

Ich deckte das Bett auf, schaltete den Fernseher ein und suchte einen Nachrichtensender. Als ein Sprecher vor einer Reihe rot und blau blitzender Lichter erschien, legte ich die Fernbedienung zur Seite.

Der Name des Reporters und die Initialen des Fernsehsenders wurden gezeigt, »Matt Galaburri, CNN«, darunter in kleinen Buchstaben: »Erfolgreicher Schlag der Drogenbehörde gegen das org. Verbrechen: DEA beschlagnahmt Transporter mit Medikamenten im Wert von 30 Mio. Dollar in Renton, Washington. Vier Männer verhaftet.«

Ich stellte den Ton lauter.

Es war so passiert, wie ich es mir erhofft hatte, doch ich wollte die Einzelheiten hören, um sicher zu sein, dass Private aus dem Schneider war.

Der Reporter war ganz aufgeregt und drehte immer wieder den Kopf nach hinten, so dass die Hälfte seiner Worte verloren ging. Der Gegenstand seines Interesses war ein weißer Lieferwagen, der von Zivilfahrzeugen der Polizei und von Einsatzfahrzeugen der Drogenbehörde mit den Initialen DEA auf den Seiten umzingelt war.

Die Szene ereignete sich auf einem Parkplatz vor einem Lagerhaus, das, wie der Hintergrund verriet, an einem Highway liegen musste. Das Lager gehörte zu den unscheinbaren kastenförmigen Gebäuden, an denen man ständig vorbeifährt, ohne sie eines Blickes zu würdigen.

»Was Sie hinter mir sehen, ist der Schauplatz eines der

größten Schläge gegen das organisierte Verbrechen in der jüngsten Geschichte. Ein Sprecher der Drogenbehörde teilte CNN mit, dass Medikamente im Wert von mehreren zehn Millionen Dollar konfisziert und vier Männer verhaftet wurden, die, soweit man weiß, in enger Verbindung zum organisierten Verbrechen stehen.« Anschließend berichtete er von den Hintergründen und erzählte, wie der Transporter angehalten hatte, um die Ladung in einem Lager gleich südlich von Seattle zu übergeben, das seit einem Jahr beobachtet worden war.

Ein Film von einer auf dem Armaturenbrett eines Behördenfahrzeugs montierten Kamera wurde gezeigt. Man sah kurz vier Männer, die einen weißen Transporter mit Gemüsereklame an den Seiten entluden. Eine Sekunde später rasten Fahrzeuge mit quietschenden Reifen auf den Parkplatz. Laute Rufe ertönten, Polizisten rannten auf den Transporter zu. Zwei der Männer wollten fliehen, zwei hoben ihre Hände. Die Polizei drückte die Männer auf den Boden und legte ihnen Handschellen an.

Anschließend wurde ein Mann im Anzug an einem Stehpult gezeigt, das mit einem Behördenabzeichen versehen war. Die Schrift am unteren Bildrand verriet, dass es sich um Brian Nelson handelte, den Direktor der DEA.

»Die an dieser Operation beteiligten Beamten retteten heute eine Menge Menschenleben«, sagte Nelson in die Kamera.

Mein Telefon klingelte. Ich riss mich vom Fernseher los und sah nach, wer mich anrief. Fescoe. Mist! Was wollte der denn jetzt noch?

125

»Schalt den Fernseher ein«, forderte mich mein alter Freund in guten Zeiten, Polizeichef Mickey Fescoe, auf. »Da wird was gezeigt, das du sicher sehen möchtest.«

»Hab ich schon«, erwiderte ich. »Offenbar hat die Drogenbehörde eine Menge illegal beschaffter Medikamente von der Straße geholt.«

»Das stimmt. Ich habe von deiner Rolle in dieser Sache selbst den Kollegen nichts verraten. Das wolltest du doch so, oder?«

»Genau. Ich möchte keine Lobeshymnen. Sag keinem was darüber, niemals.«

»Ich habe verstanden, Jack. Die DEA ist ganz aus dem Häuschen. Diesem Transporter hat nur noch ein rotes Schleifchen auf dem Dach gefehlt. Aber das wär gar nicht mehr nötig gewesen. Die Fingerabdrücke der Noccia-Familie waren überall. Können wir Carmine festnageln? Ich weiß nicht, aber dieser Fang wird ihm nicht helfen. Vielleicht bekommt er einen Herzinfarkt. Vielleicht erschlägt ihn jemand. Wir können nur hoffen.«

Wir wechselten noch ein paar Worte über den guten Ausgang für Amerika. »Übrigens bin ich froh, dass die Mordanklage gegen dich fallen gelassen wurde. Ich habe die ganze Zeit Tandy und Ziegler im Auge behalten. Ich will dafür auch keinen Dank«, sagte Fescoe. »Aber ich hoffe, du fühlst dich vom LAPD gut behandelt.«

»Ich kann mich nicht beschweren«, behauptete ich.

Im Telefonhörer ertönte ein Piepsen. Ein zweiter Anruf

kam herein. Gerade als ich dachte, in meinem Körper gäbe es keinen Tropfen Adrenalin mehr, wurde ich von Panik erfasst, weil als Anrufer Carmine Noccia angezeigt wurde.

Noccias Medikamente waren futsch. Seine Kunden würden durchdrehen, und die DEA hatte Noccias Männer verhaftet.

Ich entschuldigte mich bei Fescoe, weil es in der anderen Leitung brennen würde, gratulierte ihm zu seinem Anteil am DEA-Fang und nahm das andere Gespräch an.

Als ich Carmine Noccia begrüßte, hoffte ich inständig, dass er von meiner Beteiligung an der DEA-Beschlagnahmung nichts wusste. Sollte dies allerdings der Fall sein, würde er mir raten, mein Testament zu machen.

»Haben Sie von unserem Unglücksfall mit der DEA gehört?«, fragte Noccia. Seiner Stimme merkte ich nichts an.

»Ich habe es gerade auf CNN gesehen. Echt hart, Carmine.«

»Sie hatten doch nichts damit zu tun, Jack?«

»Nein, selbstverständlich nicht.«

»Das musste ich fragen.«

In der langen Pause, bevor Noccia weitersprach, trommelte mein Puls in meinen Ohren einen nervösen Rhythmus.

»Das FBI sagt, sie hätten unsere Übergabestation beschattet. Scheiße, vielleicht hat jemand was gesagt, und die Marzullos haben es herausgefunden und der Polizei einen Tipp gegeben. Egal wie, die Schuld kann ich nur mir selbst geben. Ich hätte die Übergabe an einem anderen Ort stattfinden lassen sollen, aber uns gehört das Lager, und wir haben immer gut aufgepasst. Wir konnten schnell rein und wieder raus, da es gleich am Highway liegt. Den Transporter verstecken, bis wir die Ware hätten aufteilen können.

Jedenfalls dachte ich das. Aber das ist mein Problem, Jack. Ich rufe an, um zu sagen, Sie sollen Ihr Geld behalten.«

War es gefährlich, tief durchzuatmen?

»Sie wollen, dass ich die sechs Millionen Dollar behalte?«, vergewisserte ich mich.

»Sie haben den Transporter schließlich ohne Zwischenfälle aus dem Lager geholt und ihn uns übergeben. Sie haben uns die Namen der Typen genannt, die ihn uns weggenommen hatten. Sie haben den Auftrag ausgeführt, und deswegen bezahle ich Sie. So läuft das zwischen uns.«

Scheiße. Klassischer Fall von gute Nachrichten – schlechte Nachrichten.

Noccia vertraute mir. Er sagte, wir seien wie Brüder. Es gebe so etwas wie Ehre unter Dieben – oder US-Soldaten. Die sechs Millionen Dollar auf Privates Bankkonto bedeuteten, dass Carmine und ich Freunde waren.

Ich wollte nie wieder was von Noccia hören, doch ich glaubte nicht, dass mir dieses Glück beschert sein würde.

Er legte so auf wie immer – ganz plötzlich.

Ohne sich zu verabschieden.

126

Ich legte das Telefon zur Seite und versuchte, den Schock zu verarbeiten, den mir Noccias Anruf bereitet hatte. War ich wirklich sicher? Nur wenn Mickey Fescoe meine Beteiligung an der Beschlagnahmung geheim halten konnte. Ansonsten wäre es nur eine Frage der Zeit, bis mir Noccias Schläger in einer dunklen Gasse auflauern würden.

Ich wollte Justine anrufen, wollte ihre Stimme hören, sie über Noccia und meinen Zwillingsbruder informieren, der wegen Autodiebstahl und Mordverdacht in Untersuchungshaft saß.

Justines Nummer war die erste in meiner Kurzwahlliste. Ich lauschte dem Freizeichen, stellte mir vor, das Telefon am anderen Ende klingelte. Ich hoffte, sie war zu Hause und trank vielleicht draußen am Pool ein Glas Wein. Ich hoffte, sie würde sagen, ich solle vorbeikommen.

Justine meldete sich nach dem dritten Klingeln.

»Leg nicht wieder auf, Mädchen. Ich meine es ernst.«

Justine lachte. »Okay, du hast mich erwischt.«

Sie sagte, sie putze gerade ihren Kühlschrank. Es sei ihr erster freier Abend seit etwa einem Monat, und sie habe noch ein paar Dinge zu erledigen.

»Macht's dir was aus, dich mit einem Glas Wein an den Pool zu setzen? Genauso habe ich mir dich eben vorgestellt.«

Wieder lachte sie. »Lass mal sehen. Yep. Zufällig habe ich eine offene Flasche. Warte kurz.«

Ich hörte Gläser klingen und ihren Tierheim-Pitbull Rocky bellen. Eine Schiebetür wurde geöffnet, bevor sie sagte: »Ich bin bereit. Was liegt an, Jack?«

Ich begann zu sprechen, überrascht darüber, was mein Mund so alles hergab. Vielleicht gewährte uns das Telefon die Vertrautheit und Distanz, die wir brauchten, um zumindest darüber zu reden, was ich getan hatte und warum. »Ich weiß, dass ich einen Fehler begangen habe. Es gibt dafür keine Entschuldigung, vor allem nicht dir gegenüber, aber du kannst mir glauben, Justine: Es tut mir leid. Mehr leid könnte es mir nicht tun.«

»Hör auf, dir die Schuld an Colleens Tod zu geben, Jack«, sagte Justine. »Du hast getan, was du getan hast, aber du hast sie nicht getötet.«

Justine erzählte, wie sehr sie Colleen gemocht hatte und meine Gefühle für sie verstand. »Ich dachte, ihr zwei hättet für immer Schluss gemacht. Aber das habt ihr nicht. Nicht ganz oder noch nicht. Das hat mir wehgetan, Jack. Ich glaube, das würde jedem wehtun, aber darüber bin ich hinweg.«

Ich dankte ihr. Als das Schweigen zu lange dauerte, erzählte ich Justine von Clay Harris, wie er von Tommy erschossen worden war und dass Tommy derzeit im Gefängnis saß.

»Da ich Tommy kenne, würde ich sagen, man wird ihm nichts nachweisen können«, sagte Justine. »Er wird behaupten, er hätte den Wagen für Clay gekauft. Ich wette, das hat er tatsächlich getan. Ich kann mir nicht vorstellen, wie Clay Harris zu einem Lexus-Händler in Beverly Hills geht. Das Bild passt nicht. Und Tommy wird auch die Mordanklage abwenden. Die Polizei wird wissen, dass er Clay umgebracht hat, aber seine Waffe wird unauffindbar bleiben. Du kannst nicht gegen ihn aussagen, er nicht gegen dich. Eine Pattsituation.«

Ich seufzte.

»Jack, ich bin nicht mehr wütend auf dich.«

»Gut.« Ich war schon dabei zu sagen, dass ich gerne zu ihr kommen würde, als sie »Ich muss weitermachen« sagte. »Ich muss mit dem Hund rausgehen, das Katzenklo putzen, den Gefrierschrank schrubben. Vielleicht lackiere ich mir sogar die Nägel. Du solltest ein bisschen schlafen. Wir sehen uns morgen früh.«

»Ich habe auch einige entscheidende Dinge zu erledigen, bei denen es um Leben oder Tod geht, Justine. Ich muss ein paar Maschinen Wäsche waschen.«

Justine lachte mit mir. »Tu das«, verabschiedete sie sich.

Ich wünschte ihr eine gute Nacht.

Was hätte ich sonst tun können?

127

Justine ging mit Rocky nach draußen und begann zu rennen. Sie brauchte die Bewegung mehr als ihr Hund, wollte die Anspannung abbauen, von der Körper und Geist gefangen gehalten wurden.

Eine halbe Stunde später waren sie und ihr Hund an den Wetherly Drive zurückgekehrt und gingen den Weg zu ihrem wunderschönen alten Haus hinauf. Es war Ende der 30er Jahre als Kutscherhaus gebaut worden und bot einige architektonisch sehr interessante Details. Und es gab ihr ein Gefühl von Beständigkeit, anders als das moderne Haus, das sie mit Jack gekauft hatte.

Hier rauschte kein Meer, das sie in den Schlaf lullte, doch es gab andere Geräusche, die sie ebenso mochte: Kinder, die auf dem Bürgersteig Fahrrad fuhren; Rasensprenger, die auf den sauber gemähten Rasenflächen zischten; TV-Gelächter aus den anderen Wohnzimmern. Das alles fand sie urgemütlich und für sie passend.

In der Küche gab sie Nofretete und Rocky etwas zu fressen und schloss die Schranktüren, die noch offen standen, nachdem Jack angerufen und sie zu einem Glas Wein und einem Gespräch überredet hatte.

Die zehn Schranktüren in ihrer Küche waren innen von oben nach unten in unterschiedlicher Schrift und mit unterschiedlichen Stiften beschrieben worden. Die kurzen Hinweise erzählten die Geschichte der Familie Frank, die hier drei Generationen lang gewohnt hatte, bis das Haus in Justines Besitz übergegangen war.

Die Notizen auf der Tür, die sie gerade schloss, stammten aus den 40er Jahren: Ein Baby war geboren worden, Eleanor Louise Frank. Um den Namen des Mädchens waren Sternchen gemalt. Ein Jahr später stand ein neuer Packard in der Garage. John und Julie verlobten sich. Saul erkrankte im Alter von zehn Jahren an Kinderlähmung. In einem Schrank kamen Hundebabys zur Welt. Im Garten fand eine Hochzeit statt. Und ein Cousin, Roy Lloyd Frank, war in den Krieg gezogen.

Justine schloss die Schranktür.

Ihr Leben war gut. Daran bestand kein Zweifel. Sie hatte ein eigenes Zuhause und eine gute Arbeit, und ihr Leben verlief so, wie sie es haben wollte.

Erst heute hatte sie einen neuen Auftrag an Land gezogen: Ein vierundzwanzigjähriges Model hatte von ihrem verstorbenen achtzig Jahre alten Milliardärsfreund ein Vermögen geerbt. Und die Familie des Toten wollte, dass Nachforschungen über die Frau angestellt wurden. Eine kinderleichte Sache, Arbeitszeit von neun bis fünf. Keine Schießereien, keine Mafia. Niemand würde von einer Klippe gestoßen werden. Der Fall würde ihr Spaß machen, und ihr Tag würde in einem angenehmen Rhythmus von Arbeit und Feierabend verlaufen.

Als es an der Tür klingelte, riss Justine genervt den Kopf herum. Rocky rannte ins Wohnzimmer, sprang gegen die Tür und winselte. Er wusste, wer da draußen stand, genauso wie sie.

Es war zehn Uhr durch. Ein Tag mitten in der Woche. Der Mann an ihrer Tür konnte sich nicht öffnen und keine Ruhe finden. Er war ein guter Chef, doch in jeder anderen Hinsicht eine Verschwendung ihrer Zeit.

Verdammt!

Ihr Telefon klingelte. »Was willst du, Jack?«, fragte sie.

»Lass mich rein, Justine. Bitte.«

Sie drückte die Austaste und ging ins Wohnzimmer. »Jack, fahr wieder nach Hause«, rief sie durch die Tür. »Das meine ich ernst. Ich will dich nicht sehen.«

Wieder klingelte ihr Telefon. Sie nahm das Gespräch an und hielt das Telefon an ihr Ohr, rutschte an der Wand nach unten und blieb auf dem Boden sitzen. Lauschte seinen Worten, die sie bereits kannte.

»Vor zwei Wochen waren wir noch auf dem richtigen Weg, Justine. Ich habe einen schlimmen Fehler gemacht, bin rückfällig geworden, aber das bereue ich zutiefst. Wir haben uns nach langer Zeit der Trennung wieder aufeinander zubewegt. Wir haben auf allem aufgebaut, was wir voneinander wissen. Es gibt nichts, was wir nicht auf die Reihe kriegen. Du kannst der Liebe nicht den Rücken kehren, Justine, nicht unserer. Komm schon! Lass mich rein.«

»Oh Jack«, sagte sie ins Telefon.

Er liebte sie. Jack liebte sie noch immer.

Verdammt, verdammt, verdammt! Sie liebte ihn ebenfalls noch.

DANK

Wir danken Captain Richard Conklin vom Police Department Stamford in Connecticut und Elaine M. Pagliaro, Forensikberaterin, MS, JD, für ihre Zeit und ihr Fachwissen. Dank auch an Ingrid Taylar für ihre Recherchen und an Lynn Colomello und Mary Jordan für ihre unermüdliche Unterstützung.

James Patterson,

geboren 1949, war Kreativdirektor bei einer amerikanischen Werbeagentur. Schon für seinen Debütroman wurde er mit dem Edgar Allen Poe Award, Amerikas wichtigstem Krimipreis, ausgezeichnet. Inzwischen ist er mit weltweit über 260 Millionen verkaufter Romane einer der erfolgreichsten Bestsellerautoren überhaupt. James Patterson lebt mit seiner Familie in Palm Beach, Florida, und Westchester, New York. Mehr zum Autor und seinen Büchern unter www.jamespatterson.com.